어촌 심언광 연구총서 04

어촌 심언광의 삶과 문학

방산보에서 묵으며

방산이 큰 진이라고 하나

병력은 정예병이라 할 수 없네.

저녁 봉화불로 평안함을 알리니

아득한 하늘에 별만 깜박이며 빛나네.

수자리 병사들 높이 올라 적진 엿보며

나무 딱따기 소리 추운 밤에 울려 퍼진다.

외쳐 부르는 소리 잠시도 쉼이 없고

고각소리 강물 소리에 이어지는구나.

도토리 죽으로 때운 저녁밥 허기 가시지 않아

긴 밤 굶주린 창자에선 꼬르륵 소리 이어지네.

객창에서 잠을 청하려 하나

꿈속의 넌 몇 번이나 놀라 깨어났던가?

생각하노니 너희 또한 하늘이 낸 백성으로

이 땅에서 살아가려고 애쓰는구나.

뉘라서 측은한 마음 일으켜

일 푼이라도 세금을 낮추어주리?

한양에는 부유한 백성들 많아

쌓아둔 돈이 늘 광주리에 가득하며,

생황 소리로 저녁을 보내고

붉고 푸른 단청으로 집 기둥이 빛난다오.

사람의 삶에 고생과 즐거움이 다르다지만

이곳에 오니 유달리 의지가지없는 신세로구나.

숲의 나무들처럼 모두가 동포이러니

애달픈 변방 백성 등을 어루만진다네.

그 언제나 너희들 거처가 안정되어

처자식과 함께 편안히 농사지으며 살는지.

칼 짚고 서서 강물 내려다보니

오랑캐 산이 눈 아래 평평하게 들어오는구나.

어촌 심언광의

삶과 문학

어촌 심언광漁村 沈彥光(1487~1540)은 16세기 전반 한국문학사를 대표하는 인물 중 하나로 850여 수에 이르는 주옥같은 시를 남겼다. 그러나 불운하게도 그의 생애와 작품은 오랜 세월에 걸쳐 제대로 된 평가를 받지 못하다 최근에 들어서야 연구가 이루어지고 있다. 어촌에 대한 조명이 이처럼 늦어진 것은 그의 소신과 정치적 행적이 당대의 정치 상황과 충돌하면서 불우한 말년을 보내게 되었고 사후 신원이 늦어진 것이 가장 큰 원인이라고 할 수 있다.

강릉문화원이 2006년 그의 문집『어촌집漁村集』을 국역하면서 466년간 묻혀 있던 작품들이 세상에 다시 소개될 수 있었다. 이후 그에 대한 연구를 활성화하기 위해 매년 전국학술세미나를 개최하고 여기서 나온 연구 성과를 모은 어촌 연구 총서를 발간하고 있다. 특히 2015년에는 그의 한시 850여 수 중 뛰어난 문학성과 작가의 정서를 담고 있는 작품들을 가려 뽑아 우리말로 풀이하고 평설한『어촌 시 평설』을 발간하였다. 한편 어촌의 문학세계를 널리 알리기 위한 문학의 밤 행사를 매년 개최하여 어촌에 대한 인식도를 높이는 노력도 지속하고 있다.

이번에 발간하는『어촌 심언광의 삶과 문학』은 네 번째 나오는 어촌 연구총서로 어촌의 문학세계를 깊이 있게 이해하고 더불어 어촌의 삶을 당대의 역사적 사건들과 정치 상황에 맞추어 역동적으로 살펴봄으로써 어촌이란 인물을 입체적으로 이해할 수 있는 내용으로 구성하였다. 이 책은 크게 세 부분으로 이루어졌다. 첫 장은 '어촌 심언광의 삶'으로 어촌 선생의 인생 역정을 먼저 살펴보고 두 번째 장은 '어촌 심언광의 문학'으로 선생의 작품세계를 통해 그의 섬세한 내면세계와 감성의 흐름을 느낄 수 있고 마지막으로 '어촌 선생의 유훈과 유적'에서는 어촌 선생과 관련된 에피소드를 흥미롭게 풀어내어 재미를 더했다.

역사 속에서 깊이 잠들어 있던 인물을 발굴하고 새롭게 연구하는 작업은 하루아침에 이루어질 수 없다. 이제 갓 10년을 맞는 공에 대한 연구는 짧게는 반백년 길게는 수백 년에 걸쳐 이루어진 역대 역사 인물들과 비교하면 걸음마 단계라고 할 수 있지만 관련 연구자들의 열정과 관계자들의 헌신적인 노력에 힘입어 빠른 속도로 성과를 내고 있다.

끝으로 이번 어촌 심언광 연구총서 제4집 『어촌 심언광의 삶과 문학』에 옥고를 써주신 집필진들께 진심으로 감사드리며 어촌 심언광 선생이 우리 문학과 역사에서 중요하게 다뤄지는 그날을 기대해 본다.

2017년 11월
강릉문화원장 최 돈 설

차례

1부

어촌 심언광의 삶

01

어촌 심언광의
삶과 생각

박도식_강릉문화원 부설 평생교육원 주임교수

1. 머리말

어촌 심언광이 활동했던 16세기 전반기는 정치적 파란이 매우 심했던 시기였다. 그가 겪었던 커다란 정치적 사건만 해도 연산군 때의 무오사화와 갑자사화, 중종 치세에 정국공신靖國功臣의 책봉을 둘러싸고 즉위 초부터 고조된 국왕-대신-삼사의 갈등부터 시작해 유례없이 빈발했던 모반사건, 조광조 등 기묘사림의 전격적인 등장과 숙청, 권신 김안로의 전횡과 밀지密旨에 의한 제거 등을 들 수 있다. 이 가운데 기묘사림이 등장하기 이전에 일어난 사건은 어촌이 출사하기 전이지만, 그 이후에 일어난 사건은 어촌에게 직·간접으로 영향을 주었다.

이에 대해 사신史臣은 "궁벽한 시골의 한미한 사람으로서 형제가 한때에 청현직淸顯職에 두루 올랐으며, 모든 의논이 모두 심언광에게서 나왔으므로 사람들이 다 두려워하였다."거나 혹은 "이때 대사간 심언광이 한창 명망이 있었고 충직으로 자부하여 당시의 탄핵과 의논이 모두 그의 입에서 나왔다."고 평하였는가 하면, "심언광은 안로에게 빌붙어 갑자기 육경六卿에 발탁되어 세력이 대단하였으므로 문전이 저자와 같았다"고 평하기도 하였다.

이처럼 중종조를 포함한 16세기의 관련 자료를 검토해 보면, 정치·경제·사회 등의 사료들이 모두 똑같거나 비슷한 방향으로 정렬되어 있는 것이 아니라 충돌하거나 흩어져 있는 경우가 더 많다는 사실을 확인할 수 있다. 이러한 복잡한 역사상은 이 시기에 대한 평가를 어렵게 하였고, 그 때문에 연구자들은 같은 시대를 분석하면서도 서로 상반된 결론을 제시하게 된 것으로 판단된다. 그러나 이 시기의 역사상들을 넓게 보면 모든 사료가 당시의 실상을 담고 있다고 말할 수 있다. 따라서 그 조각들을 모아 서로 비교하면서 전체적인 맥락에서 재음미한다면, 그 실마리는 풀 수 있다고 생각된다. 본고에서는 어촌 심언광이 어떤 삶을 살았고, 어떤 생각을 하고 살았는가에 대해 살펴보고자 한다.

2. 어촌 심언광은 어떤 삶을 살았는가?

1) 집안의 내력과 공부

심언광의 호는 어촌漁村, 자는 사형士烔이고, 본관은 삼척이다. 심씨는 삼척의 토성土姓으로, 고려 숙종 때 군기시 주부를 지낸 심적충沈迪冲의 후손들이 삼척에 대대로 살았다고 하나 그 세계世系가 실전失傳되어 그 형적을 알 수 없다. 심씨가 삼척을 본관으로 삼은 것은 동로東老(충선왕 2〈1310〉~ ?)대에 이르러서였다. 『삼척심씨세보』를 토대로 그의 세계도를 나타내면 다음과 같다.

삼척심씨 세계도

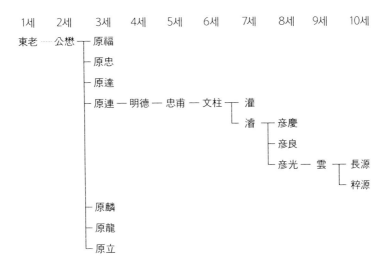

1세   2세   3세   4세   5세   6세   7세   8세   9세   10세

東老 ┈┈ 公懋 ┬ 原福
　　　　　├ 原忠
　　　　　├ 原達
　　　　　├ 原連 ─ 明德 ─ 忠甫 ─ 文柱 ┬ 灌
　　　　　│　　　　　　　　　　　　└ 濬 ┬ 彦慶
　　　　　│　　　　　　　　　　　　　　├ 彦良
　　　　　│　　　　　　　　　　　　　　└ 彦光 ─ 雲 ┬ 長源
　　　　　│　　　　　　　　　　　　　　　　　　　　 └ 粹源
　　　　　├ 原麟
　　　　　├ 原龍
　　　　　└ 原立

　　동로의 처음 휘는 한漢이며 호는 신재信齋이다. 충혜왕 30년
(1342)에 생진과 제2등으로 합격하여 직한림원사直翰林院事 판성균
관학록判成均館學祿을 거쳐 충목왕 원년(1345)에 예문검열藝文檢閱,
충목왕 2년에 수찬춘추관修撰春秋館, 충목왕 3년에 판밀직당후관
判密直堂后官, 충목왕 4년에 승봉랑承奉郎 통례문지후通禮門祗侯로
전임되었다가, 뒤이어 통주사通州使에 임명되어 정령이 깨끗하고 간
편하여 백성들이 대단히 편리하게 여기었다. 충정왕 3년(1351)에 내
직으로 들어가 지제고知制誥 우 정언右正言이 되었으며, 공민왕 10년
(1361) 헌납獻納에 임명된 후 특지特旨로 봉선대부奉善大夫 중서사인
中書舍人 지제고知制誥가 되었다. 이때 공은 정치가 날로 잘못되어
가는 것을 목격하고 노령을 핑계하여 삼척의 별업別業으로 물러나

니, 공민왕은 공이 동쪽으로 돌아간다고 하여 '동로東老'라는 이름을 내려주었다. 또 식읍을 하사하고 진주군眞珠君에 봉하였다. 동로가 관직에서 물러난 후 삼척부 동쪽 해안에 있는 능파대 서쪽에 조그마한 정자 해암정海巖亭을 짓고, 날마다 그곳의 바닷가를 소요하며 시詩를 읊으면서 회포를 푸니 사람들이 '동해 바닷가의 신선[仙翁]'이라고 일컬었다.

삼척심씨가 강릉에 입향한 시기는 고려 말 조선 초이다. 심동로의 손자 7형제 중 3남 원달原達은 강릉최씨 최유련崔有漣의 딸과 결혼하고, 원연原連은 삼척김씨 행荇의 딸과 결혼하여 처향인 강릉에 정착하게 된다. 고려시대에는 신랑이 신부집에 가서 혼례를 치르고 신부집에서 사는 남귀여가혼男歸女家婚의 습속이 있었는데, 이 같은 전통은 조선 전기까지 이어졌다. 원달은 절제공파節制公派의 파조가 되었고, 원연은 검교공파檢校公派의 파조가 되었다. 어촌은 원연의 6세손이다.

어촌은 성종 18년(1487) 3월 3일에 강릉부 대창大昌 용지촌龍池村에서 태어났다. 어촌이 태어난 강릉은 예로부터 문장과 덕행이 뛰어난 인물이 많이 났다고 하여 '문향文鄕'의 고장이라 한다. 『동국여지승람』 풍속조에 의하면, "우리 고장 자제들은 다박머리 때부터 책을 끼고 스승을 따르고, 글 읽는 소리가 마을에 가득히 들리며, 게으름을 부리는 자는 함께 나무라며 꾸짖는다"고 하였다. 또한 성종 24년(1493) 홍귀달洪貴達의 〈향교중수기〉에 의하면, "내가 젊었을 때, '강릉 풍습이 문학을 숭상하여 그들 자제가 겨우 부모의 품을 벗어나게 되면 곧 향교에 들어가 배우고, 시골 구석구석 마을에까지 선비들의 몸가짐이 엄숙하고 조용함은 모두 글을 읽는 사람 때문이다'라는 말을 듣고 아름답게 여겼다"고 하였다. 그리고 광해군 5년(1613)에 강릉부사로 왔던 정경세鄭經世는 "강릉부는 선비의 성대함과 풍속의 아름다움이 온 도내에서 첫째가므로 평소에 문헌文獻의 고을이라고 칭해져 왔다"고 하였다. 이런 까닭에 강릉에서는 훌륭한 인물이 많이 배출되었던 것이다.

강릉은 예로부터 효자·효부·열녀가 많이 나온 곳이라 하여 '예향禮鄕'의 고장이라고도 한다. 효자·효부·열녀가 많다는 사실은 유교적인 실천윤리를 실행하는 분위기가 조성되어 있었다는 것을 의미한다. 그 효행의 내용을 살펴보면, 부모가 살아 있을 때 극진히 봉양한 사례, 부모·시부모·남편이 병환이 났을 때 단지수혈斷指輸血(손가락을 잘라 피를 내어 먹이는 것)·할고割股(넓적다리의 살을 베어 약으로 쓰는 것)·상분嘗糞(병세를 살피려고 환자의 변을 맛보는 것)·연종吮腫(환자의 종기를 입으로 빠는 것) 등 지극정성으로 간호한 사례, 부모가 위험에 처했을 때 자신의 몸을 돌보지 않고 구한 사례, 부모가 돌아가신 후에 애틋하게 사모하거나 행동을 근신한 사례 등이 있다.

이 같은 행실에 대해 선조 13년(1580)에 강원도관찰사로 왔던 송강 정철鄭澈은 「관동별곡」에서 "강릉대도호부 풍속이 좋을시고 절효정문節孝旌門(충신·효자·열녀 등을 표창하고 그 정신을 기리기 위해 세운 붉은 문)이 골골이 널렸으니, 비옥가봉比屋可封(집집마다 덕행이 있어 모두 표창할 만하다는 뜻)이 지금도 있다 할 수 있겠구나"라고 하였다.

강릉에는 도처에 명승지가 많다. 그리하여 『동국여지승람』 강릉대도호부 누정조樓亭條에서는 "우리나라 산수의 훌륭한 경치는 관동이 첫째이고, 관동에서도 강릉이 제일이다"고 하였으며, 같은 책 형승조形勝條에서는 "강릉의 산수가 천하에서 첫째이다"고 하였던 것이다. 강릉에 문화 사적지와 천혜의 관광자원이 풍부한 것도 이에 기인한다.

어촌은 4세 때 말을 배우고 글을 읽을 줄 알았으며, 말을 할 때에는 조금 더듬었으나 글을 읽을 때에는 조금도 더듬지 않았다고 한다. 어느 날 밤 어촌의 아버지 심준이 등燈을 가리키며 부賦를 지으라고 하니, 어촌은 "등이 방안에 들어오니 밤이 밖으로 물러가네."라 하였다. 어촌이 생각하는 것이 평범한 사람보다 뛰어나 듣는 사람들은 이를 기이하게 여겼다.

어촌은 9세 때 아버지가 세상을 떠나자 3년간(27개월) 여묘살이를 하였다. 여묘살이는 분묘 옆에 작은 집을 짓고 탈상할 때까지 분묘를 보살피고 산다는 뜻으로 시묘살이라고도 하였다. 여묘살이의 유래는 중국의 공자 이전 시기까지 거슬러 올라간다. 『논어』 양화장陽貨章에 의하면 재아宰我가 공자에게 "3년상은 너무 길다면서 1년상으로 하면 어떻겠냐"고 문의하니, 공자는 "자식이 태어나서 3년이 지나야 부모의 품에서 벗어날 수 있기 때문에 최소한 부모를 위해 3년상은 지켜야 한다"고 하였다. 공자가 세상을 떠났을 때 그의 제자들이 3년상을 마치고 돌아갔는데, 자공子貢은 그 뒤로도 3년 동안 공자의 묘 옆에 여막을 짓고 추모하였다는 기록이 전한다.

어촌은 여묘살이를 마치고 오대산 산사에서 글공부를 하였다. 아버지가 일찍 세상을 떠난 탓에 집이 가난해서 읽을 책이 거의 없었는데, 단 한 권 남아있던 『고문선古文選』을 천 번이나 읽어 마침내 문장을 이루었다고 한다. 연산군 7년(1501)에 강원감사 남궁찬이 강릉에 와 유생들을 모아놓고 「승로반기承露盤記」[1]라는 주제로 향시鄕試를 치렀는데, 어촌은 15세의 나이로 삼장三場에서 으뜸을 차지하였다. 이때부터 어촌은 문장으로써 지방과 중앙에 널리 알려졌다. 훗날 허균은 조선조에 들어 강릉이 배출한 명인석사名人碩士 가운데 "국가에 공이 많아 현신賢臣이 된 이는 최치운崔致雲 부자요, 학문과 조행操行으로 사림에서 칭송된 이는 박공달朴公達·박수량朴遂良이요, 문장으로 세상에 이름을 날린 이는 심언광沈彦光·최연崔演 등이다."고 하였는데, 이들 모두는 사가史家의 저술에 기재되어 허균 당시까지도 사람들이 그들의 이야기를 하였다고 한다.

문장으로 이름을 드높인 어촌은 특히 시문詩文에 뛰어났다. 그의 시는 고상하고 기운차면서도 맑고 고와서 스스로 일가를 이루었다. 이러한 사실은 어촌이 중종 32년(1537) 이조판서 재임 시에 명나라 사신 공용경龔用卿과 오희맹吳希孟이 황자皇子의 탄생을 알리려 왔을 때, 사신을 맞이해 안내하는 관반사館伴使에 임명되어 이들과 교유하며 시를 수창酬唱한 것에서도 확인된다. 이때 어촌은 「장급사태평루張給事太平樓」라는 칠언배율의 운韻을 따라 60운을 지었는데 글에 덧붙일 것이 없었고, 경회루에서 오희맹의 '10운배율'을 차운하여 지으니 사신이 그 민첩한 솜씨에 극구 감탄하였다고 한다. 또한 중종 25년(1530)에 8월 정현왕후가 세상을 떠났을 때 애도의 글

---

1   승로반은 한(漢)나라 무제(武帝)가 감로(甘露)를 받기 위하여 건장궁(建章宮)에 만들어 두었던 동반(銅盤)을 말함. 이에 대해서는 朴道植 譯, 『國譯 漁村集』, 549~551쪽 참조.

과 만사를 지었고, 중종 27년(1532)에 '정현왕후부태묘가요貞顯王后
祔太廟歌謠'를 지어 올렸다.

조선 전기에 선비가 학문을 익히는 데는 가학家學과 사우師友관
계가 중요하였다. 사림이 진출하기 이전 단계에서는 가학에 의한 학
문 전수가 일반적이었으나, 성종조에 이르러 사림이 중앙정계에 본
격적으로 진출하면서부터는 사우에 의한 학문연마가 일반적이었다.
당시 사림파의 학문적인 전수관계를 살펴보면, 일단 가학 등을 통해
학문이 성취된 다음에 경향간을 왕래하는 과정에서, 혹은 사환상의
교유나 학문적인 토론과 질의와 같은 접촉을 통해서 사우관계가 형
성되는 경우가 많았다.

어촌의 경우 그의 아버지 심준이 예조좌랑을 역임한 문과 출신
이었으나 어촌이 9세 때 세상을 떠났기 때문에 아버지에게서 수학한
것으로 보이지 않는다. 또한 어촌은 스승 없이 공부한 것으로 보인
다. 이러한 사실은 어촌이 17세(연산군 9, 1503) 때 어느 날 책을 거두
고 탄식하며 이르기를 "선비로서 시골에서 태어나 아직 스승으로부
터 배움을 받지 못했으니 어떻게 성현의 길로 나갈 수 있겠는가"라고
한 것에서 알 수 있다.

어촌은 어머니 김씨의 각별한 훈육을 받고 성장하였다. 어촌의
어머니는 일찍이 어촌 형제에게 경계하여 말하기를, "사람에게 충성
과 신의가 있는 것은 음식에 안주와 장이 있는 것과 같으니, 진실로
선함으로 스스로 다스린다면 천 가지 재앙도 물리칠 수 있는 것이다.
너희들은 반드시 힘써 공부하고 몸을 닦아서 선조의 업을 계승하여
야 한다. 내가 아직 참고 죽지 못하는 것은 너희 형제가 있기 때문이

다"고 하였다. 어촌은 어머니의 분부를 받들어 이를 실행하는 데 게을리 하지 않았으며, 문학을 성취하여 세상에 이름을 드러내 날리게 된 것은 이에 힘입은 것이라 하겠다.

어촌은 외삼촌 세남世南에게서 많은 도움을 받은 것으로 보인다. 이러한 사실은 세남이 세상을 떠났을 때 그의 아들 광국光國이 어촌에게 명문銘文을 지어줄 것을 부탁한 바 있는데, 그때 어촌은 "나의 형제는 일찍이 아버지를 여의어 조금 문자를 알고 있어서 과거에 합격하여 입신양명하기에 이르렀는데, 모두 나의 외삼촌의 덕이다."이라고 한 것에서 확인할 수 있다.

어촌은 이러한 가정적인 수학의 기초 위에 다시 향교에 나아가 수업했을 것으로 짐작된다. 향교는 서원이 건립되는 16세기까지 지방의 유일한 교육기관이었다. 향교의 교생校生은 대개 서당 교육과정을 마친 15~16세 때에 입학하였다. 강릉향교는 유교적 교양을 갖춘 관리를 선발하는 과업교육科業敎育의 측면에서 큰 기여를 하였다. 이러한 사실은 성종 11년(1480) 4월 경연에서 세종이 경연관들과 의논하여 하삼도·경기·강원도의 향교에 학전學田을 지급하라고 하였을 때, 일찍이 강원도관찰사로 재임하였던 이극기李克基가 "강릉과 원주만은 선비가 많기로 이름이 났으며, 향학鄕學에서 학업을 익혀 과거에 급제한 사람이 서로 잇따랐으나 다른 고을은 없었다."고 한 것에서 알 수 있다.

어촌은 21세 때인 중종 2년(1507)에 진사시에 입격하였다. 그때 대제학 신용개申用漑가 시관으로 강원도에 왔다 돌아온 이행李荇에게 강원도의 인재를 물었는데, 이행은 "강릉의 심언광과 김광철이 문장이 출중한 사람으로 모두 입격하여 이번 회시에 반드시 합격할 것이다"라고 하였다. 어촌은 진사시 1등으로, 김광철은 생원시 2등으로 입격하였다.

어촌은 23세 때인 중종 4년(1509)에 강릉출신의 기묘명현(기묘사화로 화를 입은 사림)인 박수량·최수성과 함께 경호재鏡湖齋에서 강회講會를 열기도 하였다. 훗날 강릉 향현사에 배향된 이들은 조선왕조의 통치이념인 성리학이 뿌리를 내리는 과정에서 강릉지역의 문풍진작에 앞장서 온 인물들이었다. 또 중종 6년(1511)에는 도봉道峯에 살던 조광조를 방문하여 경학의 뜻[經義]을 강론하며 여러 날 머물다가 돌아왔고, 중종 7년(1512)에는 영남출신의 유학자 주세붕周世鵬과 의동義洞 여관에서 『심경心經』을 강론하기도 하였다. 그리고 중종 15년(1520)에 조광조와 중종 28년(1533)에 이자李耔가 세상을 떠났을 때에 그들의 죽음을 애도하는 만시輓詩를 지었다. 이를 통해 볼 때 어촌은 기묘사림과도 일정한 관계를 유지했던 것으로 보인다.

2) 관직 생활

어촌은 27세 때인 중종 8년(1513) 식년문과에 을과 5등으로 급제하여 정치활동을 시작하였고 중요관직을 두루 거쳤다. 그의 관력을 『어촌집』에 수록되어 있는 행장과 『중종실록』에 나오는 기사를 정리하면 다음과 같다.

예문관 검열—예문관 봉교—경성교수—예조좌랑—병조좌랑—홍문관 수찬—이조정랑—사간원 정언—강원도사—사헌부 지평—충청도사—공조정랑—병조정랑—이조정랑—사복시 첨정—경성판관—사헌부 장령—홍문관 교리—사헌부 집의—예문관 응교—홍문관 전한—홍문관 직제학—이조참의—강원도관찰사—성균관 대사성—홍문관 부제학—사간원 대사간—승정원 승지—사헌부 대사헌—이조참판—병조참판—예조참판—공조판서 겸 예문관제학—평안도경변사—이조판서—함경도관찰사—공조판서—의정부 우참찬.

어촌은 중종 11년(1516) 예문관 검열을 거쳐 동왕 13년(1518) 예문관 봉교에 임명되었다. 그때 대제학 신용개의 진언으로 호당湖堂에 선발되었으나 사가독서賜暇讀書[2]하지 않고 있다가 이듬해 경성교수에 임명되었다. 그러나 그해 11월 기묘사화에 연루되어 출척되었다가 3년 후에 예조좌랑으로 관직에 복귀했다. 그후 홍문관 수찬을 거쳐 이조좌랑, 사간원 정언, 사헌부 지평, 충청도사, 공조·병조·이조 정랑, 사복시 첨정을 지낸 후 경성판관에 제수되었다.

외직에서 돌아온 어촌은 사헌부 장령을 거쳐 홍문관 교리를 역임하였고, 중종 21년(1526)에 모친상을 당해 잠시 물러났다가 다시

---

2 조선시대에 인재를 양성하기 위하여 젊은 문신들에게 휴가를 주어 학문에 전념하게 한 제도. 휴가 기간은 최단기인 경우 1개월에서 3개월이었으며, 최장기인 경우에는 달수를 표시하지 않고 '장가(長暇)'라고만 하였다. 선발 인원은 보통 6인 내외였으며, 많을 때는 12인까지, 적을 때는 1인만 뽑힌 때도 있었다. 사가독서에 뽑힌 자를 사가문신이라고 불렀는데 상당한 영예로 간주되었다. 대제학의 경우 사가독서를 거친 사람만을 임명할 수 있게 제도화하여 그 권위를 높였다.

홍문관 교리에 제수되었다. 이어 사헌부 집의로 옮겼다가 예문관 응교, 홍문관 전한·직제학 등을 역임하였다. 중종 25년(1530) 이조참의에 특별히 제수되었다가 외직으로 강원도 관찰사에 제수되었고, 돌아와서는 성균관 대사성에 제수되었다. 이어 홍문관 부제학·사간원 대사간·승정원 승지를 지냈으며, 문신의 정시庭試에서 장원을 차지하여 사헌부 대사헌에 발탁되었다. 그후 이조·병조·예조·공조참판을 거쳐 중종 30년(1535)에 공조판서 겸 예문관 대제학에 제수되었으나 당시 호당의 사가독서를 거친 사람에게 대제학을 주관하도록 하는 것이 관례였으므로 어촌은 끝내 사양하였다. 그후 공조판서, 이조판서, 의정부 우참찬을 역임했다.

어촌의 관력을 살펴보면 30세 후반부터 40세 전반까지는 예조·병조·이조정랑을 위시한 육조의 낭관직과 홍문관·사헌부·사간원 등 언론 삼사에 종사하였다. 말하자면 청요직을 두루 역임한 셈이었다. 어촌은 주로 홍문관직을 수행하였는데, 이는 그의 학문적 능력이 높이 평가되었기 때문이다. 그의 학문적 능력은 문신의 정시에서 장원을 차지한 것과 사가독서에 선발된 것에서도 드러난다. 40세 후반에는 이조·병조·예조·공조참판을 비롯하여 공조·이조판서, 함경도관찰사, 우참찬 등을 역임하였다.

공조판서로 있던 어촌은 김안로를 인진引進한 것이 화근이 되어 중종 32년(1537)에 관직을 삭탈 당하게 된다. 이에 앞서 김안로는 그의 아들 김희金禧가 장경왕후 소생인 효혜공주의 남편이 된 것을 계기로 중종 19년(1524) 7월 이조판서에 보임된 후 무소불위의 권력을 행사하다 남곤·심정 등에 의해 축출되어 경기도 풍덕豊德에 부처付

處되었다. 그때 안로는 다시 조정에 들어갈 계책을 도모하고 있었는데, 마침 경기관찰사 민수천閔壽千이 안로에게 가서 "(그대는) 어찌하여 사류士類를 조정하고 동궁의 우익羽翼이 되겠다는 뜻으로 두 심씨[언경·언광]를 기쁘게 하지 않습니까?"라고 하니, 김안로는 그의 처족인 정언 채무택蔡無擇을 사주하여 조정에 말을 퍼뜨리기를 "(외로운) 동궁의 우익이 되고 사류를 조정하는 일은 안로의 기용에 달려 있다."고 하였다.

당시 문정왕후는 중전으로서 궐내를 주관하고 인종은 동궁으로 있었는데, 양궁 사이에 근거 없는 말이 있어 조정의 신하들이 많이 근심하던 차였다. 그때 정광필이 다시 재상이 되었는데, 당시의 의논은 모두 이 시기에 진실로 금고禁錮된 기묘사림을 관직에 나갈 수 있도록 실마리를 여는 사람이 있다면 금고가 풀릴 수 있을 것이라고 하였다.

어촌 형제는 동궁을 보필[輔翼東宮]하고 기묘사림을 조정한다는 김안로의 말을 믿고 그를 인진해야 한다는 의론을 적극 주장하여 동료들에게 전파하니 허항許沆·허흡許洽·이임李任 등이 합세하였다. 그러나 이언적李彦迪은 김안로가 국정을 그르칠 인물이라 하여 그의 정계 복귀를 극력 반대하였다. 그가 반대한 이유는 다음과 같다.

심언광: 사예司藝(이언적)는 김안로가 어찌 소인小人인 지 아십니까?
이언적: 안로가 동경[경주]부윤으로 있을 때 그 마음가짐과 행동거지를 자세히 보니 진실로 소인의 정황이 있었습니다. 이러한 자가 뜻을 얻으면 반드시 나라를 그르칠 것입니다.

심언광: 안로가 비록 조정에 들어온다 하더라도 어찌 권력을 맡기겠습니까? 다만 동궁의 처지를 위해서입니다.

이언적: 그렇지 않습니다. 저 사람이 만약 조정에 들어온다면 얼마 안가서 반드시 국권國權을 쥐고 제 마음대로 권세를 부릴 것이니 누가 감히 그를 막을 수 있으리오. 또 동궁으로 말하면 온나라 신하와 백성들이 모두 마음으로 기대하는 분인데, 어찌 안로가 꼭 있어야 편안하단 말이오.

이언적은 김안로의 정계 복귀를 반대하는 사림의 공론을 주도한 인물 중의 한 사람이었다. 당시 어촌 형제는 "이언적이 조정에 있으면 김안로가 들어올 수 없다."고 하였다. 얼마 후 이언적은 김안로의 처족이었던 정언 채무택의 탄핵을 받아 성균관 사예로 좌천되었다가 결국 파직되어 향리로 내려갔다.

중종 27년(1532) 5월 홍문관 부제학이었던 어촌은 극심한 흉년에 대한 신원억伸寃抑의 일환으로 차자箚子를 올려 기묘명현의 방환을 건의하였다.

감옥 속에는 어찌 오구梧丘와 곡정鵠亭의 귀신[3]이 없겠으며 형장刑杖아래에는 어찌 원통을 머금고 울부짖는 백성이 없겠습니까? 그리고

---

3 죄 없이 억울하게 죽은 사람을 말함. 오구의 혼[梧丘之魂]이란 제(齊)나라 영공(靈公)에게 오구 땅에서 무참히 죽음을 당한 다섯 명의 장부를 말하며, 곡정의 귀[鵠亭之鬼]란 고안(高安)의 곡분정(鵠奔亭)에 왔다가 정장(亭長) 공수(龔壽)에게 죽음을 당한 여자 소아(蘇娥)를 말한다.

궁벽한 시골에 외로이 오랜 세월 동안 구류되어 있는 자도 있고, 혹 죄상은 가벼운 데 처벌은 무거운 경우로 반역자의 사록私祿에 이름이 기재되어 있다 하여 연루된 자도 있으며, 혹 죄는 동일한데 은택은 다른 자가 있기도 하니, 나라에 떳떳한 법이 있다고는 하나 반드시 한둘의 원통한 백성이 없지 않을 것입니다(『어촌집』 제8권, 홍문관차자 임진년 〈중종 27〉).

위 차자에서 "궁벽한 시골에 외로이 오랜 세월 동안 구류되어 있는 자도 있고, 혹 죄상은 가벼우나 처벌은 무거운 자도 있다"고 한 말은 바로 '기묘명현'을 가리키는데, 당시 이 표현을 둘러싸고 홍문관원 내부에서도 글의 뜻이 분명하지 않다고 논란이 제기되었던 모양이다. 세주에서는 박사 구수담具壽聃과 정자 이준경李浚慶만이 기묘년 당시의 일을 곧바로 지적하는 것에 찬성했다고 밝히고 있다. 그런데 문제는 기묘당과 안로당이 상합되어 있다는 풍문이 유포되고 있음을 들어 아직 명백하게 아니라고 논의됨으로써 차자에 그렇게 모호하게 표현하였던 것이다.

그러면 김안로는 왜 '기묘명현'의 소통에 앞장섰던 것일까? 이에 대해 사신은 다음과 같이 평하고 있다.

기묘인이 방면된 것은 한갓 김안로가 그렇게 해 준 것만 알 뿐, 김안로가 왜 그렇게 했는가 하는 까닭은 모른다. 김안로가 스스로 공론에 용납되지 못할 것을 알고 마음속으로 '만약 기묘년 사람들을 소통시킨다면 사림이 나를 고맙게 여겨 나를 추앙할 것이다.'고 생각했기 때

문에 겉으로 공론을 따르는 척하여 소통의 길을 트기에 힘썼다(『중종
실록』 권74, 28년 4월 을유).

위의 사료를 통해 김안로가 공론을 적극적으로 의식하고 '기묘명
현'의 소통을 이용하여 공론에 용납되기를 희망했던 정치적 의도를
살필 수 있다. 기묘사화와 신사무옥으로 많은 사람이 정계에서 축출
되었지만, 당시의 사림은 기묘사림처럼 조직적이고 강한 연대의식을
가지고 현실문제에 적극적으로 대응하지는 못했지만 정국에서 일정
한 세력을 형성하고 있었다. 즉 김안로 자신이 공론에 용납되지 못함
을 인식하고 있었고, '기묘명현'의 소통을 이용하여 정치적 목적을
달성하고자 했다는 것이다.

당시 사림의 환심을 구하기 위해 '기묘명현'의 소통에 앞장섰던
김안로의 정치적 행태에 대해 혹자는 '묘수좌猫首座'라는 설화까지
만들어 김안로를 풍자하는 실정이었다. '묘수좌'의 작자는 김안로가
한편으로는 앞장서서 '기묘명현'의 소통을 전개하면서 다른 한편으
로는 그에게 반대했던 인물을 축출하던 정치행태를 가리켜, 늙은 고
양이가 상석에 앉아 겉으로는 관대함을 드러내고 배후에서는 어린
쥐를 잡아먹던 표리부동한 모습으로 비유했다. 실제로 김안로가 정
계에 재등장하는 중종 28년(1533) 12월까지는 '기묘명현'이 부분적
으로 소통되었으나, 그가 재서용된 후에는 '기묘명현'을 전혀 복권,
등용하지 않았다. 게다가 김안로는 '보익동궁'을 핑계로 허항·채무
택·황사우 등을 사주하여 정적政敵이나 뜻에 맞지 않는 자들을 축
출하는 옥사獄事를 여러 차례 일으켰다. 그리하여 정광필·나세찬·박

소·조종경·이언적과 이행은 이들에 의해 유배당하거나 사사되었다.

어촌은 김안로에게 속임을 당했음을 후회하면서 "당시 여러 사람의 의논을 돕지 않았더라면 오늘의 후회에 이르지는 않았을 것이다. 내가 죽은 후에는 의당 멱모幎冒(사람이 죽으면 얼굴을 싸서 덮는 천)를 두텁게 하여 지하에서 여러 사람을 보지 못하도록 하라"고 하였다. 이 말을 들은 김안로는 어촌에 대한 유감이 특히 더 심했다고 한다.

김안로가 기묘사화 직후 이조판서까지 승진할 수 있었던 것과 귀양 후 방환·재서용되어 권력을 장악할 수 있었던 것은 '보익동궁'이었다. 보익동궁의 근저에는 효혜공주를 며느리로 삼아 왕실과 연결되어 있다는 것이 깔려 있었다. 게다가 효혜공주와 연성위(김희)에 대한 중종의 총애는 대단하여 김안로의 기반을 더욱 공고하게 해주었다. 그러나 효혜공주와 연성위의 잇단 죽음은 김안로에게 큰 충격이었다. 가령 "김안로는 늘 공주를 기화로 여겨 왔었는데 이때에 이르러 그 기대가 무너졌다"고 한 사신의 평은 이를 말해준다.

효혜공주와 연성위의 죽음이 김안로의 정치활동에서 중요한 발판을 상실한 것은 분명하다. 따라서 김안로는 왕실과의 연계강화를 다른 방법으로 찾을 수밖에 없었다. 그것은 자기의 외손녀를 세자의 후궁으로 삼으려고 한 것으로 나타났다. 중종 19년(1524) 2월에 박호朴壕의 딸이 세자빈으로 간택되었으나 오랫동안 세자와의 사이에 자식을 두지 못하자 중종은 3공의 건의에 의해 후사後嗣를 넓힌다는 명분으로 정유침鄭惟忱의 딸을 세자의 후궁으로 삼았다. 그러나 세자의 나이가 장성한데도 원손이 없자 중종 30년(1535)에 전교로 세자의 후궁을 더 선발하자는 의논이 제시되었다. 그리하여 윤개尹漑의 딸과 윤원량尹元亮의 딸이 세자의 후궁으로 간택되었으나 김안로는 대간을 사주하여 이들의 딸을 동궁에 들이는 것을 방해하였다.

대간이 윤개는 영춘군永春君 인仁의 사위이고 인의 처 유씨柳氏는 경빈박씨와 결탁하여 '작서灼鼠의 변'⁴에 관여하였다고 비판함으로써 윤개의 딸을 세자의 후궁에서 제외시켰다. 이 일로 윤개와 그의 처, 완천군完川君과 문성정文城正의 처가 된 윤개의 누이 윤씨, 동궁의 내녀 사랑금思郞今과 사비四非 등이 모두 귀양갔다. 그리고 윤원량은 지금의 중전 동생이고 중전이 동궁을 친자식같이 여겼는데 그의 딸을 세자의 후궁으로 삼는 것은 동궁에게 마음이 편치 않다고 하여 중지시켰다. 중종은 윤개의 딸은 가문에 허물이 있으므로 거론할 것이 못되지만, 윤원량의 딸은 별로 허물될 만한 일이 없으므로 선발하여 들일 만하다고 하였으나 결국 제외되었다. 김안로가 이를 문제삼았던 실질적인 이유는 "(박춘란의 딸인) 자기의 외손녀를 세자의 후궁으로 삼기 위해서였다"는 사론史論을 통해 알 수 있다. 김안로가 자기의 외손녀를 세자의 후궁으로 들이고자 한 것은 왕실과의 관계를 더욱 공고히 하려는데 있었다.

그러던 차에 어촌이 허항에게 "요즈음의 세평이 이와 같으니 대간이 전일 논핵한 것은 모두 좌상[김안로]의 손녀를 위함이었나?" 하

---

4   중종 22년(1527) 2월 세자의 탄일에 누군가가 쥐의 사지와 꼬리를 자르고 주둥이·귀·눈을 불로 지져서 동궁이 거처하는 북쪽 뜰에 있는 나무에 걸어 놓은 사건을 말한다. 그것은 인종의 생일이 2월 29일로 해생(亥生)인데다가 해(亥)는 오행(五行)으로 돼지에 속하고 쥐도 돼지와 모양이 비슷하기에 당시 의논들이 동궁을 저주한 것이라 하였다(『연려실기술』 권9, 중종조고사본말 박경빈·복성군의 옥사).

니, 허항은 "공은 어찌하여 좌상에게 말하지 않습니까? 나는 나이가 어려 웃어른과 더불어 논쟁할 수 없다."고 하였다. 어촌이 김안로에게 "듣자하니 박춘란의 딸을 동궁에 들일 것을 의논했다 하는데 그러합니까?" 하니, 김안로는 변색하며 '그런 일 없다.'고 하였다. 어촌이 "대간이 저번에 양가의 딸을 논핵하여 궁궐로 들어가지 못하게 하였는데, 지금 춘란의 딸을 들어가게 한다면 대간의 논핵은 모두 불공평한 것이 될 것이니 무엇으로 후일을 증명해 보이겠습니까?" 하니, 김안로가 발끈하여 "우리 집은 이런 계획이 없다." 하며 하늘의 해를 두고 맹세했다. 어촌이 물러나와 사람들에게 "옛날 한漢나라 때 왕망王莽이 자기 딸을 평제平帝에게 들여보내려 하면서도 잔뜩 헛된 말을 꾸며 겸손하게 피하였는데, 좌상이 해를 두고 맹세한 것도 실상 이와 같다."고 하였다. 김안로가 이 말을 듣고 마침내 어촌과 틈이 생겼다.

마침 당시 서북방의 오랑캐들이 매년 도발하여 변방의 장수들이 여러 명 살해되었는데, 김안로는 어촌을 사지死地로 보내려고 하였다. 김안로가 고의로 사지에 빠뜨리고자 하는 것을 잘 알고 있던 어촌은 친지에게 "망탁莽卓(왕망과 동탁) 같은 간신"이라고 하였는데, 그 말이 누설되어 김안로가 듣고는 은밀히 어촌을 평안도경변사로 내보내려고 꾀하였다. 경변사는 전례에 따라 품계가 높은 관원으로 차출하는 것이 원칙이었는데, 김안로는 어촌을 그곳에 보내고자 단망單望으로 추천하였다. 그리하여 공조판서로 있던 어촌은 김안로의 무함誣陷을 받아 중종 31년(1536)에 평안도경변사로 나갔다.

한편 진사 진우陳宇는 검상檢詳 장옥張玉의 아들 장임중張任重과 함께 성균관에 유학하면서 여러 차례에 걸쳐 김안로와 허항의 죄

악을 말한 바가 있었는데, 이들이 이 말을 듣고는 진우가 조정을 비방하였다고 논하고 아울러 장공張公의 부자를 잡아들이게 하였다. 그밖에 이름 있는 선비들도 조정을 비방했다 하여 모두 사형에 해당되는 죄로 얽었다. 어촌이 진우와 장공 부자를 심리하면서 김안로와 논쟁하기를 "이들 모두가 사류인데 무슨 죽을죄를 지었습니까? 그중 장옥은 시주詩酒에 능한 선비라서 더더욱 죽을 만한 죄를 짓지 않았다"고 하여 장공의 부자는 구제하였으나 진우는 끝내 처형되었다. 그러나 이 일로 인해 이조판서로 있던 어촌은 김안로의 미움을 받아 중종 32년(1537)에 함경도관찰사로 나갔다.

이에 대해 사신은 "안로가 그를 내치고자 해서 몰래 대내大內와 통하였는데 형적이 없게 하였다. 함경감사가 결원이 되자 임금이 특별히 변방 일을 아는 중신을 의망하라고 하교하였는데, 이조에서 언광을 의망하자 임금이 즉시 언광을 제수하여 감사로 삼았다. 상이 김안로의 술수에 빠져서 이미 아랫사람들이 알고 있다는 것을 깨닫지 못하니 간인奸人이 술수 쓰는 것은 이와 같다"고 하였다.

중중 32년(1537) 좌의정으로 있던 김안로는 대간을 동원하여 윤원로·윤원형 형제가 유언비어를 날조했다는 사실을 들어 논박하였다. 윤원로 등이 말한 유언비어는 김안로의 죄상을 논의하는 과정에서 중종이 언급한 "김안로 등이 국모를 폐하려 한다"는 내용이었다. 당시 김안로가 윤원로·윤원형 형제를 축출하려고 한 것은 다음과 같은 정황 때문이기도 하였다. 중종 29년(1534) 5월 문정왕후의 소생인 경원대군(명종)이 출생하였고, 문정왕후의 동생인 윤원형이 1년 전에 실시된 별시 을과에 급제하여 출사하기 시작하였다. 그런데 동궁은 중종 19년(1524)에 박호의 딸과 가례嘉禮를 올렸으나 아무런 소생이 없었고 건강도 좋지 않았다. '보익동궁'을 표방한 김안로의 입장에서 볼 때 동궁의 즉위에 위협이 되는 일말의 싹을 없애버리고 싶은 생각에서 나름대로 선제공격을 한 셈이었다.

김안로는 대사헌 양연 등과 함께 윤원로·윤원형을 논박하여 소기의 목적을 달성하였으나, 중종의 밀지를 받은 대사헌 양연 등이 제기한 "안으로 조정의 백사百司와 밖으로 방백·수령 모두가 조금이라도 중요한 공사公事만 있으면 반드시 그에게 품의한 후 행하였다"는 논박에 의해 축출되었다. 김안로와 삼흉三凶인 허항·허흡·채무택에 대한 죄상을 밝힌 전지傳旨에는 "대권大權을 몰래 옮김으로써 조정이 전도되었다"고 규정하였다. 공교롭게도 김안로는 중종 26년(1531) 10월에 재서용되어 중종 32년(1537) 10월에 이르기까지 그와 더불어 정적을 제거하는 과정에서 수족처럼 움직였던 허항·채무택이 상을 당하여 향리에 있었기 때문에 자신에게 닥친 화는 피하지 못하였다.

얼마 후 김안로는 멀리 절도絶島로 귀양갔다가 사사되었다. 중종은 김안로가 사사된 그 날에 어촌을 소환하여 다시 공조판서에 임명하였고, 곧이어 의정부 우참찬에 임명하였다. 그러나 어촌은 앞서 김안로를 인진한 것이 화근이 되어 대간의 탄핵을 받아 본직에서 체직되었다. 당시 영의정 윤은보·좌의정 홍언필·우의정 김극성·좌찬성 소세양·우참찬 성세창은 심언광·심언경·권예가 당초에 물론이 있었으나 조정에 있어도 무방할 것이라 하였고, 중종도 민심을 진정시키라고 하교했으므로 현직顯職을 체직시켰을 뿐 다시 논계하지 않았다. 그러나 대사헌 양연과 대사간 황헌 등이 "일을 처리함에 마땅함을 잃었고 조정에서 악을 징계하는 법으로 하여금 공정성을 잃게 하여 중론衆論이 불쾌해 하고 공론이 분발하여 갈수록 더욱 격해진다."고 하자, 중종은 "어촌은 파직시키고 고신告身을 회수케 하였으며, 언경은 파직만 시키라"고 하였다.

이에 대해 사신은 "어촌이 안로의 간계를 일찍 분변하지 못했고, 이미 안로와 더불어 일을 하였으므로 공론이 용서를 해주지 않아 그의 고향으로 폐치되었다"고 평하고 있다. 훗날 우암 송시열은 "당초에 일을 그르친 책임을 공[어촌]이 회피하기 어려운 데다가, 또 틈을 꾸민 사람들이 이 기회를 틈타 공을 배척하였다. 그러므로 공의 충성하려는 마음이 끝내는 일을 실패한 허물이 되고 말았다"고 하였다.

어촌은 향리로 퇴거하여 경포 호숫가에 집을 짓고 낚시질하고 술 마시며 시를 읊는 것으로써 스스로 즐거움을 삼았다. 그러나 비분悲憤을 발하여 영탄詠歎할 때에는 늘 임금을 사랑하고 나라를 걱정하였다. 조정에 들어가 임금을 알현하지 못하던 어촌은 꿈속에서나마 궁궐에 들어가기를 희망했으나, 고향으로 돌아온 지 2년만인 중종 35년(1540)에 54세의 나이로 경호별업鏡湖別業에서 생을 마감하였다.

어촌이 세상을 떠난 후 자손들이 미약해져 어촌의 억울함을 세상에 해명하지 못하다가 어촌의 6세손 심징沈澄(1621~1702)이 오랫동안 정성을 들여 어촌의 결백을 밝히는 자료를 빠짐없이 수집하여 이지렴李之濂(1628~1691)에게 서술해 줄 것을 부탁하였다. 이지렴은 어촌의 이력을 먼저 서술하고, 다시 그 본말을 갖추어 논하고, 당대에 알려지지 않은 이치를 밝혀 후세에 말을 전할 군자가 이를 재료로

삼기를 기대하면서 현종 14년(1673) 8월에 어촌의 행장을 지었다.

그로부터 7년 후인 숙종 6년(1680)에 이르러 심징이 임금의 가마 앞에서 신원을 주청했으나 허락되지 않았다. 숙종 10년(1684)에 다시 상소했으나 역시 허락되지 않았다. 그해 8월 세 번째 상소를 하니, 숙종은 "심징이 번거로움을 피하지 않고 누누이 호소하여 구하기를 두세 번에 이르렀으니, 그 정성이 몹시 절박할 뿐 아니라 지난해에도 이미 한 두 대신이 신원하지 않으면 안 된다는 의견이 있었다. 봉조하 송시열 또한 김안로를 인진한 것은 심언광의 마음에서 나온 죄가 아니라 하였다. 그러므로 아직 관작官爵을 회복해주지 않은 것은 잘못된 일 같으니 특별히 직첩을 환급하라"고 판하判下하였다. 어촌이 세상을 떠난 지 실로 145년 만에 관작이 회복되었던 것이다. 이때 어촌에게 환급된 관작은 공조판서였는데, 이는 어촌의 고신을 거둘 때의 관작이었다. 그리고 영조 37년(1761) 4월에 '문공文恭'이라는 시호諡號가 내려졌다.[5]

3. 어촌 심언광은 어떤 생각을 하고 살았는가?

조선왕조의 왕들은 매일 경연에 참석하여 강의를 들었다. 경연의 강의교재는 경서經書와 사서史書가 기본이었으며, 제자諸子나 문

---

5 "명민하고 학문을 좋아함을 '문(文)'이라 하고, 과실을 지었다가 능히 고침을 '공(恭)'이라 한다[敏而好學曰文 旣過能改曰恭]"(『漁村集』 卷首, 影堂記).

집류文集類는 철저히 배제되었다. 경서는 성현의 말씀으로 정치하는 원리[體]를 담은 책이었고, 사서는 군신의 행적으로 정치의 실례[用]를 기록한 책이었다. 경연관들은 경서와 사서 강의를 통해 왕에게 성현들의 말씀과 역대 군주들의 선례를 가르쳐 왕이 좋은 정치를 베풀도록 유도하였다.

중종조에 이르러 경연의 기능은 강화되었다. 반정으로 즉위한 국왕으로서는 연산조의 악정惡政을 쇄신하고 새로운 정치풍토를 조성하려는 의도에서 그렇게 하지 않을 수 없었을 것이다. 게다가 사림파가 정치적 영향력을 행사하기 시작하면서부터 경연강의는 더욱 강화되었다. 그것은 그들이 전개한 현철군주론과 맞물려 있었기 때문이다. 그리하여 국왕이나 사림파 신료들 모두 성종조의 경연을 염두에 두고 그 수준에 도달하고자 노력하였다. 그 결과 유명무실했던 연산조를 건너뛰어 성종조의 전통을 이을 수 있을 만한 성과를 거둘 수 있게 되었다. 당시의 사림파는 홍문관을 개혁정치의 산실로 인식하고 있었고, 경연을 그 실현의 장으로 활용하였다. 그에 따라 '강독講讀'보다는 '논사論思' 곧 임금에게 강론하는 정치의 장場으로서 더 많이 기능하는 결과를 초래하기도 하였다. 따라서 경연은 현재의 정치 전반에 대해 협의하는 장으로서 중요한 기능을 담당하였던 것이다.

어촌은 홍문관원으로 있을 때 경연관을 겸대하면서 국왕을 늘 측근에서 시종할 기회를 얻게 되었고, 그것이 곧 그의 경세론을 펼칠 수 있는 좋은 기회였다. 어촌의 경세론은 그가 경연관으로 있을 때 상소한 것과 경연강의를 통해 제시된 것이었다. 이에 대한 내용은

『중종실록』과 어촌의 문집인 『어촌집』에 수록되어 있다. 이들 기록을 검토해 보면, 몇 가지 주제에 집중되어 있음을 알 수 있는데, 그것들은 국방론·수령론·재이론 등으로 범주화할 수 있다.

1) 어촌의 국방론

조선의 서북쪽에 있는 평안도와 함경도는 압록강 서쪽으로 명나라와 이어지고 서북쪽으로 여진과 접해 있는 군사적 요충지였다. 어촌이 재임 중 북방 2도에 파견된 것은 모두 4차례였다. 즉 중종 14년(1519)에 경성교수, 중종 20년(1525)에 경성판관, 중종 31년(1536)에 평안도경변사, 중종 32년(1537)에 함경도관찰사에 파견된 바 있다. 어촌은 중종 14년 경성교수에 임명되었으나 그해 11월 기묘사화에 연루되어 출척되었고, 중종 32년 함경도관찰사를 역임한 후 잠깐 중앙관직으로 복귀하기는 했으나 얼마 후 파직되었다. 따라서 어촌의 국방론은 경성판관과 평안도경변사로 있을 때의 경험을 바탕으로 형성된 것이라 하겠다.

어촌은 중종 20년에 경성판관을 역임한 바 있다. 사실 중종대에 북방 2도의 수령은 약간의 무예에 관한 재주만 있으면 임명되었다. 그런데 이들 중에는 재상과 결탁하여 권세 있는 신하에게 후한 뇌물을 바치고 그 대가代價로 병사兵使나 수사水使로 승진하려고 마음을 먹는 자들도 많았다. 그래서 그들은 부임한 뒤에 백성들에게 침탈을 일삼기 일쑤였다. 이에 국가에서는 북방의 방어가 중요하다 하여 오로지 무관들만 보낼 것이 아니라 자상하게 백성을 돌볼 수 있는 무재 있는 문관을 가려 지방관으로 삼도록 했다.

중종이 어촌을 경성에 파견한 것은 변방의 일을 익숙해지게 하여 뒷날에 자문하려는데 있었다. 외직에서 돌아온 어촌은 중종 23년(1528) 홍문관 교리로 있을 때 야인에 대한 대책을 다음과 같이 주장하였다.

> 만포滿浦의 일을 듣건대 야인을 꾀어 오게 하여 함정에 넣는다 하니, 결코 왕자王者가 차마 할 일이 아닌데 변방 장수가 앞에서 잘못 생각하고 조정이 뒤에서 구차하게 따르는 것입니다. 신들은 아마도 조정이 신의를 잃는 것은 이보다 더 큰 것이 없고 변방의 재앙과 환난도 이루 말할 수 없을 것이라고 생각합니다. 어리석은 이적夷狄은 개돼지처럼 완악하여 때와 틈을 엿보면 반드시 곡직曲直이 어디에 있는지를 계교할 것이므로, 국가가 믿고서 먼 데 사람을 회유하는 방도는 신의로 대우하는 것일 뿐입니다. 조정의 모책이 좋지 않아 어루만져 누르는 것이 마땅한 방도에 어그러져서 갖가지 신의를 (야인추장) 망합莽哈에게 잃고 또 왕산적하王山赤下에게 잃은데다가, 더구나 몰아낼 때에 사나운 자가 공을 좋아하여 죄 없는 자까지 죽였으므로 복수하려는 생각을 품는 것은 금수라도 그러할 것이니, 저들이 분노를 품고 흉악을 부리는 것은 참으로 마땅합니다. 전번에 있었던 만포의 사변이 어찌 변장만의 잘못이겠습니까? 분노를 쌓고 말썽을 거듭한 데에는 그렇게 만든 까닭이 있는데, 지금 어찌 다시 우리의 신의를 잃고 위엄과 신망을 손상하여 뒷날의 끝없는 화난을 열겠습니까? 대저 광망하

고 경솔한 무리는 거의 공을 좋아하고 공을 좋아하는 자는 반드시 국가가 일을 일으키는 것을 이롭게 여기는데, 이는 자기에게 돌아가나 해는 나라에 미칩니다. 바라건대, 전하께서는 빨리 성명成命을 거두어 후회를 끼치지 마소서. 이렇게 하신다면 더 없이 다행이겠습니다 (『어촌집』 제8권, 홍문관차자 무자년〈중종 23, 1528〉).

어촌은 야인을 꾀어 오게 하여 함정에 넣는 것은 왕자가 할 일이 아닐 뿐더러 조정이 신의를 잃는 것이라 하였다. 즉 조정의 모책이 좋지 않아 야인추장에게 갖가지 신의를 잃었고, 중종 19년(1524) 1월에 야인을 몰아낼 때에 변방 장수가 공을 좋아하여 죄 없는 자까지 죽였으므로 그들이 흉악을 부린 것은 당연하다는 것이다. 따라서 왕자가 이적을 대우할 때에는 신의가 아니면 위엄도 세울 수 없다고 하였다. 어촌은 이적을 막는 대책으로써 왕자의 신의를 중시했다.

양계지방의 군사는 다른 지역의 군사와 달리 번상番上 없이 본도의 방어를 위해 유방留防하는 것이 특징이었다. 평안도에는 제諸병종 중에서 다수정예인 갑사甲士와 지방군의 기간인 정병正兵이 유방하고 있었다. 갑사는 6개월 복무하면 2년반 후에 다시 복무[分五番 六朔相遞]하고, 유방정병은 1개월 복무하면 4개월 뒤에 다시 복무[分四番 一朔相遞]하는 것으로 규정되어 있었다. 그러나 이 규정이 평안도에서는 지켜지지 않고 있었다. 그것은 야인 침구의 우려가 항상 있었기 때문이다. 동절기에는 압록강이 결빙되어 야인이 침입하기가 수월했음으로, 이 기간에는 분번分番 없이 도내군사의 전부를 투입[合防]하거나 혹은 도내군사를 두 그룹으로 나누어 번갈아 가면서

투입[分合防]하게 하였던 것이다. '합방'의 경우 군사는 10월 또는 9월부터 이듬해 2월까지 압록강 연안에 있는 여러 진鎭에 부방하고 나면 다시 3월부터 9월까지는 원래의 자기 소속처에서 '분사번 일삭 상체'의 복무를 해야 하였다. 즉 평안도의 정병은 약 반년간 군사로서 활동하게 되는 셈이다.

이러한 상황에 놓여 있던 평안도 군사의 고통을 더욱 가중시킨 것은 부경사신赴京使臣들을 영송迎送하는데 따른 폐단이었다. 어촌에 의하면 부경사신들이 오갈 적에 호송군을 많이 데리고 다니는데, 호송군이 부족하면 평안 병영의 수영패隨營牌를 데리고 갔다고 한다. 당초 수영패를 데리고 간 것은 변란의 소식이 있었기 때문에 주청하여 정해진 것인데, 지금은 그런 소식이 없는데도 으레 데리고 갔다. 부경사신들이 수영패를 데리고 갈 때 그냥 데리고 가는 것이 아니라 일행의 복물卜物이 매우 많기 때문에 이들에게 수송시키려는 것이었다. 어촌은 평안도의 군졸이 사신 행차 때문에 많은 폐를 받으니, 복물의 수를 각별히 참작하여 정하면 이러한 폐단을 없앨 수 있을 것이라고 하였다.

평안도 백성들은 군역 이외에도 공물·진상 등의 조달과 노역이 심히 과중하였다. 어촌이 왕에게 아뢴 다음의 내용은 수령이 공물을 빙자하여 횡탈하는 모습을 보여준다.

신이 평안도에 있을 때에 13가지의 폐단을 열거하여 계문하였습니다. 그중 산세山稅에 관한 일을 예로 들겠습니다. 꿀·인삼·오미자 등 산에서 생산되는 모든 것들에 징세하지 않는 것이 없어 집집마다 일일이 받아들이며 이를 모두 나라에 바칠 공물이라 거짓 칭탁하며 징수합니다. 때를 맞추어 바치지 못하면 매질까지 합니다. 또 물건이라도 바치지 않은 자는 소를 끌고 갑니다. 이러니 백성들이 어찌 편안히 살 수 있겠습니까. 나라의 공물은 없앨 수가 없으나, 이를 기화로 폐단을 빚는 일이 매우 많으니 이런 것은 제거해야 합니다(『중종실록』 권81, 31년 4월 무신).

산세山稅는 세주에 의하면 백성들이 산에 가서 이익을 취한 것을 관청이 또 그 이익에 대해 세금을 받는 것을 말한다. 평안도에서는 산에서 생산되는 꿀·인삼·오미자 등을 나라에 바칠 공물이라 거짓 칭탁하며 각 가호에서 징수하였다. 만약 제때에 바치지 않을 시에는 매질까지 하였고, 바치지 않은 경우에는 소를 끌고 갔다고 한다. 어촌은 백성이 한 가지 공물이라도 바치지 못하면 뼈골까지 우려낸다고 하였다.

어촌은 평안도의 요역 징발에 대해 "(평안도) 강변에 사는 백성들이 생활은 매우 어렵고 노역이 가장 심한 까닭으로 거의 모두가 도망쳐 흩어졌다. 한 사람이 도망가면 그 피해가 한 가족에 미치고 한 가족이 도망가면 또 한 가족의 친족에까지 미치니, 이 때문에 백성들이 대부분 도망쳐 흩어졌다."고 하였다.

당초 국가에서는 군사에게 제諸부담을 담당할 수 있도록 보인保人을 배당하고 있었다. 그러나 국가의 토목·수리 공사의 일이 빈번해지는 가운데 보법保法 실시 후 군액이 크게 늘어나 별도로 요역담당자를 찾기가 어렵게 되자 군사를 바로 요역에 동원하는 경우가 많아졌다. 이에 군사는 복무기간 중에도 일정한 대가代價를 납부하고 귀가하여 부족한 노동력을 보충하고자 하였는데, 이것이 '대립代立'이었다.

중종대에는 군역의 대립이 일반화되고 있었다. 대립은 수군뿐만 아니라 정병 등 모든 군인층에 걸쳐 진행되었고, 보인의 경우도 마찬가지였다. 군역은 실상 이 시기 국가체제 유지의 기반이 되는 양민층에게만 부과되고 담당자의 실제 숫자와는 관계없이 각 군현별로 군액이 고정된 채 운용되고 있어 사회분화가 심해질수록 피역자가 늘어나자 현지에 남아 있는 자에게 2·3중의 부담으로 중압되어 갔다. 그리고 실제 입역보다도 대립이 보편화되고, 다시 그 대립가 또한 폭등하여 군역은 이제 양민층을 상대로 자행되는 주구적 수탈로 변하고 말았다.

평안도 백성들은 군역을 모면하기 위해 압록강 너머의 중국으로 도망가기도 하였고, 승려가 되기도 하였다. 승려에게는 국가의 조세나 국역의 부담이 없었는데, 실제로 이러한 의도에서 승려가 된 자가 적지 않았다. 또한 군역을 모면하기 위해 도망과 유리를 감행한 양인들은 중앙각사의 조례皁隷·나장羅將·서리書吏 혹은 양계지방의 말단 관속인 아전衙前 등 신분의 우열을 가릴 것 없이 보다 편한 처지를 택하여 옮겨갔다. 어촌은 "신이 (평안도에) 가서 살펴보니 절도사 군영의 아전은 거의 600여 명에 달했고, 관찰사 영문의 아전도 400명 가까이 되었다. 이는 영문의 아전 노릇이 헐하므로 아전으로 기꺼이 소속되었기 때문에 그 수효가 많이 불어났다"며 이 아전들을 도망하여 없어진 호戶의 군역과 여외정병旅外正兵을 나누어 충당할 것을 건의하였다. 그러나 그 후 김안로 등이 이를 병조와 의정부가 함께 의논하여 공문을 보냈지만 시행되지 않은 것으로 보인다. 그리고 서리들은 이조서리吏曹書吏를 각자의 보인으로 사사로이 차지하고 있었는데, 어촌은 이들의 수를 줄여서 부족한 관사에 옮겨 정할 것을 주장하였다.

군역대상자의 승려로의 유출流出은 국가적 시책의 테두리에서 벗어난 자발적인 현상이었지만, 아전 부류로의 유출은 관에 의한 강제적인 면이 짙었다. 특히 16세기 이후 대립제가 성행하면서 절도사 군영과 관찰사 영문에서는 규정 이상의 아전을 확보하여 대가를 받아 재정수입원으로 활용하기도 했다. 어촌이 아전들을 도망하여 없어진 호의 군역에 충당하자는 주장은 군역의 폐단을 개선하기 위한 것으로, 피역의 방지와 군액의 충당을 목적으로 했다고 할 수 있다.

어촌은 중종 31년(1536)에 평안도경변사로 파견된 바 있다. 경변사는 연산군대와 중종대에 걸쳐 여연·무창·삼수·종성 등 평안도와 함경도 국경 일대에 야인의 침입이 심각해지자 이를 방비하기 위해 파견되었다. 이 직은 임시직으로서 대신 등 관계官階가 높은 관원 중 변방의 일을 주관할 만한 지략이 있는 사람을 선임하여 파견하였으나, 김안로는 어촌을 경변사로 천거하였다. 어촌은 평안도경변사로 나갔다가 돌아와 중종을 인견하며 그가 목도한 평안도의 군사문제에 대해 다음과 같은 점을 개선할 것을 주장하였다.

첫째, 변방에서 뜻밖의 변고가 있게 되면 믿을 수 있는 것은 토병土兵뿐인데, 워낙 소수였으므로 남방군사의 증원增援을 받아가면서 '합방合防'하는 것이 불가피하였다. 그런데 남방의 군사로서 부방하는 자들은 활과 화살도 지니지 않고 모두 맨손으로 왔고, 그들의 해당 변방의 장수도 댓가를 징수하는 것을 이롭게 여겨 탓하지 아니하니 그 폐단이 이미 누적되었다. 중종 11년(1516)의 수교受敎에 군졸을 발송하는 관원들 중 군장을 점검하지 않고 보내는 자는 두 번이면 추고推考하고 세 번이면 그 수령을 파직시키고 색리色吏는 전가사변全家徙邊하고 본인은 충군充軍시킨다고 하였으나, 그 뒤로도 구습을 못 버리자 어촌은 이 전교를 거듭 밝혀 각별히 거행하여야 한다고 하였다.

둘째, 군장과 무기는 스스로 부담하는 것이 원칙이나 각종 부역과 변장들의 침어에 시달린 형편이라 군기를 갖추지 못했다. 어촌은 "병기兵器 가운데 활과 화살이 가장 중한 것인데, 평안도 사람들을 보니 활과 화살이 전혀 없었다. 그래서 국가에서는 전례로 화살대를 수송하여 강 연변의 사졸士卒들에게 공급하여 왔다. 어촌이 변방의 고을에서 내지內地에 도착하니, 내지 사람들이 1천 명 또는 1백 명씩 무리를 지어 길을 막고 화살대는 항상 변방의 고을에만 내리고 우리들에게는 주지 않는다고 하소연하였다. 그러나 육지로 운반하면 각 역에 폐단이 있을 것이니, 수로水路로 수송하여 국공國工으로 하여금 화살을 만들게 하고 백성들에게 무역하게 하여 여기에서 받은 값을 가지고 군자軍資에 보충하게 하면 편리할 듯하다."고 하였다.

셋째, 평안도 군사 중에는 활을 잘 쏘는 사람도 있고 변방을 지키는 일에 힘을 다하는 사람도 있다. 가령 만포에 거주하는 정로위定虜衛 김말순金末順은 모든 일에 전력을 쏟아 오랑캐를 염탐하는 일에도 극력 헌신하는 자인데, 이같이 힘을 다하는 사람들에게 겸사복

兼司僕의 직책을 수여한다면 모든 힘을 다 기울일 것이라며 이를 적극 권장하였다.

한편 어촌은 군령의 엄정한 확립을 강조하고 있다. 『경국대전』에 의하면 군정軍政은 병조에서, 군령軍令은 5위도총부에서 담당한다고 규정되어 있었다. 그런데 성종조 중반 이후 변방에서 외적과의 잦은 충돌로 지방군의 활동이 급증하자, 『경국대전』에 확립된 초기 군제의 군령과 군정체계는 실용에 따라 많은 변통이 있어야 하였고, 그 변통은 결국 비변사라는 새로운 합의기관을 만들어 내게 되었다. 이러한 군령·군정체제의 변화는 또한 진관편제의 해이에 따른 중앙으로부터의 경장京將 파견이 잦았다는 사실과도 밀접한 연관이 있었으며, 그것 자체가 이미 군령계통의 변화를 의미하는 것이었다.

어촌은 병권兵權에 대하여 임금이 항상 잡고 있어야지 아랫사람에게 이전해서는 안 된다고 하였다. 어촌은 "병권이 아랫사람에게 이관되면 국가의 대세가 그에 따라 떠나가 버리고 만다. 한漢나라 때의 일로 보면, 여록呂祿과 여산呂産의 무리들이 병권을 도둑질하여 고제高帝의 천하가 거의 멸망될 지경에 이르렀고, 그 후에 오후五侯가 병권을 전횡하여 성제成帝가 왕씨王氏를 제거하고자 하였으나 하지 못했다. 당唐나라 때에 와서 안록산安祿山이 변방 요새에서 반란을 일으키면서 그 극에 달했다고 하겠다. 대체로 병권이 위에 있느냐 아래에 있느냐에 따라 국가의 안위와 치란이 결정된다"고 하였다.

2) 어촌의 수령론

수령은 중앙의 관인과 달리 한 고을의 사무를 전담하였기 때문에 흔히 "옛날의 제후" 혹은 "한 고을의 주인[一邑之主]"이라고 칭해졌다. 그리하여 민인의 기쁨과 근심은 전적으로 수령의 어질고 어질지 못한 데에 달려있는 것으로 누누이 지적되고 있었다. 이처럼 민인의 생활이 수령의 자질·능력과 직결되어 있었기 때문에 조선왕조 국초부터 역대 국왕들은 수령의 선임에 특별한 관심을 가졌던 것이다.

수령의 선임과 벼슬길은 시기 및 읍격邑格과 지역에 따라 현저한 차이가 있었다. 부윤·대도호부사·목사·부사와 같은 종3품 이상의 수령직은 국초 이래 청환淸宦으로 간주되어 시종지신侍從之臣[6]이나 문·무관 가운데 비교적 정밀하게 뽑은 중견관료가 파견되었으나, 중소군현에 파견되는 하급수령은 비문과 출신이 주류를 이루고 있었다. 특히 조선 건국 초에는 현감의 직위인 6품 이상의 관품소지자가 절대적으로 부족하였다. 이러한 문제를 해결하기 위해 국가는 천거를 통해 수령을 충원하기도 하였고, 성중관成衆官 및 서반西班 각처의 거관인去官人 중에서 수령취재에 합격할 경우 현감으로 제수하였던 것이다.

그러나 과거제도가 본궤도에 오르고 과거에 급제한 출신자가 증가하면서 건국 초와는 달리 인재부족현상은 점차 완화되어 갔다. 그

---

6   조선시대 임금을 시종하던 홍문관의 옥당(玉堂), 사헌부 또는 사간원의 대간(臺諫), 예문관의 검열(檢閱)-주서(注書) 등을 통틀어 이른 말.

리하여 문과급제자조차도 국초에 급제자 전원을 즉시 서용하던 것에서 을과 3인을 제외한 나머지는 즉시 서용할 수 없게 되었다. 게다가 세조 집권기를 전후하여 유례없을 정도로 가자加資와 대가代加가 남발되었다. 이러한 잦은 '가자지은加資之恩'과 대가 남발로 인해 당상관이 과다하게 배출되었다. 이에 국가는 당상관의 인사 적체를 해소하기 위해 100여 명을 서반 8·9품직에 행직行職[7]을 제수하기도 하였던 것이다. 이 외에도 체아직을 신설하거나 실제 근무를 시키면서도 녹봉을 지급하지 않는 무록관無祿官을 설치 운영하기도 하였다.

이처럼 관리후보군은 과다하게 배출되었지만 관직은 한정되어 있었다. 이에 따라 성중관 출신자들의 출사로는 점차 좁아졌다. 이들은 세조~성종조에 이르면 수령취재에 합격만 해놓고 제때 수령에 서용되지 못해 종신토록 진출하지 못하는 경우도 있었다.

조선 초기에는 선비가 조정에 종사하는 것을 즐겨하여 간혹 지방의 수령으로 나가게 되면 벼슬이 깎이어 귀양간다고 하여 그것을 면하고자 하는 것이 상례였다. 그러나 16세기에 들어와서는 명망이 있는 이름난 사람들도 수령이 되는 것을 다행으로 여기는 실정이었다.

16세기에 들어와서는 문음출신의 수령이 양적으로 많이 채워졌는데, 특히 하급수령은 집권세력의 매관賣官대상으로 간주되었다. 하급수령의 신제新除·주의注擬[8]는 뇌물의 경중과 청탁의 고하에 따

---

7 품계에 비해 낮은 관직에 제수되는 것을 말함. 이와 반대로 품계에 비해 높은 관직을 제수받을 때는 수직(守職)이라고 한다.

8 관원을 임명할 때 문관은 이조에서, 무관은 병조에서 후보자 세 사람을 정하여 임금에게 올리는 것을 말함.

라 결정되었기에 관인후보자는 삼공의 청탁 서찰을 얻으려고 동분 서주하였다. 이들은 전조銓曹(이조와 병조)의 당상뿐만 아니라 낭관郎 官의 집에 가서 분경奔競[9]운동을 활발하게 전개하였다. 어촌은 이에 대해 다음과 같이 말하고 있다.

> 주의할 때에 전후에 사람을 취하고 버리는 것에 공변된 논의를 따르 지 않고, 풍속이 분경에 치중하므로 관리에 비루한 인물이 많다. 악정 이 제거되지 않아 모든 일이 편하지 않으니, 교화를 경장하여 잘 다스 리는 것이 현재 가장 급한 일이다(『어촌집』 제8권, 홍문관차자 계사년〈중종 28, 1533〉).

관인후보자가 권세가에게 청탁할 때에는 노비와 전토를 바치기 도 하였고, 심지어 권세가의 첩과 노비에게도 앞 다투어 뇌물을 바치 기도 하였다. 청탁을 받은 권세가들이 전조에 서찰을 보내 아무개를 주의해 달라고 부탁하면, 전조에서는 그 사람의 현부賢否는 살피지 않고 서찰을 보낸 이의 지위의 높낮이만을 따져 주의하였다. 전조에 서는 주의할 때 보낸 이의 서찰을 상·중·하로 나누었는데, 이를 '공 론公論'이라 하였다.

수령의 업무 가운데 군현의 직접적인 통치와 관련 있는 것은 수 령칠사守令七事였다. 『경국대전』에는 감사가 이에 관한 실적을 고과

---

9 이익을 얻을 목적으로 권세 있는 사람을 경쟁적으로 쫓아다니는 것, 즉 엽관(獵官) 운동 과 같은 것을 말한다.

하여 보고하도록 규정되어 있었다. 즉 감사는 수령칠사의 실적을 가지고 상·중·하로 평가하여 6개월(매년 6월 15일, 12월 15일)마다 이조에 보고하면, 이조에서는 수령의 임기가 만료되면 누적된 성적평가를 통산하여 포폄하였던 것이다. 수령은 10번의 포폄에서 3번 중고中考에 등제되거나 5고·3고·2고에서 각각 2번 중고에 등제되면 파직되었고, 당상수령의 경우는 1번의 중고 등제로도 파직되었다. 수령이 하고에 등제되면 파직은 물론이고 2년이 경과한 후에야 관직에 서용토록 규정하고 있다. 이와 같이 고과 성적이 우수한 수령은 가계加階·승직陞職되었고, 성적이 불량하면 파직되었던 것이다.

수령이 그 직을 거쳐 다음 벼슬을 받기 위해서는 포폄에서 좋은 성적을 받아야 하였다. 물론 자신의 능력으로 관직에 진출하였거나 승진이 가능한 문반출신의 수령은 별문제가 없었겠지만, 고위관직자의 추천이나 연줄로 관직에 진출한 음직蔭職 혹은 무반武班 출신의 수령은 포폄에서 좋은 성적을 받으려면 포폄을 담당한 감사에게 직접 청탁을 하든지, 아니면 감사에게 절대적인 영향력을 행사할 수 있는 권세가에게 청탁을 해야만 하였다. 따라서 이들 수령은 자신을 후원해 주는 관리에게 정기적으로 물품을 바쳐야 하였다.

> 정언正言 공서린孔瑞麟이 이뢰기를, "…관찰사의 출척黜陟은 마땅히 공정해야 하는데, 청렴하고 선량한 관리[循吏]로서 청렴하고 욕심이 적어 뇌물을 행하지 않는 사람은 졸렬하다 하고, 교활하고 부정한 관리[猾吏]로서 백성에게서 부정으로 거두어 재상을 잘 섬기는 사람은 유능하다 하여 이를 좇아 전최殿最하니, 강숙돌姜叔突은 정직한 선비

로서 권균權鈞에게 내침을 당한 일 같은 것이 바로 그러한 예 중의 한 가지입니다"라 하였다(『중종실록』 권8, 4년 6월 임신).

즉, 수령을 전최할 때 청렴하고 선량한 관리[循吏]로서 청렴하고 욕심이 적어 뇌물을 행하지 않는 사람은 졸렬하다 하였고, 교활하고 부정한 관리[猾吏]로서 백성에게서 부정으로 거두어 재상을 잘 섬기는 사람은 유능하다고 하였다. 그리하여 당시의 세속은 백성의 것을 거둬들여 남을 잘 섬기는 것을 유능하게 여겼고, 비록 백성을 사랑하고 잘 보살피나 남을 잘 섬기지 못하면 무능하게 여겼던 것이다.

이외에도 고위관리나 부경사신이 지방에 당도했을 때 수령에게 접대를 받는 행위는 거의 일반화되어 있었다. 만약 빈객賓客에 대한 접대를 소홀히 하게 되면 비방이 뒤따르고, 이는 결국 전최에까지 영향을 미쳤기 때문에 빈객의 접대를 호사스럽게 하지 않을 수 없는 것이 당시의 실정이었다.

포폄의 목적은 수령의 현부를 판정하여 출척함으로써 수령들의 선치善治를 유도하려는데 있었지만, 권세가 자제에게는 전최의 법이 있다 하더라도 별 소용이 없었다. 이에 대해 어촌은 "관찰사가 전최할 때 백성을 사랑하고 정사를 잘 다스린 것으로 고하高下를 매기지 않고 권세의 유무에 의거하여 포폄하므로 아무리 잔혹한 관리라 하더라도 세력이 있는 사람이면 폄할래야 폄할 수가 없으니, 그 잔혹한 관리는 더욱 방자하여 제멋대로 행동한다."고 하였다. 즉 관찰사가 권세의 유무에 의거하여 수령을 포폄하므로 아무리 잔혹한 관리라 하더라도 세력이 있는 사람이면 폄할 수가 없다는 것이다. 어촌은 출척의 권한을 맡은 감사가 전최를 엄하게 해야 하는데, 어두운 자는 이목耳目이 미치지 못하고 나약한 자는 위세가 그 마음을 두렵게 하므로 맑기를 바랄 수 없다고 하였다. 포폄이 제대로 시행되지 않는 것은 감사들이 법을 폐하고 행하지 않기 때문이라 하였다.

한편 15세기 후반에서 16세기로 들어서면서 사치풍조의 만연으로 재경관인在京官人은 지방수령에게 서찰을 보내어 물건을 청구하는 이른바 '절간구색折簡求索' 행위가 빈번하게 자행되었다. 당시 정권을 장악하고 있던 척신·권신은 혼인·상례·제례 등의 대소사에 필요한 물품을 각 군현의 수령에게 청구하는 것이 거의 관례화되어 있었다. 다음의 기사는 이러한 사실을 적시하고 있다.

> 상(중종)이 이르기를, "···또 수령이 백성을 침탈하는 것은 반드시 수령의 죄만이 아니다. 청탁 서찰이 모여들기 때문에 수령들이 이것을 빙자하여 백성들에게 사납게 굴어 청탁서찰에 답한다고 한다. 대체로 서찰을 보내어 물건을 청구하는 것[折簡求索]은 지금의 큰 폐단이다." 하였다(『중종실록』 권91, 34년 9월 계묘).

중앙의 고위 관리들은 필요한 물품을 각도의 감사 혹은 각 군현의 수령에게 직접 청구하여 그 수요에 대비하였다. 감사가 군현의 수령에게 각종 물력物力을 청구했을 때에는 그것을 거절하기가 매우 어려웠다. 중앙의 고위 관리들이 감사에게 각종 물력을 청구하면, 수령은 이를 예사로 여겨 숫자대로 갖추어 보내 주는 것이 법례인 것처럼 되었다고 할 정도였다. 수령은 이를 충당하기 위해 각 분야에서 부정을 자행하였다. 어촌은 백성을 괴롭히는 수령으로 다음의 세 부류가 있다고 하였다. 즉 마음가짐은 깨끗한 듯하나 재능과 기량이 용렬하므로 위엄이 서리胥吏에게 미치지 않아서 폐단이 더욱 큰 자가 있고, 재능은 조금 있으나 기세를 믿고 위엄을 지어 가혹하게 토색질하여 한없는 욕심을 채우고 창고의 저장이 텅 비게 하는 자가 있으며, 여러 가지로 침탈하되 자기가 쓰지 않고 권귀에게 후히 뇌물을 주어서 명예를 낚으면서 스스로 깨끗하다고 하는 자가 있는데, 백성을 괴롭히는 것은 마찬가지라 하였다. 어촌은 수령의 침탈에 대해 다음과 같이 언급하고 있다.

> (수령이) 세를 거두는 것은 먼저 힘쓰고 어루만져 기르는 것은 여사로 여기며, 여러 가지로 침탈하고 아첨하여 권세 있는 사람을 섬깁니다. 그리고 공공연히 뇌물을 받되 조금도 꺼리지 않으니, 슬프게도 중병 든 자가 종기를 고치느라 제 살을 깎는 격입니다. 성城마다 고을마다 도도히 다 이러하여, 체직되어 돌아올 때에는 짐바리가 1백을 넘고 온갖 그릇[盤盂]·책상[几案]·돗자리[茵席] 따위의 일용하는 기구를 알게 모르게 훔쳐서 사사 물건으로 채웁니다. 때문에 먼 지방 만백성이 괴로워하며 말없이 호소하지 못하지만 그 관원을 '도둑 관원'이라 하고 그 나라를 '도둑 나라'라 하니, 성명한 조정의 수치가 이보다 큰 것이 없습니다(『어촌집』 제8권, 십점소 기축년〈중종 24, 1529〉).

수령은 백성에게서 여러 가지 방법으로 침탈하여 권세 있는 사람을 섬겼고, 공공연히 뇌물을 받되 조금도 꺼리지 않는다는 것이다. 거의 모든 군현이 다 이러하기 때문에 수령이 체직되어 돌아올 때에는 짐바리가 1백을 넘고 온갖 그릇[盤盂]·책상[几案]·돗자리[茵席] 따위의 일용하는 기구를 알게 모르게 훔쳐서 사사 물건으로 채웠다고 한다. 먼 지방 만백성이 괴로워하며 말없이 호소하지 못하지만 그 관원을 '도둑 관원'이라 하고 그 나라를 '도둑 나라'라 하였다. 어촌은 탐풍貪風이 성한 오늘날에 한두 사람에게 벌을 준다고 하더라도 풍속을 바로잡을 수 없기 때문에 오직 염치를 배양하는 것만이 이러한 폐단을 개혁할 수 있다고 하였다.

수령이 중앙의 고위관리에게 사적으로 바친 물품은 쌀米·콩太 등의 곡물류를 비롯하여 면포·의류, 용구류, 문방구류, 꿩과 닭·포육류, 어패류, 반찬류, 과일과 채소, 견과·약재류, 땔감류 등 일상용품에서 사치품에 이르기까지 망라하고 있었다. 수령은 이러한 물품들을 충당하기 위해 공물, 진상, 환자還上를 수납하는 과정에서 충당하였다. 어촌이 중종 31년(1536)에 김안로의 무함誣陷을 받아 평안도 경변사로 나갔다가 돌아와서 왕에게 아뢴 다음의 내용은 수령이 공물을 빙자하여 횡탈하는 모습을 보여준다. 평안도에서는 산에서 생산되는 꿀·인삼·오미자 등을 나라에 바칠 공물이라고 짓 칭탁하며 각 가호에서 징수하였는데, 한 가지 물건이라도 바치지 않으면 소까지 끌고 갔다. 어촌은 백성이 한 가지 공물이라도 바치지 못하면 뼛골까지 우려낸다고 하였다.

어촌은 "세종조에는 비록 녹사선생錄事先生이 수령이 된다 하더라도 관청의 물건을 가질 마음을 갖지 않았는데, 지금은 사대부로서 수령이 된 자라도 관청의 물건을 꺼림 없이 실어가며 보물 그릇을 공공연히 자랑하면서 부끄러워하지 않으니, 지금과 같은 풍속은 기강을 혁신시킨 뒤에야 다스릴 수가 있다"고 하였다.

3) 어촌의 재이론

『조선왕조실록』(이하『실록』)에는 많은 양의 재이災異 기록이 있다. 현재까지 연구된 바에 의하면 조선 전시기의 『실록』에는 25,670건이 있다고 하고, 조선 전기 127년 동안(1392~1519)의 『실록』에는 약 8,000건이 있다고 한다. 『실록』의 재이 기록 중에는 간혹 현대인이 이해하기 어려운 초자연적인 현상도 있지만, 대체로 경험적으로 설명하기 곤란한 천체·기상현상이나 지진·가뭄·홍수·전염병과 같은 재난현상을 재이로 간주하여 기록하였다.

어촌 심언광의 재이론은 그 대부분이 삼사에 재직할 때 상소한 것과 경연강의를 통해 제시된 것이었다. 이에 대한 몇 개의 사례를 들면 다음과 같다.

> A-① 근년 이래로 상서가 응하지 않고 재앙이 잇달아 올해까지 겨울의 천둥이 이변을 보이고 태양의 가에 있는 붉은 기운[日珥]이 경계를 보이며, 절기가 동지를 지났는데도 따뜻한 기운이 봄날 같고 비린 안개가 짙은 장독瘴毒 같습니다(『어촌집』 제8권, 홍문관 상소 무자년〈중종 23, 1528〉).
> A-② 전하께서 중흥의 초기에는 위로 하늘의 재변을 두려워하고 아

래로 자기 허물을 살피었습니다. 지난번 하늘의 재변災變과 사물의 괴이怪異가 거듭 나타나, 밤에는 흰 운기雲氣가 하늘에 비끼고 낮에는 짙은 안개가 사방으로 막히며, 북방들에 돌이 떨어지고 여름철에 우박이 내리며 심한 가뭄이 재앙이 되어 파종도 하지 못했습니다(『어촌집』 제8권, 십점소 기축년〈중종 24, 1529〉).

A-③ 지난해 가을에는 혜성彗星의 이변異變이 보이더니 얼마 있다 조정에 변이 있게 되었습니다. 그리고 올해는 봄부터 비가 오지 않은 채 여름을 거쳐 가을이 되었고 태백성太白星이 하늘을 가로지르는가 하면 지진이 일어나고 우박이 왔습니다(『어촌집』 제8권, 홍문관차자 임진년〈중종 27, 1532〉).

A-①은 근년 이래로 상서가 응하지 않고 재앙이 잇달아 해와 별에 이상이 생기고, 겨울에 천둥이 치며 동지가 지났는데도 따뜻한 기운이 봄날 같다고 하였다. 해와 별의 이상이란 햇무리가 자주 생기고 해가 빛을 잃거나 둘로 보이는 것과 같은 현상이었다. A-②는 하늘의 재변과 사물의 괴이가 거듭 나타나, 밤에는 흰 운기가 하늘에 비끼고 낮에는 짙은 안개가 사방으로 막히며, 북방들에 돌이 떨어지고 여름철에 우박이 내리며 심한 가뭄이 재앙이 되어 파종도 하지 못했다고 한다. A-③은 지난해 가을에 혜성의 이변이 보이더니 얼마 있다 조정에 변이 있게 되었고, 올해는 봄부터 비가 오지 않은 채 여름을 거쳐 가을이 되었고 태백성이 하늘을 가로지르는가 하면 지진이 일어나고 우박이 왔다고 한다. 때 아닌 천둥번개와 심한 가뭄이 예사로 발생한 것이 당시의 현실이었다.

이에 대해 어촌은 "하늘과 사람은 한 이치라서 느낌이 있으면 곧 반응이 나타나게 되는데, 사람의 득실得失로 하늘의 길흉吉凶이 나타난다"고 하였다. 이는 동중서의 감응과 경고라는 재이설의 설명방식을 그대로 수용한 것이었다. 동중서는 하늘과 사람이 동류同類이고 서로 감응하는 관계에 있으므로, 인간의 행위가 합당하지 않고 이상하면 하늘도 비상한 현상을 내려 견고譴告하는데 그것이 바로 재이라 하였다. 어촌은 재이가 자주 일어나는 원인에 대해 다음과 같은 점을 들고 있다.

> B-① 시독관 심언광이 아뢰었다. "『예기』월령편月令篇은 모두 백성을 위하여 지은 것입니다. 봄에 농토를 갈아 씨를 뿌리고 여름에 풀을 매서 가꾸고 가을에 곡식을 거두고 겨울에 창고에 저장하는 것은 민생이 날마다 하는 일로서, 다 천도天道에 순응하여 제 시기를 맞춘 것입니다. 왕이 백성을 다스리는 것도 천天도 자연의 이치에 순응하여 정사政事에 베푸는 것으로, 창고의 곡식을 백성에게 흩어주고 형벌을 삼가는 것이 천도의 자연 아닌 것이 없습니다. 그러므로 정치를 시행하는 때에나 사물을 처리하는 즈음에 있어 만약 천리에 어긋나고 정시正時를 어기는 일이 있게 되면, 반드시 하늘에서 반응이 일어나게 됩니다. 그리하여 음양陰陽이 차서를 잃고 한서寒暑가 거꾸로 되어 재변이 그치지를 않게 됩니다. 때문에 삼대三代의 성대한 때의 훌륭한 임금들의 정치는 모두 월령의 제도에 근본을 두어서 조금도 어김이 있지 않았습니다. 그러나 삼대 이후로는 사시四時의 시령時令이

선왕의 제도에 맞지 않은 것이 많이 있기 때문에 재변이 거듭 나타나 끊긴 때가 없게 되었습니다. 그런데 방금에는 가뭄·홍수와 충재蟲災의 재변이 해마다 잇따르고 있으니, 시령에 그 마땅함을 얻지 못한 것이 있어서가 아니겠습니까? 무릇 사람은 오상五常의 성성性을 갖추고 오행五行의 기氣를 받아 태어났는데, 기氣로 말하면 수水·화火·금金·목木·토土이며, 이理로 말하면 인仁·의義·예禮·지智·신信입니다. 이와 같이 사람이 한번 움직이고 한번 멈추는 데 있어 천지 음양과 서로 유통되지 않음이 없습니다. 그러므로 임금이 천지를 조화하고 인민을 양육養育하는 정치는 모두 나의 마음에서 나오는 것이니, 이와 같은 책은 더욱 성찰하시어 염두에 두셔야 합니다."(『중종실록』 권67, 25년 3월 정유).

B-② 삼가 아뢰건대 인심人心이 화和를 얻지 못하면, 이것이 안에 응결될 경우엔 우수가 되고 밖으로 발할 경우엔 원망하는 탄식이 되며, 격발激發할 경우엔 눈물이 되고 쌓였을 경우엔 나쁜 기운 려기戾氣가 됩니다. 이것이 서로 얽혀 오래도록 흩어지지 않으면, 양陽에는 극심한 가뭄으로 나타나고 음陰에는 음산한 흙비로 나타납니다(『어촌집』 제8권, 사헌부상소 기축년〈중종 24, 1529〉).

B-①은 천재지변이 빈발하는 원인에 대해 백성이 농사를 지을 때나 왕이 정사를 베풀 때 천도天道와 정시正時를 어기는 일이 있게 되면, 반드시 하늘에서 반응이 일어난다고 하였다. 그리하여 음양이 차서次序를 잃고 한서寒署가 거꾸로 되어 재변이 그치지 않게 된다는 것이다. 삼대의 성대한 때 훌륭한 임금들의 정치는 모두 월령의

제도에 근본을 두어서 조금도 어김이 있지 않았으나 삼대 이후 사시四時의 시령時令이 선왕의 제도에 맞지 않은 것이 많기 때문에 재변이 거듭 나타나게 되었다는 것이다. B-②는 인심이 화和를 얻지 못하면, 이것이 안에 응결될 경우 우수가 되고 밖으로 발할 경우 원망하는 탄식이 되며, 격발할 경우 눈물이 되고 쌓였을 경우 나쁜 기운戾氣이 된다고 하였다. 이것이 서로 얽혀 오래도록 흩어지지 않으면, 양陽에는 극심한 가뭄으로 나타나고 음陰에는 음산한 흙비로 나타난다고 하였다.

어촌은 하늘이 재앙을 내리는 것은 임금을 인애仁愛하는 뜻이 지극해서 그렇다고 하였다. 그것은 곧 인간사에 어떤 잘못이 있을 때 그것을 고치도록 하늘이 견고譴告를 보내는 것이라는 신유학 본래의 천변재이관에 입각한 의견이다.

지금보다 자연의 구속력이 훨씬 컸던 자연재해는 자연히 극심한 흉년으로 이어져 토지생산물에 의존하던 당시의 국가경제에 치명적 타격을 가하였을 뿐만 아니라 백성들의 생계도 위협하였다.

> C-① 전하께서 정치를 맡아 잘 다스리고자 하신 지 24년이 되었습니다. 그러나 화순和順한 감응은 오지 않고 요사스런 재앙[妖孼]만 거듭 이르는가 하면, 음양이 어긋나 추수를 못하는 해가 잇달았습니다. 그런데도 백성들이 죽어서 구렁에 뒹굴게 됨을 면하고 농사지어 먹으면서 지금까지 이르게 된 것은, 모두 전하께서 일념으로 힘써 구휼하신 덕택입니다. 그런데 하늘이 불쌍히 여기지 아니하여 재앙이 또 발생하여 봄부터 여름이 지나 초

가을이 되도록 비가 오지 않아 가을에 추수할 기대가 끊어진 것
이 사방이 모두 그 지경입니다. 사방과 기전畿甸을 견주어보면
기전이 더욱 심하고, 기전과 서울을 견주어보면 서울이 더 심하
여, 가까운 곳일수록 재앙이 더욱 심합니다. 지맥地脈이 타고 우
물이 말라서, 도성 사람들이 물 한 말[斗]을 비싼 값으로 사고
있는 실정입니다. 궁궐의 샘도 말라붙어 물을 찾아 민가로 돌아
다니는 실정이니, 이처럼 극심한 재변은 고금에 드문 일입니다
(『어촌집』 제8권, 사헌부상소 기축년〈중종 24, 1529〉).

C-② 국가가 근년에 와서는 음양이 시기를 잃어서 번번이 농사철을
당하여 가뭄의 재변으로 해마다 흉년이 들어서 백성들이 굶주
리고, 밥 지을 양식이 없고 겨와 기울도 넉넉지 못하여 삶을 영
위할 수 없어 바야흐로 굶어죽은 시체가 여기저기 나뒹구는 환
란이 있게 되었습니다. 그리하여 전지를 팔고 가축을 팔아서 조
세를 바치고 풀뿌리와 나무 열매로 겨우 빈 배를 채우면서 오는
해에 풍년들기를 바라고 살았지만 그 해害는 더욱 심해서 해마
다 지난해보다 더 심했습니다. 그리하여 지금에 이르러서는 온
사방이 모두 퇴지탄蓷之嘆[10]이 있게 되었습니다(『어촌집』 제8권,
홍문관차자 임진년〈중종 27, 1532〉).

C-③ 하늘에 이변이 생겨 혜성이 해마다 나타나고 음陰의 나쁜 기운

---

10 극심한 가뭄을 비유한 말. 『시경』에 퇴(蓷)는 바로 익모초인데, 익모초는 수분(水分)이 많
은 식물이기 때문에 쉽사리 마르지 않는데 가뭄이 극심하여 익모초까지도 말라죽었다고
한다.

이 양陽을 침범하고 흰 무지개가 해를 꿰었으니, 사람의 일이 음양에 감응하는 것은 마치 쇠를 달구는 불에 따라 온도가 오르내리는 것과 같아서 효과가 나타나는 것을 속일 수 없습니다. 하늘의 위엄을 두려워하면서 재앙을 불러오는 까닭을 생각하지 않아서야 되겠습니까? 나라에 기강이 제대로 서지 못하고 법령이 진작되지 않아서 간흉奸凶의 남은 싹들이 몰래 사악한 일을 꾸미고 있습니다. 때문에 네거리에 비방하는 방을 붙이고 대궐의 문에 화살을 쏘며 상이 계신 곳에 돌을 던지고, 심지어는 노래를 만들어 경상卿相들을 헐뜯기까지 하니 사람의 마음이 이렇게까지 흉포해진 것은 고금에 듣지 못했던 일입니다. 권세 있는 간흉으로 오랫동안 먼 변방에 귀양간 자가 보통의 사면에는 용서받기 어려운 일인 줄을 모르는 것이 아닌데도 근래의 잦은 사면을 틈타 혹시나 하는 요행을 바라는 마음을 가지고 온갖 방법으로 엿보니, 이는 조정을 가볍게 여겨 틈이 생기기를 엿보는 것입니다. 어쩌다 부당한 길을 한번 열어놓거나 상의 뜻이 조금만 흔들리면 종사에 미치는 화가 반드시 말하기 곤란한 지경에 이를 터이니 두려워하지 않을 수 있겠습니까? 이 몇 해 동안 흉년이 심하여 백성들이 배고프다고 울부짖고, 호남·영남은 도토리도 넉넉하지 않아 유망하는 백성들이 길에 가득하여, 모자母子간에도 돌보지 않아 혹은 아이를 나무에 묶어놓고 떠나기도 했고, 사대부의 집도 헤어져 떠날 때 울부짖으며 호랑이 함정에 빠지기도 했으니, 말을 하자면 너무도 측은하여 차마 아뢸 수가 없습니다(『어촌집』 제8권, 홍문관차자 계사년〈중종 28, 1533〉).

C-①은 극심한 가뭄으로 인해 샘이 말라붙어 도성 사람들은 물한 말[斗]을 비싼 값으로 사 마셨고, 궁궐에서는 물을 찾아 민가로 돌아다니는 실정이었다고 한다. C-②는 지방에 흉년이 들어 백성들의 굶어죽은 시체가 나뒹굴었고, C-③은 호남·영남에 흉년이 들어 유망하는 백성들이 길에 가득하여 모자母子간에도 돌보지 않아 혹은 아이를 나무에 묶어놓고 떠나기도 했다고 한다.

어촌은 홍문관에 재직하면서 천변재이를 해소하는 방도를 개진하는 차자를 여러 차례 올렸다.

> D-① 신등이 생각하건대, 하늘과 사람이 응하는 것은 그림자나 메아리보다 빨라서, 일의 득실得失에 다르게 응하여 상서와 재앙이 따릅니다. 그러므로 쇠퇴하고 타락한 정치에는 응하는 것이 늘 덥고 포학하고 참혹한 정치에 응하는 것이 늘 추워서, 주周나라의 말기에는 추운 해가 없었고 진秦나라가 망할 때에는 따뜻한 해가 없었습니다. 하늘이 주나라와 진나라에 경계를 보인 것이 이토록 간절했으나, 오히려 깨닫지 못하여 마침내 망하게 되었습니다. 옛부터 국가의 형세는 융성하지 않으면 쇠퇴하여지고 쇠퇴하면 어지러워지고 어지러우면 망하게 되는 것입니다. 그래서 망하는 것은 망하는 당일 망하는 것이 아니라 그 조짐이 융성하지 않은 날에 이미 나타나는데, 밝은 자는 먼저 보고서 바로잡아 망하게 되지 않게 하나 어두운 자는 흐릿하게 알지 못하여 망하는 날에 가서야 망하는 것을 압니다. 요는 임금이 하늘을 두려워하고 재앙을 삼가는 데에 달려 있는데, 하늘을 두려

워하고 재앙을 삼가는 실제는 정심성의正心誠意에 지나지 않습니다. 아! 이 정심성의 넉 자는 넉넉히 어지러움을 바꾸어 다스림이 되게 하고 재앙을 바꾸어 상서가 되게 할 수 있거니와, 성의정심誠意正心의 공이 있으면 성의정심의 보람이 있는 것은 마치 땅에 씨를 뿌리는 것과 같은데, 씨뿌리면 반드시 나는 것은 이치가 반드시 그러한 것입니다(『어촌집』 제8권, 홍문관상소 무자년 〈중종 23, 1528〉).

D-② 전하께서 정치를 맡아 잘 다스리고자 하신 지 24년이 되었습니다.…전하께서 스스로 생각하시건대, 오늘날 근심하는 마음이 과연 즉위 초와 같다고 생각하십니까? 잘 다스려지기를 바라는 성의가 독실하지 못한가 싶습니다. 옛날의 성인聖人은 자신의 책망을 앞세웠습니다. 홍수의 재앙이 있으면 오로지 내 탓이라 했고, 만방萬方에 죄가 있으면 이는 오로지 내 탓이라고 했습니다. 그래서 하늘도 성내지 않고, 백성도 원망하지 않았습니다. 뒷날의 임금들은 반성하여 스스로 닦아서 시행하지는 않고, 재앙을 만나면 운수로 돌리고 잘못이 있으면 책임을 아랫사람에게 돌립니다. 그래서 하늘도 성내고 백성도 원망하여 끝내는 멸망이 뒤따랐으니, 삼가지 않을 수 있겠습니까? 임금이 하늘을 섬기는 것은 자식이 부모를 섬기는 것과 같습니다. 부모가 자식을 꾸짖으면 자식은 잘못을 반성하고 효도를 다하여 부모의 환심을 얻도록 해야 합니다. 보위寶位에 있으면서 하늘의 꾸지람을 받으면 늘 재앙을 부른 것은 무슨 일 때문이고, 하늘에 응답할 방법은 무엇인가를 생각, 자기의 정성을 다해서 천심天心을

돌리고자 해야 합니다. 한갓 상렬常例만 따르면서 구차하게 고사故事대로만 하시니, 전하 스스로 생각하건대 이렇게 하는 것이 수성하는 도리를 다하는 것이라 할 수 있겠습니까? 자신을 책망하는 실지에 미진한 점이 있는가 두렵습니다(『어촌집』 제8권, 사헌부상소 기축년〈중종 24, 1529〉).

D-①은 하늘이 주周나라와 진秦나라에 경계를 보인 것이 이토록 간절했으나, 그것을 깨닫지 못하여 이들 나라가 마침내 망하게 되었다는 것이다. 나라가 망하는 것은 망하는 당일 망하는 것이 아니라 그 조짐이 융성하지 않은 날에 이미 나타나는데, 밝은 자는 먼저 보고서 바로잡아 망하게 되지 않게 하나 어두운 자는 흐릿하게 알지 못하여 망하는 날에 가서야 망하는 것을 안다는 것이다. 요는 임금이 하늘을 두려워하고 재앙을 삼가는 실제는 정심성의正心誠意에 지나지 않는데, 정심성의하면 어지러움을 바꾸어 다스림이 되게 하고 재앙을 바꾸어 상서가 되게 할 수 있다고 하였다.

D-②는 옛날의 성인은 자신의 책망을 앞세워 홍수의 재앙이 있으면 오로지 내 탓이라 했고, 만방에 죄가 있으면 이는 오로지 내 탓이라고 했다. 그래서 하늘도 성내지 않고, 백성도 원망하지 않았다. 그러나 뒷날의 임금들은 반성하여 스스로 닦아서 시행하지는 않고, 재앙을 만나면 우수로 돌리고 잘못이 있으면 책임을 아랫사람에게 돌렸다. 그래서 하늘도 성내고 백성도 원망하여 끝내는 멸망이 뒤따랐다는 것이다. 임금이 하늘을 섬기는 것은 자식이 부모를 섬기는 것과 같다. 부모가 자식을 꾸짖으면 자식은 잘못을 반성하고 효도를

다하여 부모의 환심을 얻도록 해야 한다. 보위에 있으면서 하늘의 꾸지람을 받으면 늘 재앙을 부른 것이 무슨 일 때문이고, 하늘에 응답할 방법은 무엇인가를 생각하여 자기의 정성을 다해서 천심天心을 돌리고자 해야 한다고 하였다.

조선시대 경연관들은 군주가 정치를 잘못했기 때문에 재이가 발생한다고 하였다. 재이가 발생하면 군주는 하늘의 경고를 두려워하고[恐懼], 자기의 잘못을 살펴서 고쳐야[修省] 했다. 군주가 재앙을 만나 몸을 닦고 반성하는 논리[遇災修省論]는 기본적으로 군주를 천명의 담지자이자 "하늘을 대신하여 만물을 다스린다"는 대천리물代天理物 하는 존재로 여기는 유교적 천명사상에 입각한 것이다. 고려시기 이래 유교정치가 전개되면서 재이를 맞아 군주에게 수덕修德과 수성修省을 요구하는 일은 줄곧 있어왔다. 하지만 공구수성의 내용은 시대와 논자에 따라 상이하게 나타났다.

고려 전기에는 경학經學에 바탕을 둔 유교 보편의 정치사상을 이해하고 그것을 현실정치에서 실현하는 것이 군주의 공구수성이었다. 『서경』의 「홍범洪範」·「무일無逸」 혹은 『예기』의 「월령月令」 등에 입각한 천시天時·시령時令에 순응하는 유교정치의 구현이 군주의 공구수성으로 요구되었다. 그리고 여말선초 주자학의 수용 이후 점차 심성수양心性修養으로 경도되었다.

전제적 지위에 있는 군주가 두려워 할 대상은 오직 하늘뿐이었다. 군주가 하늘을 두려워해야 하는 이유는 천명의 담지자로서 대천리물하는 존재였기 때문이다. 조선왕조 국가이념이었던 주자학적 성리학은 이전의 불교나 전통유교의 지배이념보다 한층 더 배타적인 속성을 지녔으며, 특히 왕권의 전제성을 강조하는 이론체계를 가지고 있었다. 그 이론이란 곧 왕권은 대천리물의 이념이었다. 대천리물이라는 명제는 주자학적 정치사상에서 왕권의 근원과 그 정당성, 특히 그 전제성을 설명하는 기본명제로서 널리 원용되는 말이었다. 그것은 전통유교에서도 항용 주장되어온 막비왕토莫非王土니 혹은 막비왕신莫非王臣이니 하는 명제보다 더욱 추상화되고 이론적인 깊이를 더한 내용을 담은 것이었다. 그래서 전통적으로 재이가 발생하면 군주는 '하늘의 경고[天譴=재이]'를 겸손하게 뉘우친다는 의미에서 공구수성할 것을 요청받았던 것이다.

왕의 공구수성에는 피전避殿·감선減膳·구언求言 등의 형식적인 절차가 있었다. 그러나 경연관들은 형식보다는 왕의 지극한 정성을 강조하였다. 어촌은 재이가 발생했을 때 왕이 지극한 정성으로 공구수성해야지 형식만 갖추어서는 소용이 없다고 하였다. 군주가 하늘의 경고를 받아들이면 좋은 정치가 실현되어 오히려 전화위복이 될 수 있지만, 하늘의 경고를 무시하면 반드시 패망에 이른다는 것이다. 이를테면 지성至誠이어야 감천感天한다는 논리였다.

어촌은 공구수성의 모범으로 은殷나라의 탕왕湯王과 주周나라의 선왕宣王을 들었다. 하夏왕조를 멸망시키고 은왕조를 일으킨 후 가뭄이 7년 동안 계속되자, 탕왕은 몸소 상림桑林에 나아가 비를 빌며 "제가 정치에 절제節制가 없이 문란해졌기 때문입니까? 백성들이 직업을 잃고 곤궁에 처해 있기 때문입니까? 제 궁전이 너무 화려하기 때문입니까? 부녀자의 청탁女謁이 성하여 정치가 공정하지 못한 때문입니까? 뇌물이 성하여 정도正道를 해치고 있는 때문입니까?

참소하는 말로 인하여 어진 사람이 배척당하기 때문입니까?” 하고
여섯 가지 일로 자책하며 정성껏 기도를 드렸더니, 오랜 가뭄 끝에
비가 왔으며 마침내 태평성대를 이룰 수 있었다고 한다. 그리고 주나
라 선왕은 가뭄을 당하여 지극한 정성으로 반성하고 잘못을 고쳤기
때문에 중흥을 이룩할 수 있었다고 하였다. 어촌은 한결같이 지성으
로 거행했는데도 하늘이 응답하는 효과를 얻지 못한다면 임금을 기
망欺罔한 죄를 달게 받겠다고 하였다.

4. 맺음말

어촌은 중종 8년(1513) 27세 때 식년문과에 급제하여 정치활동을
시작하였고 중요관직을 두루 거쳤다. 어촌은 30대 후반부터 40대
전반에 걸쳐 예조·병조·이조정랑을 위시한 육조의 낭관직과 언론 삼
사를 역임하였고, 40세 후반에 이조·병조·예조·공조참판을 비롯하
여 이조·공조판서 등을 역임하였다.

공조판서로 있던 어촌은 김안로를 인진引進한 것이 화근이 되어
중종 32년(1537)에 관직을 삭탈당하게 된다. 어촌은 앞서 동궁을 보
호하고 기묘사림을 조정한다는 김안로의 말을 믿고 힘써 그를 적극
인진했으나, 김안로가 재임용된 후 ‘기묘명현’을 전혀 복권, 등용하
지 않았다. 게다가 김안로는 ‘보익동궁輔翼東宮’의 구실로 허항·채무
택·황사우 등을 사주하여 정적政敵이나 뜻에 맞지 않는 자를 축출
하는 옥사獄事를 여러 차례 일으켰다. 그리하여 정광필·나세찬·박소·

조종경·이언적과 이행은 이들에 의해 유배당하거나 사사賜死되었다.

어촌은 김안로에게 속임을 당했음을 후회하면서 "당시 여러 사람의 의논을 돕지 않았더라면 오늘의 후회에 이르지는 않았을 것이다. 내가 죽은 후에는 의당 멱묘幎冒를 두텁게 하여 지하에서 여러 사람을 보지 못하도록 하라"고 하였다. 그러던 차에 김안로가 자신의 외손녀를 세자의 후궁으로 들이려고 하였을 때 어촌은 이를 반대하였다. 이로 인해 어촌은 김안로의 무함誣陷을 받아 평안도경변사로 나가게 되었고, 그 후에 함경도관찰사로 좌천되었다. 한편 좌의정으로 있던 김안로는 대간을 동원하여 윤원로·윤원형 등이 유언비어를 날조했다는 사실을 들어 축출하고 중종의 제2계비인 문정왕후를 폐하려고 획책하다가, 중종의 밀지密旨를 받은 대사헌 양연에 의해 축출되어 절도絶島로 유배되었다가 곧이어 사사되었다.

김안로가 사사된 그 날에 어촌은 소환되어 다시 공조판서에 임명되었고, 곧이어 의정부 우참찬에 전임하였다. 그러나 어촌은 전에 김안로를 인진한 것이 화근이 되어 관직이 삭탈되었고, 고향으로 돌아온 지 2년 후에 54세의 나이로 경호별업에서 세상을 떠났다. 어촌이 세상을 떠난 후 자손들이 미약해져 어촌의 억울함을 세상에 해명하지 못하다가 어촌의 5세손 심징이 오랫동안 정성을 들여 어촌의 결백을 밝히는 자료를 빠짐없이 수집하여 세 차례의 상소 끝에 관작이 회복되었다. 어촌이 세상을 떠난 지 실로 145년만이었다.

어촌은 홍문관의 수찬에서 부제학에 이르기까지 경연관을 겸대하면서 국왕을 늘 측근에서 시종할 기회를 얻게 되었고, 그것이 곧 그의 경세론을 펼 수 있는 좋은 기회였다. 어촌의 경세론은 그가 경연관으로 있을 때 그 대부분이 상소한 것과 경연강의를 통해 제시된 것이었다. 그러한 주제로는 국방론·수령론·재이론 등으로 범주화할 수 있다.

어촌의 국방론은 경성판관과 평안도경변사로 있을 때의 경험을 바탕으로 형성된 것이었다. 양계지방의 군사는 다른 지역의 군사와 달리 번상番上 없이 본도의 방어를 위해 유방留防하는 것이 특징이었다. 평안도에는 제諸병종 중에서 다수정예인 갑사甲士와 지방군의 기간인 정병正兵이 유방하고 있었다. 갑사는 6개월 복무하면 2년 반 후에 다시 복무하고, 유방정병은 1개월 복무하면 4개월 뒤에 다시 복무하는 것으로 규정되어 있었다. 그러나 이 규정이 평안도에서는 지켜지지 않고 있었다. 정병은 군역 이외에도 공물, 진상 등의 조달과 요역을 부담해야만 하였다.

정병은 자신의 군사활동 또는 요역에 동원되는 동안 소요되는 경비를 보인으로부터 징수하였다. 그러나 보인은 대역가代役價를 도저히 감당하지 못하여 도망하여 버리는 예가 흔한 현상으로 나타났다. 보인이 없어진 정병은 이제 단신 입역하는 처지가 되어 재산을 탕진한 나머지 끝내는 자신도 도망 유리하여야만 하였다. 도망과 유리를 감행한 이들은 역의 의무가 없는 승려가 되기도 하였고, 중앙각사의 서리書吏·조례皂隸·나장羅將 혹은 양계지방의 말단 관속인 아전衙前 등 신분의 우열을 가릴 것 없이 보다 편한 처지를 택하여 옮겨갔다. 어촌은 도첩과 같은 말단적인 방법으로 승려가 되는 것을 금하는 것보다는 왕정과 예교를 잘 시행하여 교화가 천하에 가득하면 불교는 절로 없어질 것이라고 하였고, 각 관아에서 차지한 수외

數外의 서리·조례·나장 및 아전을 수괄하여 도망하여 없어진 호戸의 군역에 충당할 것을 건의하였다.

수령은 중앙의 관인과 달리 한 고을의 사무를 전담하였기 때문에 흔히 "옛날의 제후" 혹은 "한 고을의 주인"이라고 칭해졌다. 그리하여 민인의 기쁨과 근심은 전적으로 수령의 어질고 어질지 못한 데에 달려있는 것으로 누누이 지적되고 있었다. 이처럼 민인의 생활이 수령의 자질·능력과 직결되어 있었기 때문에 조선왕조 국초부터 역대 국왕들은 수령의 선임에 특별한 관심을 가졌던 것이다.

조선 초기에는 문과출신이 지방의 수령으로 나가게 되면 벼슬이 깎이어 귀양간다고 하여 이를 회피하는 것이 상례였으나, 16세기에 들어와서는 명망이 있는 이름난 사람들도 수령이 되는 것을 다행으로 여기는 실정이었다. 여기에다 문음 출신의 수령도 양적으로 많이 채워졌다.

이들 수령 가운데 자신의 능력에 의해서 관직에 진출하였거나 승진이 가능한 문반관료들에게는 별문제가 없었겠지만, 고위관직자의 추천이나 연줄에 의해 관직에 진출한 문음 혹은 무반 출신의 수령이 포폄에서 좋은 성적을 받기 위해서는 포폄을 담당한 관찰사에게 직접 청탁을 하든지, 아니면 관찰사에게 절대적인 영향력을 행사할 수 있는 권세가에게 청탁을 해야만 하였다. 따라서 이들 수령은 자신을 후원해 주는 관리에게 정기적으로 물품을 바쳤던 것이다.

어촌은 백성을 괴롭히는 수령으로 세 부류가 있다고 하였다. 즉 마음가짐은 깨끗한 듯하나 재기才器가 용렬하여 위엄이 서리胥吏에게 미치지 않아서 폐단이 더욱 큰 자, 재능은 조금 있으나 기세를 믿고 위엄을 지어 가혹하게 징색徵索하여 한없는 욕심을 채우고 창고의 저장이 텅 비게 하는 자, 여러 가지로 침탈하되 자기가 쓰지 않고 권귀權貴에게 후히 뇌물을 주어서 명예를 낚으면서 스스로 깨끗하다고 하는 자가 있는데, 백성을 괴롭히는 것은 마찬가지라 하였다. 어촌은 탐풍이 성한 오늘날에 한두 사람에게 벌을 준다고 하더라도 풍속을 바로잡을 수 없기 때문에 오직 염치를 배양하는 것만이 이러한 폐단을 개혁할 수 있다고 하였다.

어촌의 재이론은 그 대부분이 삼사에 재직할 때 상소한 것과 경연강의를 통해 제시된 것이었다. 어촌은 "하늘과 사람은 한 이치라서 느낌이 있으면 곧 반응이 나타나게 되는데, 사람의 득실得失로 하늘의 길흉吉凶이 나타난다"고 하였다. 이는 동중서의 감응과 경고라는 재이설의 설명방식을 그대로 수용한 것이었다.

어촌은 천재지변이 빈발하는 원인에 대해 백성이 농사를 지을 때나 왕이 정사政事를 베풀 때 천도天道와 정시正時를 어기는 일이 있게 되면, 반드시 하늘에서 반응이 일어난다고 하였다. 그리하여 음양이 차서次序를 잃고 한서寒暑가 거꾸로 되어 재변이 그치지 않게 된다는 것이다. 어촌은 하늘이 재앙을 내리는 것은 임금을 인애仁愛하는 뜻이 지극해서 그렇다고 하였다. 그것은 곧 인간사에 어떤 잘못이 있을 때 그것을 고치도록 하늘이 견고譴告를 보내는 것이라는 신유학 본래의 천변재이관에 입각한 의견이다.

전제적 지위에 있는 군주가 두려워 할 대상은 오직 하늘뿐이었다. 군주가 하늘을 두려워해야 하는 이유는 천명의 담지자로서 대천리물하는 존재였기 때문이다. 그래서 전통적으로 재이가 발생하면 군주는 '하늘의 경고[天譴=재이]'를 겸손하게 뉘우친다는 의미에서 공구수성 할 것을 요청받았던 것이다. 왕의 공구수성에는 피전避殿·감선減膳·구언求言 등의 형식적인 절차가 있었다. 그러나 경연관들은 형식보다는 왕의 지극한 정성을 강조하였다. 어촌은 재이가 발생했을 때 왕이 지극한 정성으로 공구수성해야지 형식만 갖추어서는 소용이 없다고 하였다. 군주가 하늘의 경고를 받아들이면 좋은 정치가 실현되어 오히려 전화위복이 될 수 있지만, 하늘의 경고를 무시하면 반드시 패망에 이른다는 것이다. 이를테면 지성至誠이어야 감천感天한다는 논리였다. 어촌은 한결같이 지성으로 거행했는데도 하늘이 응답하는 효과를 얻지 못한다면 임금을 기망欺罔한 죄를 달게 받는다고 하였다.

심언광에 대한 역사적 평가
- 정치인생의 역정歷程과 순회巡廻

구도영_ 덕성여자대학교 연구교수

1. 머리말

어촌 심언광은 중종대 활동한 대표적 관료로, 강릉에서 성종 18년(1487)에 태어나 중종 35년(1540) 생을 마감하였다. 심언광이 정계에서 활동한 중종대는 중종반정을 비롯하여 조광조 등 사림세력이 출현하였고 이어 기묘사화가 발생하였다. 또한 '작서의 변(灼鼠의 變)'이라는 사건으로 후궁 경빈敬嬪과 권세가인 심정沈貞이 제거되었고, 더불어 김안로金安老가 정계에 재등장하는 등 굵직한 정치사건이 끊임없이 이어졌던 시기였다. 정치세력간의 갈등과 잦은 변동 속에 당대의 관인들은 자신들의 거취에 많은 고민을 했을 것이다.

허균은 심언광을 '중종대 최고의 문인으로 알려진 정사룡鄭士龍보다 더욱 뛰어나다'고 평가하였다.[1] 심언광은 출중한 시문詩文을 많이 남겼는데, 이는 그가 당대에 뛰어난 학자였다는 것을 말해준다. 조선시대에 시문은 시경詩經 등의 여러 유교경전 등을 섭렵한 뒤 이를 문장력으로 드러내는 것이었으니, 시문에 출중했다는 것은 학식과 글 솜씨를 두루 갖추었다는 것을 의미하였다.

이와 같이 심언광은 중종대 학식과 문학적 능력을 두루 갖추었던 인재로 인정받고 있었으며, 관료로서도 정 2품의 이조판서吏曹判書, 우참찬右參贊까지 오른 인물이었다. 그런데 그런 심언광에게 치명적인 오류로 남겨진 것이 있으니, 바로 김안로와의 정치적 결탁이다. 김안로는 중종대에 매우 위험한 인물로 인식되어 정계에서 배제

---

1   『惺所覆瓿藁』卷26, 附錄 1, 鶴山樵談

되었는데, 그런 그를 다시 정계로 복귀할 수 있도록 힘이 되어준 인물이 심언광이었다. 김안로는 당대는 물론 오늘날에 이르기까지 부정적인 평가만 받는 인물이므로 그런 그와 정치적 동맹을 맺었다는 것은 심언광에 대한 부정적인 평가에 절대적인 영향을 미치고 있다. 심언광의 성품 역시 그와 같은 수준의 소인小人으로 여겨질 수 있기 때문이며, 이것이 심언광에 대한 보다 긍정적인 평가가 주저되는 이유가 되고 있다. 따라서 심언광에 대한 역사적 평가를 정확히 하기 위해서는 무엇보다 그의 가장 큰 오류로 인식되는 김안로와의 관계에 대한 성격과 특징을 좀 더 명확하게 살펴야 한다. 이 관계에 대한 심언광의 의도가 설명된다면 심언광에 대한 평가 역시 달라질 수 있다고 본다.

따라서 이 글에서는 심언광과 김안로가 유착관계를 맺게 된 표면적 정치명분과 그 실제의도를 구분하여 살펴봄으로써 심언광이 김안로를 정계에 복귀시킨 목적을 좀 더 정확히 설명할 것이다. 이를 위해 먼저 2장에서는 심언광이 김안로의 정계 복귀에 적극적으로 나서기 이전, 중종대 세자世子를 보호하는 일이 얼마나 중요한 일이었는지 계비繼妃 선정 제도와 그 변화 과정을 통해 이해해 보고자 한다. 그리고 3장에서는 심언광이 김안로가 정계에 등장하던 시기 조정에서 어떠한 상소를 올리고 있었는지, 정계에서 어떠한 위치에 있었는지를 살펴본다. 그리고 이들의 정치적 결탁의 이유와 그에 대한 후대의 평가를 확인해 볼 것이다. 이러한 내용을 통해 심언광에 대한 역사적 평가가 좀 더 확장될 수 있기를 기대한다.

2. 중종대 '왕세자 보호'는 어떤 의미를 갖는가?

본 2장에서는 심언광과 김안로가 정치적 관계의 계기를 마련한 왕비 간택 문제를 살펴보려고 한다. 왕비 선정 문제에 대한 조선시대 분위기를 파악하는 것은 중종대 심언광의 선택이 갖는 의미를 조금 더 생생하게 확인시켜 줄 것이다.

1) 조선의 계비(두번째 왕비) 선택 방식

고려시대 왕의 부부관계의 형태는 일부다처一夫多妻였고, 적실嫡室과 첩妾이 분명하게 구분되지 않았다. 그러던 것이 조선 건국 이후 일부일처제의 형태로 바뀌게 되었다. 따라서 조선 시대의 왕비는 오직 1명이었고, 그 외의 여성은 후궁後宮이 될 수밖에 없었다. 새로운 왕비를 맞이하려면 왕비가 사망한 상태이거나 왕비 자리가 공석이어야만 했다. 이렇게 하여 조선은 국왕도 일부일처一夫一妻의 가족 질서로 정비되었으며, 왕비와 후궁의 구분도 명확해졌다. 왕비의 자녀와 후궁 자녀 사이의 적서嫡庶 차이도 분명해졌다.[2]

그런데 조선 초기의 왕인 태조太祖, 정종靖宗, 태종太宗, 세종世宗 등은 원비元妃(첫 왕비)가 세상을 떠난 후에, 그 다음 왕비인 계비繼妃를 따로 들이지 않았다. 조선 초 왕들이 계비를 들이지 않은 이

---

2 박경, 2004, 「조선 초기 왕실 가족 질서 정비의 특징」『여성과 역사』창간호

유는 무엇일까. 이에 대해서는 다음 기사에서 보이는 세종의 언사가 참고된다.

> 임금이 말하기를, "옛적에 임금이 늙으면 왕비와 후궁도 늙어서 얼굴
> 이 못나져서 총애가 점점 줄어드는 것이 일반적인 정서이다. 만약 임
> 금이 다시 나이 어린 여자에게 장가 들면 애정이 깊어지는 것은 틀림
> 없으며, 다행히 아들이 있으면 혹 세자의 자리를 빼앗으려하는 징조가
> 있을 것이다. 옛 사람이 예禮를 제정하여 임금은 두 번 장가가지 못하
> 게 하였으니, 어찌 깊은 뜻이 없으랴. 경 등은 이를 알지어다."[3]

위의 글을 통해 세종이 왕비를 다시 새로 들이지 않은 이유를 확인할 수 있다. 세종의 왕비였던 소헌왕후昭憲王后는 세종 28년(1446)에 사망하였으므로 이로부터 2년 후인 세종 30년(1448)에 신료들은 '중전의 자리가 오래 비었으니 새로운 왕비를 선택해야 한다'고 아뢰었다. 이에 대해 세종은 후궁 중에는 왕자를 낳은 자가 없으며, 자신이 어린 여자에게 장가 들면 애정이 깊어질 것이 틀림없으며, 이 어린 여자가 아들을 낳으면 지금의 세자 자리를 빼앗으려할 수 있으니, 이것이 임금이 두 번 장가가지 못하게 한 깊은 뜻이라고 진술하였다. 즉 두 번째 왕비가 들어와 발생할 수 있는 후계자 분쟁 문제를 염려한 것으로, 결국 당시 세자를 보호하기 위한 것이었다.

이러한 분위기 속에서 계비가 처음으로 등장한 것은 예종대睿宗

---

3 『세종실록』 권122, 세종 30년 10월 29일(임오)

代(재위 1468~1469)였다. 예종은 세자시절 한명회韓明澮의 딸을 세자 빈世子嬪으로 맞아들였으나 그녀가 이듬해 곧 병으로 사망하였다. 이에 새로이 세자빈을 선택할 수밖에 없었는데, 새롭게 발탁된 세자 빈이 훗날의 안순왕후安順王后이다. 여기에서 좀 특이한 점은 안순 왕후를 바로 세자빈으로 선택하지 않고, 후궁 신분으로 궁궐에 들 어오게 한 후, 일정기간이 지난 뒤 계비로 삼았다는 점이다. 이는 과 거 문종文宗(재위 1450~1452)의 세자빈들이 불손한 일들을 저질러 연 이어 쫓겨난 적이 있어서, 이제는 미리 세자빈이 될 여성의 됨됨이를 살펴보고자 한 것이었다. 따라서 세자빈 후보자를 후궁으로 먼저 들 여 궁궐 생활을 살펴본 뒤 왕비로 책봉하려던 것이었다.

안순왕후가 두 번째 세자빈이 되기 위해 후궁으로 궁궐에 들어왔 던 일은, 다음 왕인 성종대成宗(재위 1469~149)부터 계비를 들이는 것 이 관행화되는 계기가 되었다. 국초에는 세자를 보호하기 위해 계비 를 들이지 않았는데, 이젠 왕비가 사망하거나 쫓겨나면 다음 왕비를 선택하여, 왕비 자리를 비우지 않았다. 성종대 계비를 뽑는 것이 명 확해지면서, 계비였던 폐비 윤씨廢妃 尹氏와 정현왕후貞顯王后 모두 명나라로부터 왕비 책봉까지 받았다.[4] 책봉 의례까지 행해진 것은 이 제 계비를 들이는 것이 제도로서 정착되었음을 의미하였다.

그렇다면 계비를 선택하는 방식은 어떻게 정착되었는지 살펴보 아야 할 것이다. 성종의 원비元妃는 한명회의 딸 공혜왕후恭惠王后 였는데, 후사가 없어서 폐비 윤씨(당시는 종2품 숙의 윤씨)와 정현왕

---

4 『성종실록』 권76, 성종 8년 2월 4일(계유) ; 『성종실록』 권129, 성종 12년 5월 16일(경인)

후(당시는 종2품 숙의 윤씨)를 후궁으로 들였다. 공혜왕후가 성종 5년
(1474) 세상을 떠나자, 후궁이었던 폐비 윤씨가 계비로 책봉되었다.[5]
정현왕후가 집안 배경이 더 좋았음에도 폐비 윤씨가 왕비로 책봉된
것은 당시 폐비 윤씨가 연산군燕山君을 잉태하고 있었기 때문인 것
으로 이해된다. 그렇지만 폐비 윤씨는 왕비로 책봉된 지 3년 만에 왕
비의 자질로서 여러 문제점이 제기되어, 왕비에서 쫓겨났다.[6] 이 때
문에 다시 계비를 선택해야 했는데, 이번에도 후궁 중에서 선정하였
다. 후궁이었던 정현왕후가 계비로 책봉되었던 것이다.[7] 정현왕후는
후궁시절에 행실이 바르고, 왕대비·대비 등의 사랑을 받았으며, 당시
왕실에서 영향력을 행사하던 파평 윤씨였다는 점에서 왕비로 승격
될 수 있었다.[8]

이상에서와 같이 조선의 계비 선택은 15세기를 거치며 후궁들
가운데 선발하는 방식으로 정착되었다. 이는 어린 여자를 왕비로 선
발하면 안 된다는 관념을 지키면서도 왕비의 자리를 공석으로 두지
않기 위한 절충안이 될 수 있었다. 또한 후궁들은 이미 궁중생활을
경험하여 검증된 인물이었다는 장점도 있었다.

5 『성종실록』 권70, 성종 7년 8월 9일(기묘)

6 한희숙, 2007, 「中宗妃 廢妃 愼氏의 처지와 그 復位論議」 『한국인물사연구』 7

7 『성종실록』 권123, 성종 11년 11월 8일(갑신)

8 윤혜민, 2013, 「조선 전기 繼妃 선정 방식과 그 의미」 『조선시대사학보』 65, 62~73쪽

2) 중종대 계비 선택의 변화

1506년 9월 중종반정中宗反正이 일어났다. 조선의 10대 군주인 연산군을 폐위하고, 중종이 왕위에 올랐다. 중종반정은 조선왕조 개창 이래 왕위세습체제에 새로운 변화를 가져왔다. 즉 신료들이 주체가 되어 왕위를 교체하였던 것이다. 반정의 명분은 연산군의 잘못된 정치로 인하여 국가체제가 파탄에 이르렀으므로 부득이하게 국왕을 교체하였다는 데에서 찾았다. 따라서 연산군의 정치는 적폐로 간주되었으며, 반정 이후의 정책과정은 연산군대의 적폐를 청산해야 한다는 당위성을 가지고 진행되었다.[9]

문제는 중종반정으로 인해 중종의 왕비도 교체되어야 했다는 점이다. 중종의 세자빈 단경왕후 신씨端敬王后 慎氏는 아버지가 신수겸慎守謙으로 연산군의 처남妻男이었다. 이에 신수겸은 자신의 처남인 연산군을 폐위시키는 중종반정을 반대함으로써 반정세력에게 처형당하였다. 따라서 세자빈이었던 단경왕후는 반정에 반대한 죄인 신수겸의 딸이라는 이유로, 중종이 국왕이 되자마자 폐비廢妃가 되어야 했으며, 중종은 왕위에 오르자마자 새로운 왕비를 선정해야 했다.

성종대부터 계비는 후궁에서 채택하는 것이 관례화되었는데, 반정으로 갑자기 왕위에 오른 중종에게는 후궁이 존재하지 않았다. 이

---

9 김돈, 1997, 『朝鮮前期 君臣勸力關係硏究』, 서울대학교출판부, 101~106쪽 ; 윤정, 1997, 「조선 중종 전반기 정국구도와 정책론」『역사와현실』 25, 138~148쪽 ; 김돈, 2004, 「中宗代 法制度의 재정비와〈大典後續錄〉의 편찬」『한국사연구』 127, 36~40쪽.

러한 상황에서 조정은 왕비가 될 여자 몇 명을 후궁으로 들였다가 이 후궁들 가운데 계비를 선택하는 방식을 취했다. 중종 역시 두 세 명의 후궁을 들인 뒤 곁에 두고 그 행실을 살피다가 왕비를 결정하겠다는 입장을 밝히었다.[10] 당시 종2품 숙의淑儀로 4명의 처자를 입궁시켰는데, 그 중에는 경빈 박씨敬嬪 朴氏, 그리고 박원종朴元宗의 조카였던 장경왕후章敬王后와 홍경주洪景舟의 딸 희빈 홍씨가 포함되어 있었다.[11] 그리고 중종 2년(1507) 드디어 후궁들 가운데 파평 윤씨인 장경왕후가 왕비로 책봉되었다.

장경왕후는 왕비가 되어 중종 6년(1511) 효혜공주孝惠公主를 낳았고, 중종 10년(1515) 원자 호元子 峼를 낳았다. 그러나 원자를 낳은 뒤 장경왕후가 산후병産後病으로 곧 사망하고 말았다.[12] 장경왕후가 사망하면서 조선 조정은 또 다시 중종의 두 번째 계비를 선정해야 했다. 그런데 여기에서 큰 제도적 변화가 발생하였다. 기존에는 후궁 출신에서 계비를 선발해 왔다. 따라서 장경왕후도 후궁으로 들어간 뒤에야 계비로 책봉될 수 있었다. 그런데 이번에는 그간의 방법을 버리고 새로 처녀에서 계비를 선택하여 들였다. 처음으로 시도된 이 선택 방법으로 선발된 계비가 바로 훗날의 문정왕후文定王后였다. 그렇다면 조선 조정은 왜 굳이 새로운 방식을 만들면서까지 계비 선택법을 바꾸었을까. 그것은 당시 장경왕후가 사망한 뒤, 장경왕후가 낳

---

10 『중종실록』 권1, 중종 1년 9월 17일(계사)

11 변원림, 2006, 『조선의 왕후』, 일지사

12 『중종실록』 권21, 중종 10년 3월 2일(기미)

은 원자의 처지가 고단해진 것과 관련이 깊다.

중종의 후궁 중 경빈 박씨敬嬪 朴氏는 한미한 집안 출신이었지만 아름다운 처녀로 이름이 나 있어 중종반정 뒤 처음으로 추천되어 궁에 들어왔다.[13] 반정의 중추세력이었던 박원종의 조카 장경왕후가 계비로 선택되었지만, 경빈은 중종의 총애를 받아 중종 4년(1509)에 가장 먼저 장남 복성군福城君을 출산하였다.[14] 후궁 소생인 복성군은 장경왕후 소생의 원자보다 6살이나 많았다. 따라서 관례대로 후궁에서 계비를 선택할 경우 중종이 총애할 뿐만 아니라 장남을 낳은 경빈이 계비가 될 가능성이 농후하였다. 만약 그렇게 된다면 경빈이 낳은 복성군은 장남인데다, 서자庶子에서 적자嫡子가 되는 것이었다. 또한 장경왕후가 낳은 원자는 차남次男이 되어 왕세자 자리를 두고 문제가 발생할 수밖에 없었다. 앞서 세종이 계비를 책봉하지 않으려 했던 근본적 우려, 즉 세자 자리를 두고 왕자들 간의 분쟁 발생이 현실화될 여지가 컸던 것이다.

> 정광필이 말하기를, 무왕이 상商나라를 멸망시킨 지 얼마 안 되어 돌아가시고 성왕이 열 살에 즉위하였으니, 후세 국가에 장성한 임금이 있어야 한다는 뜻과 비교하면 어떠합니까? 문왕文王·무왕武王의 자손이나 형제가 또한 많았을 것이니, 어찌 성왕보다 장성한 자가 없었겠습니까? 개국 초기에 어린 임금을 세워서는 안되는데도 반드시 성

---

13 『중종실록』 권58, 중종 22년 4월 26일(임신)
14 『중종실록』 권22, 중종 10년 7월 26일(신해)

왕을 세운 것은, 적자世嫡의 장長을 바꿀 수가 없는 것이기 때문입니다. 옛적에 이르기를 '임금이 두 번 장가가지 않는 것은 적자 후손嫡嗣이 둘이 있을 수 없기 때문이다.' 하였는데, 이에 대한 논의는 후세에 없었기 때문에 신은 매양, 임금은 종묘를 받드니 어찌 재취할 수 없겠는가 하고 의심하였더니, 이제 다시 생각해 보건대, 오로지 적자 후손을 둘로 하지 않기 위하여 논한 것이었습니다. 만약 둘 다 적자 후손으로 삼으면 그 폐단이 이루 말할 수 없을 것입니다."하였다.

사신은 논한다. 이때에 왕이 숙의 박씨를 가장 총애하였고, 아들을 두었는데다가, 원자보다 나이가 많아 반드시 원자와 서로 알력이 생길지 알 수 없었다. 정광필의 논의는 필시 이를 걱정하여 말한 것일 것이다.[15]

위의 기사에서, 영사 정광필領事 鄭光弼은 대를 이을 적장자는 결코 바꿀 수 없는 일이라는 점을 『예기禮記』 성왕의 고례를 인용하여 주장하고 있다. 중종이 후궁 중 누구를 총애하고 있는지 신료들은 모두 짐작하고 있었다. 위와 같이 정광필이 왕비 문제를 아뢰고 난 뒤, 계비 문제가 조정에서 집중적으로 거론되기 시작하였다. 홍문관 부제학 김근사弘文館 副提學 金謹思는 상소하여 '현재 조선에 자연재해와 기이한 일이災異 연달아 일어나고 있는데, 이것은 여알女謁(궁궐에서 정치를 어지럽게 하는 여자)이 일을 꾸미는 것에 대한 징조應驗'라

---

15 『중종실록』 권22, 중종 10년 7월 26일(신해)

고 주장하였다.[16] 김근사가 가리키는 여알은 다름 아닌 경빈 박씨를 뜻하는 것이었으며, 하늘도 여자가 정사를 어지럽히는 것을 경계하기 위해 재해를 내리고 있다는 것이었다.

그렇지만 후궁에서 계비를 선택하는 방식이 제도화되었는데, 이것을 갑자기 바꾸는 것은 쉬운 일이 아니었다. 이튿날 영의정 유순柳洵·좌의정 정광필·우의정 김응기金應箕 등 삼정승도 중종에게 계비 선택과 관련한 일을 아뢰었다. 이들은 『대학연의大學衍義』라는 책에서 범조우范祖禹가 배필을 선택하는 내용에 표를 붙여 올렸다. 계비 선택 방법을 바꾸기 위해서는 그만한 이론적 근거가 필요하였는데, 그러한 전거를 찾아서 이를 읽어보도록 중종에게 권유한 것이었다. 그러자 중종은 왕비의 자리가 오래 비어 있어도 해로울 것이 없다면서 후궁에서 뽑을 것인지, 다시 새로 처녀 중에 선택할 것인지는 3년 뒤에 가리겠다고 전교하였다.[17] 중종은 계비를 새로이 처녀에서 선택해야 한다는 신료들의 주장을 유보시킴으로써 신료들의 주장을 우회적으로 반대하는 입장을 보였다.

그러나 결국 신료들의 뜻대로 계비를 새로 처녀에서 선택하는 것으로 결정됐다. 여기에는 신료들의 주장뿐만 아니라 중종 어머니인 대비 정현왕후大妃 貞顯王后의 의견도 작용된 것으로 보인다. 중종 어머니인 정현왕후는 파평 윤씨였고, 새로 선택된 계비 문정왕후도 파평 윤씨였다. 따라서 정현왕후는 같은 집안이면서, 상대적으로 한

---

16 『중종실록』 권23, 중종 10년 10월 1일(갑인)
17 『중종실록』 권23, 중종 10년 10월 2일(을묘)

미한 집안인 문정왕후가 원자를 잘 돌보아 줄 것으로 기대했던 것으로 보이며, 이는 곧 대비가 원자를 보호할 목적으로 계비를 새로 뽑는 방식을 중종에게 권했을 여지가 충분히 있었다고 판단된다. 또한 16세기 초반 성리학이 심화되어 가던 시기 신료들이 『대학연의』를 통해 이론적 근거도 제시하여 중종으로서는 더 이상 후궁에서 계비를 선정하는 방식을 고집하기 어려웠다.[18]

> 사신史臣은 논한다. 이보다 앞서 왕비의 자리坤位가 아직 결정되지 아니하였을 때에 숙의 박씨가 후궁 가운데에서 총애가 으뜸이었으므로, 장경왕후의 예를 따라 스스로 왕비에 오르고자 하였었다. 국왕도 이것을 들으려 하였으나 대신의 뜻이 어떤지를 모르겠으므로, 정광필·김응기·신용개 등에게 간곡한 말로 물어서 그 뜻을 시험하였다. 그랬더니 김응기는 가부를 말하지 않고 신용개는 약간 허락하였으나, 정광필만이 분연히 허락하지 않으며 아뢰기를 '정위正位는 마땅히 덕이 있는 명문가에서 다시 구해야 할 것이요 미천한 출신을 올려서는 안 됩니다'하고, 진서산眞西山의 『대학연의』에서 범조우가 후비 선택을 논한 일을 아뢰니, 박씨의 뜻은 마침내 저지되고 상의 뜻도 새 왕비를 맞기로 결정되었다. 사림에서 이 말을 듣고 서로 이르기를 '정광필의 이번 일은 송나라 한기·범중엄韓琦·范仲淹이라 해도 더 낫지 못하였을 것이다.' 하였다.[19]

---

18 윤혜민, 2013, 「조선 전기 繼妃 선정 방식과 그 의미」 『조선시대사학보』 65, 79~83쪽
19 『중종실록』 권28, 중종 12년 7월 22일(병신)

위의 기사는 중종실록 집필자가 이 시기 계비 선택 방식에 대해 논평한 글이다. 중종대 계비를 처녀 중에 새로 선발하는 방식이 처음으로 시행되었다. 전례를 쉽게 고치지 않는 조선 조정에서 계비 선택 방식을 적극적으로 변경한 것은 당시 경빈에 대한 중종의 총애가 얼마나 극진했는지를 보여준다. 더불어 경빈에 대한 신료들의 불신의 정도도 이해할 수 있다. 후계자 계승 문제가 발생하지 않아야 한다는 공감대가 대비에서 신료들, 사림에 이르기까지 폭넓게 형성되었고, 결국 신료들은 그에 적합한 이론적 근거를 찾아내면서 계비를 새로 선택하는 방법을 현실 속에 구현해 내었다.

3. 시대의 격랑 속에서, 심언광의 정치 행보는 어떠했는가?

1) 왕세자 보호와 심언광의 정치활동

중종대 정계에서 활약한 김안로는 당대는 물론 오늘날까지 매우 부정적으로 평가되는 인물이다. 김안로의 본관은 연안延安이며, 중종 1년(1506)에 별시문과에 장원급제하면서 관직생활을 시작하여 중종 11년(1516)에 이조참의吏曹參議에 제수되었다. 그리고 중종 16년(1521)에 김안로의 아들 희禧가 장경왕후의 딸 효혜공주孝惠公主와 혼인함으로써 왕실과 연결되었으며, 장경왕후가 원자를 낳고 곧바로 죽었기 때문에 김안로와 왕실과의 관계는 더욱 긴밀해졌다. 원자는

중종 15년(1520) 6살의 나이로 왕세자에 책봉되었다.[20]

　왕실과 친인척이 된 김안로는 중종 19년(1524) 이조판서가 되면서 인사권까지 장악하였다.[21] 그가 이조판서가 된 뒤로 김안로를 따르는 자들이 더욱 많아져 사대부들 사이에서 무릇 의논할 것이 있으면 반드시 김안로는 어떻게 생각하느냐고 물어볼 정도였다. 심지어 당시 신료들 간에 서로 공격하여 자주 갈리고 조정이 어지러웠는데, 이러한 의논들이 모두 김안로에게서 나온 것이었다.[22] 김안로의 정국 장악에 분개한 영의정 남곤南袞은 국왕을 직접 찾아가 김안로의 간사한 정상을 아뢰었지만 중종이 따르지 않았다.[23] 김안로의 죄가 외면적으로 뚜렷이 드러나는 것이 아니었기 때문이다. 이후 조정 대신들은 물론이거니와 홍문관과 대간까지 함께 김안로가 죄가 많다면서, 귀양 보내야 한다고 매일같이 주장하였다. 김안로의 일로 사직을 청하기까지 하였다.[24] 조정 안팎의 강력한 공세에 중종은 결국 김안로를 경기 인근인 파주로 보내라고 하명하였으나, 더 멀리 귀양 보내야 한다는 대간의 집요한 주장에 다시 풍덕군豊德郡으로 최종 결정하

20　김돈, 2002, 「中宗朝 '密旨'에 의한 정치운영과 성격」『조선의 정치와 사회』, 집문당, 133~134쪽

21　『중종실록』 권51, 중종 19년 6월 8일(신축) ; 『중종실록』 권51, 중종 19년 8월 24일(병진)

22　『중종실록』 권52, 중종 19년 11월 6일(병인)

23　『중종실록』 권52, 중종 19년 11월 2일(임술)

24　『중종실록』 권52, 중종 19년 11월 6일(병인) ; 『중종실록』 권52, 중종 19년 11월 8일(무진) ; 『중종실록』 권52, 중종 19년 11월 9일(기사) ; 『중종실록』 권52, 중종 19년 11월 10일(경오) ; 『중종실록』 권52, 중종 19년 11월 11일(신미) ; 『중종실록』 권52, 중종 19년 11월 12일(임신) ; 『중종실록』 권52, 중종 19년 11월 13일(계유) ; 『중종실록』 권52, 중종 19년 11월 14일(갑술) ; 『중종실록』 권52, 중종 19년 11월 15일(을해)

였다.[25] 김안로가 뚜렷한 죄목이 없었는데도 전 신료가 조직적으로 김안로의 귀양을 주장할 수 있었던 것은 남곤과 심정의 주도에 의한 것이었다.[26]

중종 19년(1524) 김안로가 유배에 처해진 가운데, 중종 22년 (1527) 3월 '작서의 변(灼鼠의 變)'이라는 음모사건이 발생하였다. '작서의 변'이란 세자의 생일에 누군가 죽은 쥐의 사지를 찢어 불에다 지진 다음, 이것을 세자의 침실 창문 밖에다 매달아 놓은 사건을 말한다. 세자의 생일 외에 당월 초하룻날도 연속해서 발생하였다.[27] 이는 세자를 저주하려는 행위였고, 세자는 당시 13살이었다. 세자가 저주를 당해 안위가 위태로우면 상대적으로 이롭게 될 인물은 일차적으로 장남인 복성군이 거론될 수 있었다. 사실 그간 계비 선택 관행을 보면 경빈 박씨와 복성군은 조선의 새로운 왕비와 적장자가 될 수 있었다. 그런데 신료들의 반대로 말미암아 경빈은 그러한 기회를 일순간에 박탈당한 셈이었고, 이러한 억울함으로 인해 세자에 대한 반감과 원한을 품을 수 있는 소지가 있었다. 이 때문에 작서의 변은 경빈 박씨가 일으켰을 것으로 추정되었으며, 뚜렷한 증거도 없이 중종 22년(1527) 4월 경빈 박씨는 후궁에서 폐해졌고 복성군도 왕자군의 작호가 박탈되었다.[28]

---

25 『중종실록』권52, 중종 19년 11월 16일(병자) ;『중종실록』권52, 중종 19년 11월 17일(정축) ;『중종실록』권52, 중종 19년 11월 18일(무인)

26 『중종실록』권52, 중종 19년 11월 6일(병인)

27 『중종실록』권58, 중종 22년 3월 22일(기해)

28 경빈 박씨와 복성군이 작서의 변이라는 음모사건으로 실제 얻을 수 있는 것이 없으므로

'작서의 변'의 범인이라는 뚜렷한 증거 없이도 후궁 경빈이 폐서
인될 수 있었던 것은 앞서 계비 선택제의 변경에서 보았다시피, 세자
의 안위와 관련해서 경빈의 존재가 매우 위협적이라는 공감대가 강
하게 존재했기 때문이었다. 작서의 변으로 세자의 안위가 다시 위협
받고 있다고 여겨지는 상황에서 조정에서는 세자를 지켜야 한다는
주장이 부상할 수 있었고, 이는 세자와 친인척인 김안로가 재등장할
수 있는 여건이 되었다. 바로 이러한 때에 김안로의 아들 연성위 김
희延城尉 金禧가 김안로의 방환을 요청하였다. 비록 신료들의 반대
로 이루어지지 못하였으나,[29] 김희의 상소는 계속 이어졌다.[30]

　이와 같이 정국은 세자의 안위 문제와 관련하여 급격한 변화를
맞이하고 있었다. 중종에게 총애받던 경빈이 폐서인되고, 김안로가
귀양지에서 그만 돌아와야 한다는 의견이 제기되었다. 이러한 정국
의 격랑 속에서 심언광은 어떠한 정치적 태도를 취했을까.

　심언광이 남긴 문집 『어촌집』에는 그가 정치 활동 당시 올렸던
각종 상소문 11건이 실려 있다.[31] 그런데 이 상소들은 모두 심언광이
홍문관 및 사헌부에 재직했을 당시의 것들이며, 공교롭게 중종 21년
(1526)부터 경빈이 사약을 받는 중종 28년(1533)까지의 것들로 구성

이들이 이 사건을 일으켰을 가능성은 거의 없다. 오히려 위협해진 세자의 위치를 보호한
다는 명분으로 김안로의 등장에 좋은 기회가 되었다는 점에서 김안로 일파가 이 사건에
가담했을 것으로 짐작할 수 있다(김돈, 2002, 「중종대 '灼鼠의 變'과 정치적 음모의 성
격」『한국사연구』119, 89~99쪽)

29　『중종실록』권59, 중종 22년 6월 4일(기유) ; 『중종실록』권59, 중종 22년 6월 6일(신해)

30　『중종실록』권60, 중종 23년 1월 21일(갑오) ; 『중종실록』권65, 중종 24년 2월 10일(병자)

31　『國譯 漁村集』卷8, 疏·箚子

되어 있다. 작서의 변이 발생해서 마무리되어, 김안로가 정계에 복귀하는 이 시점과 일치한다. 그가 이 시기 정계에서 어떠한 목소리를 내고 있었는지 살펴보고자 한다.

> 세자의 순수한 덕德이 삼선三善을 높이고 밝은 학문이 날로 새로워지나, 밝히기 어려운 것은 이치이고 어둡기 쉬운 것은 마음이므로 잠시라도 게을리 하면 그 마음이 곧 변할 것이니, 단정한 인사와 함께 의리를 강론講論해야 하고 글을 외우거나 뜻풀이를 하는 것만을 주로 하지 않아야 합니다. … 더구나 종사가 의탁하고 신료와 백성이 추대하는 바임에리까? **보호하는 방도를 지극하게 하지 않는 것이 없는데도 지난 번 간사한 자가 엿보았는데, 정상은 숨겨졌으나 형적은 드러났습니다.** 다행히 명철하신 주상의 판단에 힘입어 음흉한 자가 죄를 받고 국시國是가 크게 정하여졌습니다. … **이른바 여얼이라는 것은 외간의 말이 문안에 들어가고 여총女寵이 궁중에서 성행하는 것을 뜻하는데,** 칭찬하는 말이 귀에 들리고 기이한 기예가 눈에 닿으며 인척이 후한 작록을 바라고 충직한 사람은 혹 배척당하며 작명爵名이 때때로 외람되게 나와서 국사國事가 날마다 글러져 가는 것이니, … 따라서 **국본이 길이 굳어져서 명위名位가 안정되고, 궁곤宮壼이 엄하여 여얼이 그치고,** 수령이 어루만지고 돌보아 백성이 소생하고, 사기가 떨치고 일어나서 풍절風節이 높아질 것입니다.[32]

32 『國譯 漁村集』 卷8, 疏·箚子, 弘文館上疏 戊子年

위의 기사는 중종 23년(1528)에 심언광이 홍문관 재직 시절 올린 상소 내용 중 일부이다. 내용을 살펴보면, 국가의 근본인 세자를 보호하고, 여알이 그쳐야 한다는 내용이 주를 이루고 있다. 여기에서 여알의 주체로 지목되고 있는 경빈 박씨는 당시 폐서인이 된 상황이었지만, 그녀는 언제든 다시 후궁의 위치로 복귀할 가능성이 있었다. 따라서 그러한 경빈은 끊임없이 경계의 대상이 될 수밖에 없었다.

심언광은 중종 24년(1529) 4월에 사헌부 집의司憲府 執義에 올라, 관리들의 잘못을 탄핵하는 임무를 맡았다.[33] 이때에 시대의 폐단을 아뢰는 십점소十漸疏를 지었다. 십점소는 사헌부의 수장인 대사헌 김극성이 대표로 하여 왕에게 올려졌으나,[34] 실제 이 글은 문장가였던 심언광이 작성한 것이었다. 심언광은 당대 조정의 10가지 병폐를 제안하였는데, 그 중 첫 번째로 지적한 것이 여색을 멀리해야 한다는 것이었다. 심언광이 이 시기에 작성한 또 다른 상소에서도 여알을 경계해야 한다는 내용을 언급하였다.[35] 심언광은 지속적으로 경빈 박씨를 경계하며 세자 보호를 강조하였다. 그러한 가운데 귀양 갔던 김안로가 동년 5월에 방환되었다.[36]

김안로는 귀양지에서 돌아온 이후, 자신을 귀양 보냈던 심정沈貞과 그 일파를 공격하는 데에 본격적으로 앞장섰고, 김안로의 활동

---

33 『중종실록』 권65, 중종 24년 4월 13일(무인)

34 『중종실록』 권65, 중종 24년 4월 25일(경인)

35 『國譯 漁村集』 卷8, 疏·箚子, 司憲府上疏 己丑年

36 『중종실록』 권65, 중종 24년 5월 24일(무오)

에 심언광이 가세하게 된다. 중종 24년(1529) 10월에는 이장길李長吉이 종9품인 부사용에 임명된 것을 두고 그를 체직시켜야 한다는 대간의 건의가 두 달여 동안 지속되었다.[37] 당시 이장길 채용 문제가 그토록 화두가 되었던 것은 그가 심정의 심복이었기 때문이다. 이장길의 채용을 반대하고 있지만 실제 심정을 공격하고 있던 것이다. 사헌부, 사간원, 홍문관까지 이장길의 채용 반대를 대대적으로 주장하고 나섰지만, 그럼에도 중종은 이장길을 채용할 뜻을 굽히지 않고 있었다. 그러다가 11월 24일 심언광이 작성한 홍문관의 상소가 올려지고 나서야 받아들였다.[38] 아래는 그 상소 내용의 일부이다.

> 이장길은 아첨하는 간특한 늙은이일 뿐입니다. 서반西班의 하찮은 벼슬도 줄 수가 없는데, 결단을 늦추시어 간사함을 제거하는 데도 의심하여 반드시 조정廟堂에 물어 진퇴시키려 하십니다. 장길은 나이는 많으나 기능은 없고, 늙어서도 쇠퇴해지지 않는 것은 바로 아첨하고 간사한 구습舊習일 뿐입니다. 이러한 폐습이 그대로 남아 있게 된다면 끝내는 반드시 밝은 덕만 더욱 심하게 가릴 뿐입니다. 삼가 바라옵건대 전하께서는 사심을 없애어 능히 천리를 밝히시고 한결같은 마음의 덕으로 내면을 밝히고 겉에 나타나게 하여, 한 조각 안개나 구름도 청천백일의 누가 되지 않도록 하소서. 국세國勢의 성쇠와 복福祚의 장

---

37 『중종실록』 권66, 중종 24년 10월 12일 (갑술)~『중종실록』 권66, 중종 24년 11월 24일 (병진)

38 심언광은 중종 24년(1529) 8월 홍문관 전한(典翰)으로 임명되었다(『중종실록』 권66, 중종 24년 8월 11일(갑술)).

단이 모두 여기에 달려 있는 것입니다. …(중략)… 당나라가 망한 것은 주온朱溫의 발호 때문이 아니라, 번진藩鎭이 전제專制하게 된 시초에 있었으며, 송나라의 멸망은 오랑캐 원나라가 나라를 차지함에 있었던 것이 아니라, 희령熙寧과 원풍元豊 연간의 시끄러웠던 시기에 있었습니다. 당시 보통 정도의 임금과 자리나 지키는 변변찮은 신하라 하더라도 성하고 쇠하고 다스려지고 어지러워지는 기미를 밝혀서, 미리 구제할 방도를 조처하고 병통의 소재를 알아 약석藥石으로 다스리게 했다면, 방진方鎭이 아무리 강성하다 해도 어찌 당나라가 망하기에까지 이르렀겠으며, 희령과 원풍 연간의 정사로 어찌 송나라가 망하기까지야 했겠습니까?[39]

위의 글은 심언광이 작성한 글이지만, 홍문관 부제학 유부柳溥가 대표가 되어 중종에 아뢰어졌다. 주목되는 것은 그간 이장길의 채용을 반대하는 주장이 수십 차례 제기되었음에도 불구하고 국왕 중종이 이를 윤허하지 않고 번번이 거절하였는데, 심언광이 지은 위 상소문을 읽고 나서야 두 달 동안 끌어왔던 신료들의 요구를 기꺼이 받아들였다는 점이다. 심언광의 뛰어난 문필력이 임금을 결국 설득시켰던 것이다. 앞서 사헌부의 상소도 심언광이 작성했던 것으로, 심언광은 뛰어난 글 솜씨로 인해 그가 소속된 관부의 상소를 주도적으로 작성했으며, 그러한 그의 능력은 당시 조정 내 여론을 형성하고 결집시키는 데 큰 영향을 미쳤다.

---

39 『國譯 漁村集』卷8, 疏·箚子, 弘文館上疏 己丑年

심언광은 이듬해 중종 25년(1530) 5월 경빈 박씨의 인척인 김헌윤金憲胤, 김극개金克愷, 김극핍金克愊을 공격하였다. 이 시기 심언광은 부정한 정치인을 비판하는 사간원司諫院의 수장이 되어 있었으므로 이들을 비판하는 일이 더욱 용이하였다. 게다가 김안로 일파인 김근사가 대사헌이었다. 관료들의 잘못을 규탄하고 언론을 조성하는 기관인 사간원, 사헌부를 심언광과 김근사가 장악하였으므로 경빈 박씨를 공격하는 일은 더욱 쉽게 전개될 수 있었다.[40] 중종 25년(1530) 11월 좌의정 심정이 경빈 박씨로부터 뇌물을 받아 옥사獄事를 도우려 했다는 혐의로 귀양갔다가 이듬해 사약을 받고 사망하였으며, 심정 일파인 이항李沆마저 축출되어 김안로의 대척점에 있던 권세가들이 대부분 제거되는 정국을 맞이하였다.[41]

이상에서와 같이 중종 22년부터 중종 25년까지 3년 동안, 중종이 매우 총애하던 후궁 경빈과 당시 최고의 권세가였던 심정이 모두 죽음에 이르렀다는 것은 당시 정국의 엄청난 소용돌이를 짐작하게 한다. 이는 중종대 계비 선택 방식마저 바꾸게 한 '세자 보호'론이 작서의 변을 맞아 다시 부상하면서 이루어질 수 있는 일이었고, 여기에 심언광이 긴밀하게 연관되어 있었다.

---

40 『중종실록』 권68, 중종 25년 5월 28일(정사)

41 『중종실록』 권69, 중종 25년 11월 21일(정미) ; 『중종실록』 권70, 중종 26년 4월 6일(경신) ; 『중종실록』 권72, 중종 26년 11월 18일(무진) ; 『중종실록』 권72, 중종 26년 11월 24일(갑술) ; 『중종실록』 권72, 중종 26년 12월 3일(임오)

2) 심언광과 김안로의 정치적 결탁, 서로 다른 꿈을 꾸다

위에서 설명한 바와 같이 심언광은 세자를 보호하기 위해 정사를 어지럽히는 여자를 경계해야 한다는 상소를 올렸다. 그의 상소는 임금의 마음을 움직였고 동료들을 결집하기에도 효과를 거두었다. 그 가운데에서 경빈과 심정 일파가 제거되고, 김안로가 정계에 재등장하였다. 그렇다면 이러한 정국에서 심언광은 무엇을 얻으려 했을까. 그리고 김안로는 어떠한 점에서 심언광과의 결탁을 희망하였을까. 본 절에서는 심언광과 김안로 각각이 어떤 의도로 서로에게 접근하였는지 살펴보고자 한다.

① 심언광의 입장: 적폐 정치인 제거와 기묘사림 복권

심언광은 김안로 복귀 이전, 주로 관료들의 비리를 비판하고 언론활동을 하는 대간직에서 활동하였는데, 당대 권력가였던 심정에 대해 매우 비판적인 입장을 가졌다. 심정은 '탐욕스러운 간신배'라는 평가를 받고 있었고,[42] 심언광은 간신배 심정을 직접적으로 비판하다가 결국 그에게 원한을 사고야 말았다. 예를 들어 중종 24년(1529)에 국왕에 올린 상소(십점소(十漸疏))에서 심언광은 여색을 멀리해야

---

42 심정은 당시 사대부들의 평판에 용납되지 못한 인물이라는 평가가 당시 일반적이었다. 예를 들어 조광조는 기묘사화로 유배되었을 때 심정이 권력을 장악했다는 소식을 듣고, 그렇다면 자신이 틀림없이 죽게 될 것이라고 말하였다. 이러한 점을 보았을 때 당시 사림들에게 심정이 어떠한 인물로 비추어졌는지 짐작할 수 있다(『중종실록』 권35, 중종 14년 4월 28일(신묘) ; 『중종실록』 권69, 중종 25년 11월 27일(계축) ; 『中宗實錄』 卷37, 中宗 14年 12月 16日(丙子)).

한다는 내용 외에 국왕의 정치를 제대로 보필할 적임자를 등용해야 한다는 것, 간사한 자를 물리쳐야 함을 주장하였다.[43] 여기에서 말하는 간사한 자는 당시 좌의정이었던 심정을 가리킨 것이었다.[44] 심정의 방자한 죄를 논한 심언광의 발언들은 대간의 직분으로서 적절한 행동이었다.

그러나 심언광의 올바른 발언은 심정을 불쾌하게 하였다. 심정은 당시 명망 있는 사람들에게 분한 마음을 품었다. 심정은 기묘사화 때에도 사림들을 몰아내는 데에 일조했던 인물이다. 이것을 잘 알고 있던 심언광은[45] 기묘사화와 같은 사건이 또다시 벌어질까봐 불안해하였다.[46] 심언광은 심정에게 화를 당할까 노심초사하였고,[47] 심정에게 화를 당하지 않을 대책을 마련해야 했는데 여기에서 기묘사림을 다시 등용시키는 방법을 생각하게 되었다. 기묘년에 억울하게 쫓겨났던 사림 일부를 다시 정계에 복귀시켜 그들의 원통함을 조금이나마 풀어주는 동시에, 그들과 연대하여 탐욕스러운 심정에 맞서고자 했던 것이다.

심언광은 관직에 나아가기 전인 중종 6년(1511) 도봉道峯에 살았던 조광조와 만나 학술 토론한 바가 있고, 중종 7년(1512) 주세붕과

---

43 『國譯 漁村集』 卷8, 疏·箚子, 十漸疏, 己丑年

44 『중종실록』 권65, 중종 24년 4월 25일(경인) ; 『國譯 漁村集』 卷8, 疏·箚子, 十漸疏, 己丑年

45 『중종실록』 권58, 중종 22년 3월 10일(정해)

46 『중종실록』 권72, 중종 26년 12월 24일(계묘)

47 『중종실록』 권65, 중종 24년 4월 25일(경인)

도 심경心經을 토론하였다.[48] 이를 통해 심언광은 관직에 진출하기 전부터 기묘사림과 학문적으로 일정한 유대감을 갖던 관계였음을 확인할 수 있다. 중종 14년(1519)년 기묘사화가 일어나자 심언광도 이에 연루되어 관직에서 물러나게 되었으나, 중종 16년(1521)에 예조좌랑禮曹佐郞으로 재임명되어, 비교적 빠르게 관직에 다시 진출하였다. 기묘사화가 일어난 지 불과 2년 만에 심언광이 이렇게 빨리 재임명될 수 있었다는 것은 심언광이 기묘사림에게 학문적 유대감을 갖고 있었던 것은 사실이나, 당시 정계에서 조광조와 친밀한 관계는 아니었던 것으로 보인다. 또한 기묘사화 전후로 심언광에 대한 기록이 조선왕조실록에 거의 없는 것도 그와 같은 상황을 대변해주며, 이는 기묘사화로 인한 피해의 정도도 가벼울 수밖에 없다는 것을 뒷받침해준다. 자신은 기묘사화로 인한 피해의 정도가 적었지만 심언광은 이 사건을 매우 안타깝게 여기고 있었고, 자신의 정치적 성향을 기묘사림과 가깝다고 여기고 있었던 것으로 보인다. 더욱이 권력가 심정에 대한 위기의식은 기묘사림 등용을 더 간절하게 만들었다.

그러나 기묘사림의 재등용 문제는 국왕 중종이 매우 민감해 하는 문제이므로 섣불리 꺼내기 어려운 화두였다. 심언광 개인의 힘으로 성사시킬 수 있는 일이 아니었다. 이를 함께할 후원 동료가 필요했는데, 당시 위험 가능성이 있는 일에 쉽게 가담하겠다는 사람이 있을 리 만무하였다. 심언광의 이러한 심정을 잘 알고 있던 친구 민수천閔壽千은 김안로에게 이 정보를 흘리게 된다.

---

48 『國譯 漁村集』卷首, 年譜

민수천이 경기 감사로 있는데 가서 **안로를 달래기를, "왜 기묘년에
관계했던 사람들을 중재한다는 뜻으로 두 심씨(심언경·심언광)와 서로
결탁하지 않는가."하였다.** 대개 두 심씨가 기묘년 사람들을 쓰고자
하였으나 후원하는 사람이 없었다. 안로는 마음속에 넣어 두었다가
민수천의 말대로 그의 처족 채무택蔡無擇에게 달려가 고하였다. 그때
정언으로 있었다. **무택은 주창하기를, "세자가 외로우니 심히 근심스
러운 일이다. 세자의 보호와 기묘년 사람들을 조정하는 것은 김안로
가 한 번 일어나는 데 있다." 하였다.** 대사헌 심언광이 기묘사림을 중
재한다는 말을 믿고 따라 호응하여 붙좇으니 온 조정이 그편으로 쏠
렸다.[49]

위의 기사를 통해 심언광이 김안로에게 무엇을 기대하였고, 김안
로가 심언광을 어떤 방법으로 포섭하였는지 확인할 수 있다. 경기감
사 민수천은 김안로와 만났을 때에 '심언광에 기묘사림을 복권시켜주
겠다고 제안하면, 심언광이 김안로 복귀를 적극적으로 협조할 것'이
란 사실을 알려 주었다. 민수천은 심언광의 친구였으므로 심언광이
무엇을 원하고 있는지 정확히 알고 있었으므로 그러한 정보를 김안로
에게 흘린 것이었다. 심언광의 속마음을 알게 된 김안로는 자신이 정
계에 복귀하면 기묘사림을 재등용할 것이라는 정책 구상을 심언광에
게 전해지게 함으로써 심언광을 징치적으로 포섭할 수 있었다.

한편 위의 기사를 통해 김안로 귀양지 방환과 '세자 보호'문제

---

49 『大東野乘』「己卯錄續集」, 構禍事蹟

가 긴밀하게 연결되어 있었다는 것도 알 수 있다. 김안로가 귀양지에서 방환되기 위해서는 그 사유가 필요했는데, 김안로가 세자와 친인척관계였으므로, 세자를 보호해야 한다는 논리가 강할수록 김안로의 방환 사유가 설득력을 얻을 수 있었다. 또한 세자 보호는 당시 조정에서 폭넓게 공감을 얻어낼 수 있는 명분이었으며, 국왕 중종의 마음을 돌리는 데에도 가장 효과적이었다. 앞 절에서 확인한 것과 같이 김안로가 정계에 복귀될 시기, 조정에서 '세자 보호' 논의가 적극적으로 논의되고 있었다는 점은 이러한 상황을 잘 설명해 준다.

결국 정리하자면, 심언광이 세자 보호를 외치고 경빈 박씨를 내치는 데에 노력한 것은, 세자의 친인척인 김안로를 복귀시키기 위한 점이 있었다. 그리고 김안로를 정계에 복귀하게 만든 그 의도는 '기묘사림 등용' 문제를 해결받기 위함이었다. 기묘사림 등용문제는 자칫하면 또다시 역풍을 맞을 가능성도 배제할 수 없었기 때문에 심언광 개인의 의지만으로는 역부족이었고, 누군가의 협조가 절실하였다.[50]

그러한 가운데 국왕과 친인척관계인 김안로가 자신의 정치적 소신과 같은 구상을 하고 있다는 소식을 들었으니, 심언광은 김안로의 복귀를 적극적으로 협조하지 않을 수 없었다. 심언광은 기묘사림의 복권을 제안하는 김안로가 나쁜 사람으로 보였을 리도 만무하다. 김

---

50 실제 김안국(金安國) 등과 같은 기묘사림이 다시 등용된 것은 기묘사화가 발생한 지 20여 년이 지난 중종 말년에 이르러서야 이루어졌다(『중종실록』 권86, 중종 32년 12월 15일(경신)). 그 전까지 기묘사림의 등용 문제는 조정에서 논의조차 조심스러운 문제였다. 따라서 심언광은 심정의 대항마로서 기묘사림의 서용을 추진하고는 싶으나, 자칫하면 기묘사림 복귀 거론으로 역풍을 받을 수도 있었기 때문에 고뇌만 깊어지고 있었다.

안로는 이전에 기묘사림의 대표적 인물 중 하나인 김안국과 어울리기도 하였고, 역시 기묘사림의 주요 인물인 이자李耔와는 동서지간이었다.[51] 따라서 김안로의 인품을 제대로 접해보지 않은 심언광으로서는 김안로를 특별히 간사한 인물로 여기지 않았을 것이며, 어찌 보면 그것은 당연한 일이었다. 이 때문에 김안로를 가까이에서 겪어본 이언적李彦迪이 '김안로는 소인이니 절대 복귀시키지 말아야 한다'는 주장을 하자, 심언광은 이언적을 정계에서 배제시키면서까지 김안로의 복귀를 도왔다.[52] 김안로의 인품을 잘 알지 못했던 심언광에게 이언적은 지나치게 깐깐한 원칙론자로만 보였을 것이다.

② 김안로 : 정계 복귀 위한 언론인 필요

그 다음으로 살펴보아야 할 것은 김안로의 의도이다. 김안로는 왜 마음에도 없는 기묘사림의 정계 복귀를 약속하면서까지 심언광을 포섭하고자 했던 것일까. 심언광은 김안로에게 어떤 인물이었을까.

김안로 역시 정계에 복귀하기 위해 자신의 복권을 도울 정치적 동지가 필요하였다. 그런데 민수천이 김안로에게 심언광을 포섭할 것을 제안하였고, 김안로 역시 그 의견에 동의했다는 점이 주목된다. 그렇다면 민수천은 김안로에게 왜 하필 심언광을 정치적 파트너로 만들라고 추천하였고, 김안로도 동조하였는지 궁금하지 않을 수 없다. 이는 아래의 사론이 참고된다.

---

51 김우기, 1990, 「조선 중종 후반기의 척신과 정국동향」『대구사학』 40, 41~44쪽
52 『大東野乘』「己卯錄續集」, 構禍事蹟

A-① 사신은 논한다. 심언경은 집의 심언광의 형이다. 궁벽한 시골의 한미한 사람으로서 형제가 한때에 청현淸顯한 벼슬에 두루 올랐으며, **모든 의논이 다 심언광에게서 나왔으므로 사람들이 다 두려워하였다.**[53]

A-② 사신은 논한다. 심언광은 사람됨이 질박하고 솔직하며 시문詩文을 잘하였다. 뜻을 얻자 자주 대각臺閣의 의논을 마음대로 하여 **한때의 소장疏章이 그의 손에서 많이 나왔다.**[54]

심언광은 당시 언론계를 장악하고 있었다. A-①을 보면 심언광이 당시 언론의 중심에 있었다는 것을 파악할 수 있다. 15세기 말 성종대 이후, 대각臺閣(관리의 비리를 감찰하고 비판하는 사헌부, 사간원)과 홍문관은 여론을 주도하며 국정의 주요 담당층이 되었다. 이들은 자신들의 의견을 공론이라 주장하며 정치적 정당성을 확보하였으므로 국왕이나 재상도 대간의 의견을 거부하기란 쉽지 않았다. 조정에서 자주 제기된 '권력이 대간에게서 나온다(권귀대간(權歸臺諫))'란 표현은 당시의 상황을 잘 말해준다. 이 말의 뜻은 당시 정책 결정이 언론인인 대간에게 좌지우지되고, 이 때문에 권력이 모두 대간에 돌아가 있다는 것을 말한다. 조정의 정책 결정에서 대간들의 활동이 매우 중요하게 되자 권세가들은 이제 대간을 자기 휘하에 둠으로써 자

---

53 『중종실록』 권65, 중종 24년 4월 21일(병술)
54 『중종실록』 권81, 중종 31년 1월 6일(임술)

신의 권력 기반을 공고히 하기에 이른다.[55]

이러한 정치구조 속에서 김안로가 귀양지에서 방환되기 위해서는 그의 방환에 대한 우호적인 언론을 조성해줄 자가 절실하게 필요하였다. 그런데 심언광은 위의 A-①과 A-② 기사에서와 같이 당시 언론에 강한 영향력을 갖고 있었다. 그의 상소는 임금의 마음을 움직일 정도였다. 이에 경기감사 민수천은 조정의 언론을 움직일 수 있는 심언광의 정치적 의중을 김안로에게 제공하였고, 김안로는 기묘사림 복권을 심언광에게 전달하였다. 이에 김안로는 자신에 대한 우호적인 언론을 형성해 줄 심언광을 포섭하고자 하였다. 김안로는 자신을 귀양지에서 방환해 줄 언론인 역할로서 심언광을 이용하였던 것이다.

이와 같은 이유로 심언광은 김안로와 정치적 동반자가 되었다. 그들은 모두 입을 모아 '세자 보호'를 주장했지만, 이것은 양측 모두 명분에 가까웠다. 심언광은 세자보호를 주장하여 김안로를 정계에 다시 복귀시킴으로써, 기묘사림을 허통하고 위험한 권세가 심정의 위협으로부터 정치적 안전을 보장받고자 하였다. 김안로 또한 세자보호를 전면에 내세움으로써 유배지에서의 방환과 정치적 정당성을 피력하였으나, 김안로가 지향했던 바는 권력의 획득이었다. 심언광과 김안로는 심정과 경빈 박씨를 제거하는 것에는 뜻을 모았으나, 정치적 지향점은 서로 달랐다. 이들의 정지적 행보의 목적과 의도는 동상이몽同床異夢(서로 다른 꿈을 꾸었고)이었고, 결국 그들의 관계는 오

55 김돈, 1997, 『조선전기 군신권력관계 연구』, 서울대학교출판부

래 지속될 수 없는 것이었다.

3) 김안로와의 결별, 그리고 조선시대 심언광의 평가

김안로는 귀양에서 플려나 중종 26년(1531) 6월에 의흥위 대호군義興衛 大護軍으로 재서용된 이후[56] 중종 32년(1537)에 좌의정으로 사약을 받을 때까지 여러 요직을 거쳤다. 이 시기 김안로의 관직 임명에 대해서는 어떠한 반대도 제기되지 않았다.[57] 이러한 상황에서 김안로가 정계에 복귀하기까지 주도적인 역할을 했던 심언광 역시 출세가도를 달렸다. 중종 27년(1532) 홍문관 부제학,[58] 중종 28년(1533) 한성부 우윤,[59] 공조 참판[60], 중종 29년(1534)에는 이조 참판,[61] 병조 참판을[62] 거쳐 중종 30년(1535)에는 공조 판서가[63] 되었다. 중종 31년(1536)에는 이조 판서에까지 올랐다.[64] 그러나 그들은 출발부터

---

56 『중종실록』 권71, 중종 26년 6월 18일(신미)

57 김돈, 2002, 「中宗朝 '密旨'에 의한 정치운영과 그 성격」『조선의 정치와 사회』, 집문당, 135쪽

58 『중종실록』 권72, 중종 27년 1월 25일(갑술)

59 『중종실록』 권6, 중종 28년 9월 21일(경신)

60 『중종실록』 권76, 중종 28년 12월 22일(경인)

61 『중종실록』 권77, 중종 29년 5월 21일(정해)

62 『중종실록』 권78, 중종 29년 11월 21일(계미)

63 『중종실록』 권80, 중종 30년 11월 19일(병자)

64 『중종실록』 권81, 중종 31년 3월 11일(병인) ; 『중종실록』 권81, 중종 31년 4월 7일(신묘)

동상이몽이었기 때문에 정치적 결별은 수순이었다.

심언광은 김안로를 정계에 복귀시킨 이유가 김안로를 통해 권력을 확장하고자 함이 아니었다. 물론 권세를 마다할 이유는 없으나, 그것은 어디까지나 자신의 정치적 소신을 잃어버리지 않는 가운데에서 이루어져야 하는 일이었다. 심언광의 목적이 권력 자체였다면, 권세가였던 심정을 굳이 직접적으로 비판하였다가 미움을 살 이유도 없었을 것이다. 시간이 흐르면서 심언광은 김안로의 포악함과 그 자신이 김안로에 이용되었다는 것을 알게 되었다. 김안로는 심언광에게 기묘사림의 등용 문제를 약속하였는데, 그 또한 미미하게 이루어졌다. 김안로가 기묘사림의 소통을 어느 정도 이행하였는지는 분명하게 확인하기 어려운데, 직접적으로 언급되는 자들은 김구金絿, 박훈朴薰[65], 권벌權橃[66] 정도이다. 그마저도 김구와 박훈은 정계에 복귀된 것이 아니라, 단지 귀양지를 먼 곳에서 좀 가까운 곳으로 옮겨주는量移 혜택을 입었을 뿐이다. 그런데 이들의 귀양지를 가까운 곳으로 옮길 수 있도록 조정에 아뢴 사람이 영의정 정광필이어서[67] 실제 그 또한 김안로가 얼마나 영향력을 주었는지 의문이다. 정광필은 기묘사화 직후 관련자들을 죄인이라 일컫지 않는 것만으로도 동조세

---

65 당시 기록에 "김안로가 이미 권세를 잡자 김구ㆍ박훈 등 두어 사람만 풀어 돌아오게 하여 전일의 말을 실천하는 체하고는 기묘년 때의 남은 사람을 관리가 될 수 없게 함이 전일보다 심하니, 사람들이 그제야 더욱 김안로의 간사함을 알았다."는 기록이 있다(『大東野乘』 「東閣雜記」下).

66 『중종실록』 권70, 중종 25년 12월 5일(신유)

67 『중종실록』 권72, 중종 26년 11월 5일(을묘)

력으로 오인되어 처벌될 수 있던 엄혹한 분위기 속에서도 유일하게 기묘사림의 입장을 대변하며 사화가 최소화될 수 있도록 노력한 정승이었다. 그러한 영의정 정광필이 이제 방환된 김안로와 어떤 방식으로 접촉하며 함께 기묘사림의 소통을 풀어나갔다는 것인지 이해하기 어렵다. 다만 중종 25년(1530) 12월 기묘사림이었던 권벌의 채용이 끝내 대간의 반대로 이루어지지 못했다는 점을 볼 때[68] 정광필의 주장에 대간들이 반대하지 않도록 조정 전반의 여론에 영향을 주었을 것은 추측해 볼 수 있다.

김구와 박훈의 귀양지가 변경될 수 있도록 중종에게 아뢴 정광필은 유인숙柳仁淑과 정순붕鄭順朋의 채용도 적극 주장하였으나 이것은 받아들여지지 않았다. 중종 28년(1533) 정광필은 다시 유인숙과 정순붕의 채용을 주장하였는데 김안로의 심복인 좌찬성 김근사에 의해 거부되어 이루어지지 못하였다.[69] 중종 26년과 27년에는 기묘사림이 인재로 추천했었다는 이유로 등용이 제한되었던 사람들을 채용하는 방안이 결정되었는데도,[70] 명망 있고 고위관료였던 이자는 김안로가 일부러 서용하려 하지 않았다.[71] 또한 유인숙, 정순붕 등의 등용도 김근사가 비협조적 태도를 보였다. 이러한 점에서 김안로가 정작 명망 있는 기묘사림의 서용에는 소극적이었고, 중종 28

68 『중종실록』 권70, 중종 25년 12월 6일(임술) ; 『중종실록』 권70, 중종 25년 12월 8일 (갑자)

69 『중종실록』 권74, 중종 28년 3월 26일 (기사)

70 『중종실록』 권70, 중종 26년 5월 30일(계축) ; 『중종실록』 권73, 중종 27년 5월 10일(정사)

71 『중종실록』 권70, 중종 25년 12월 5일(신유)

년 무렵에 이미 기묘사림의 등용을 바라지 않고 있었다는 것을 짐작할 수 있다. 기묘사림의 등용은 거의 없는 가운데, 김안로의 정국 장악에 흔쾌히 동의하지 않는 수많은 신료들이 파직되거나 유배되거나 죽음을 당하였다. 따라서 당대인들은 그 누구보다 김안로를 혹독하게 부정적으로 평가하였다. 기묘사화를 일으키는 데에 참여했던 남곤, 심정보다도 김안로를 더욱 부정적으로 보았다.[72]

상황이 이러했으니 심언광은 김안로의 정계 복귀를 도운 자신의 과거를 후회할 수밖에 없었다. 심언광은 김안로의 심술을 알고 난 이후 김안로를 '한나라 때 왕위를 찬탈하여 한나라의 멸망을 재촉한 왕망王莽과 동탁董卓같은 간신'이라고 비난하였다가, 이 말이 김안로의 귀에 들어갔다.[73] 게다가 김안로의 정치적 움직임에 더 이상 협조하지도 않았다.

김안로가 조정에 다시 들어오자, 하는 짓이 착하지 못하고, 기묘년의 사람도 수용하지 않았다. 심언광이 비로소 분하게 여겼고, (김안로가) 장옥張玉 부자를 죽이려 할 때에는 언광이 힘껏 구원하였기 때문에

---

72 『중종실록』 권69, 중종 25년 11월 27일(계축) ; 기묘사화의 가담자인 남곤 역시 당대 소인으로 불리지기도 하였다. 그러한 남곤이 일찍이 사람들에게 '김안로는 임사홍(任士洪)과 노기(盧杞)를 합쳐 한 몸이 된 사람'이라고 주장하며, 그가 절대 조정에 들어와서는 안된다고 경계한 바가 있었다. 김안로에 의해 배척되어 유배지에서 사망한 이행(李荇)은 김안로의 성품을 정확히 간파했던 남곤을 성인(聖人)이라 할 만하다고 언급하였다(『중종실록』 권65, 중종 24년 5월 24일(무오))
73 『중종실록』 권81, 중종 31년 1월 6일(임술)

안로의 뜻을 거슬려 이조에서 함경 감사로 제수되어 나갔다.[74]

위의 기사와 같이, 심언광은 김안로가 죽이고자 한 장옥 부자를 오히려 힘껏 구제함으로써 김안로의 정책에 노골적으로 반대를 표시하였다. 이에 김안로는 자신을 비난하고 정책에 동조하지 않는 심언광을 함경감사咸鏡監司와 같은 외직으로 내보냈으며,[75] 얼마 있지 않아 김안로 그 자신은 결국 정계에서 제거되었다. 김안로는 권력 욕심이 지나쳐, 국왕 중종에게 사약을 받았다.[76]

심언광은 임기 말년에 김안로에 의해 배척되었으나, 한 때 김안로와 밀접한 정치적 동반자였다. 그러한 심언광에 대해 조선시대 사대부들의 역사적 평가는 어떠했을까.

> B-① 다시 김안로가 쫓겨가자, 심언광을 대사헌으로 임명하여 소환하니 당시 논의는, "심언광이 아니었으면 김안로가 어찌해서 조정에 들어왔겠는가. 그 후에는 비록 대립했으나 대사헌으로는 제수할 수 없다."하고, 탄핵하여 파직되었다. 외조부께서 그때에 강원도 방백으로 있었는데, 노상에서 만나 위로하였다. **심언광이 손을 잡으면서, "군자가 사람을 천거함을 조심하지 않으면**

---

74 『惺所覆瓿稿』 卷24, 「惺翁識小錄」 下, 說部 三, 沈彦光悔收用金安老.

75 『중종실록』 권85, 중종 32년 8월 5일(신해)

76 김안로는 문정왕후마저 폐하여 그의 권력을 독단하려다가 위기의식을 느낀 중종에 의해 축출되었다(『중종실록』 권85, 중종 32년 10월 24일(경오) ; 『중종실록』 권87, 중종 33년 7월 8일(기묘))

반드시 일을 실패한다고 예부터 경계하였는데, 나는 능히 실천하지 못했으니 공이 한 말을 생각하고 이제 와서 후회한들 미칠수 있겠는가."하였다. 마침내 이 때문에 **한을 품고 집에 돌아간지 얼마 안 되어서 죽었다.**[77]

B-② 중종 말기에 심언광이 내쫓겨서 북도 감사가 되었을 때 지은 시가 있었는데,

"넓은 하수를 건너려 해도 뱃사공이 없고 洪河欲渡無舟子

찬 나무는 시들게 되었는데 **기생충이 붙어 있다** 寒木將枯有寄生"

라 했으니, **남들은 이 시를 그가 후회하는 마음에서 지은 것이라하였다.** 대개 그때 김안로가 다시 정계에 들어온 것은 바로 심언광 형제와 허항의 뜻이었다. 이들 몇 사람은 **기묘년의 원통함을설분하려 했는데 안로가 꾀를 부려서 이들 비위를 맞추어 주었다.** 이 몇 사람들은 세자를 보필한다 핑계하고 힘껏 안로를 끌어들였는데, 안로의 아들 연성위 희가 인종仁宗의 누님인 효혜공주에게 장가들었기 때문이었다. … 얼마 후에 안로가 패몰되기에 이르러서는 어떤 이는 죽음을 당하고, 어떤 이는 귀양도 갔는데 언광의 시는 이런 일 때문에 지어졌던 것이다. 군자가 벼슬길에 들어서서 다리를 옮기는데 자세히 살피지 않고 한번 소인의농락을 당하면서도 미련을 버리지 않는다면 깊은 구렁텅이에빠지게 됨은 잠깐 사이의 일이다. 이로 본다면 **언광의 후회는 늦**

---

77 『惺所覆瓿稿』卷24,「惺翁識小錄」下, 說部 三, 沈彦光悔收用金安老

고 말았다는 것뿐이다.[78]

　위의 B-①은 강릉 출신 관료 허균이 자신의 외조부에게 전해들은 내용을 기록한 것으로, 외조부와 심언광과의 일화 속 내용 중의 일부이다. 심언광은 김안로와 결탁하여, 심정의 위협에서 자신의 정치적 안전은 보장받았다. 그러나 자신을 제외한 많은 신료들은 김안로에게 정치적 탄압을 받았다. 그는 후회했지만 돌이킬 수 없었다. 허균은 심언광이 한을 품고 집에 돌아간 지 얼마 안 되어서 죽고 말았다고 기록하였다. 이는 심언광이 김안로의 정계 복귀를 도운 것을 얼마나 처절히 힘겨워했는지 보여주는 대목이다.

　B-②는 성호 이익의 심언광에 대한 평가이다. 성호 이익의 심언광에 대한 평가의 주된 내용은 '안타까움, 후회'이다. 김안로의 정계 복귀 협조를 제외하면, 심언광의 정치인생에 특별한 비판이 제기되지 않는다. 심언광은 그 의도가 어떠했든 당시 누구도 선뜻 제안하기 어려웠던 기묘사림의 재등용 문제를 해결하기 위한 강렬한 욕구가 있었다. 그것은 당대든 후대든 사대부들에게 충분히 호의적 평가를 불러일으킬 수 있는 것이었다. 그러나 그 긍정적인 사안을 실현하기 위해 찾은 방법이 또 다른 참사를 불러왔다. 심언광의 의도와 방법론이 대척점에 있었다는 점에서 안타까움은 더욱 또렷해질 수밖에 없었다.

78　『星湖僿說』 卷21, 「經史門」, 沈彦光

4. 맺음말: 심언광을 위한 변명

　심언광을 역사적으로 평가하기에 앞서 짚고 넘어가야 할 숙제가 있다. 바로 김안로와의 관계를 어떻게 바라보느냐 하는 점이다. 과연 심언광은 권력을 얻기 위해 김안로를 선택하였는가.

　조선은 국초에 원래 왕비 사망 후, 계비繼妃를 따로 들이지 않는 것이 관행이었다. 이는 계비로 인해 발생할 수 있는 후계자 분쟁 문제를 염려한 것이었다. 그러던 것이 예종, 성종대를 거치며 계비는 후궁 중에서 선정하는 것으로 정착되었다.

　심언광이 정계에서 활동한 중종대에도 초기에는 역시 이러한 방법이 적용되었으나, 계비인 장경왕후가 원자를 낳고 바로 사망하자 다시 제도적 변화가 발생하였다. 기존 관행에 따라 후궁에서 계비를 뽑으면, 이미 장자 복성군을 낳은 데다 중종의 총애를 받고 있는 경빈 박씨가 계비로 선정될 가능성이 높았다. 그러나 경빈이 왕비가 되면 그녀의 아들인 복성군도 적자가 되므로 장경왕후가 낳은 원자와의 관계에서 서열문제가 발생할 수 있었다. 즉 왕세자 문제를 둘러싸고 분쟁이 발생할 가능성이 있었던 것이다. 이러한 상황에서 신료들은 계비는 후궁이 아닌 새로이 처녀에서 선발해야 한다는 원칙을 만들어냈다. 전례를 함부로 고치지 않는 조선에서 계비 선택제의 변경은 당시 나이 어린 원자 보호에 대한 조정의 공론이 얼마나 강건하였는지, 그리고 복성군의 존재가 얼마나 위협적이었는지를 짐작할 수 있게 해준다.

　그러한 가운데 원자가 세자가 되어 13살이 되었을 무렵 세자를 저주하는 사건, 작서의 변이 발생하였다. 세자 보호에 대한 조정 내 여론은 극대화되었고, 급격한 정국의 요동 속에서 심언광은 경빈을 경계하고 세자를 보호하는 언론활동을 계속 전개하였다. 그리고 그의 이러한 활동은 세자와 인척관계인 김안로가 다시 정계에 복귀할 수 있는 길을 열어주었다.

그렇다면 심언광은 왜 유배중이던 김안로를 정계로 복귀시켰을지 이해가 필요하다. 김안로가 정계에 복귀하기 이전 심언광은 대간으로 활동하고 있었고, 당시 정국은 권세가 심정이 장악하고 있었다. 심정은 기묘사화를 일으키는 데에도 적극 협조한 인물로, 탐오한 간신이라는 평가가 지배적이었다. 심언광은 심정을 비판적으로 보았으며, 상소 속에도 이따금 심정을 간신으로 표출하거나 그를 직접적으로 비판하기도 하였다. 심언광의 비판을 받은 심정은 심언광처럼 명망 있는 사대부들에게 앙심을 품게 되었다.

그런데 심언광은 성품이 담대하지는 않았던 것으로 보인다. 심정을 비판해 놓고, 자신의 언행 때문에 심정으로부터 위협을 받자, 화를 당할까 두려움을 갖게 되었다. 심언광은 이러한 상황을 돌파하기 위해 그와 대척점에 섰다가 기묘사화로 정계에서 파직된 기묘사림의 등용을 심중에 두게 되었다. 유배지에 있거나 관직 진출이 막힌 기묘사림을 복귀시키면서, 이들과 연대하여 심정으로부터 정치적 안전을 도모하고자 했던 것이다. 심언광은 정치적 위기 극복을 기묘사림 등용이라는 대단히 도덕적이고 선량한 방식으로 해결하고자 하였다. 기묘사림 방환은 그 자체만으로 당대 선비들로부터 칭송받을 일이었으며, 간신 심정에 대항할 수 있는 현실적 여건을 마련한다는 측면에서도 비중 있게 모색된 방법이었다.

심언광의 이러한 의중을 친구인 민수천이 김안로에게 전달하였고, 김안로는 기묘사림의 원통함을 풀어준다는 소식을 심언광에게 다시 흘림으로써 심언광과 김안로는 정치적으로 연결되었다. 뚜렷한 죄목 없이 귀양을 간 김안로의 인품에 대해 제대로 알지 못했던 심언광은 기묘사림 소통의 후원자를 자처하는 김안로가 나쁜 사람으로 보이지 않았을 것이다. 결국 심언광은 소인배 심정으로부터의 정치적 보호와 기묘사림 등용을 위한 방법으로, 또 다른 소인배 김안로를 호출해 냈던 것이다.

한편 김안로는 왜 심중에 없던 기묘사림 등용을 동조하면서까지 심언광에게 접근하였던 것일까. 그것은 당시 심언광이 언론을 장악하고 있었기 때문이다. 대간은 직품이 높지 않지만 실제 정치 구조에서 공론을 주도하며 국왕과 대신을 압박하는 강력한 영향력을 발휘할 수 있었다. 이 때문에 김안로는 자신에 대한 우호적인 언론을 형성해 줄 심언광을 정치적으로 포섭하고자 한 것이었다. 심언광과 김안로는 표면적으로 모두 '세자 보호'를 주장했고 그를 통해 정권을 장악해 갔지만, 실제 그들의 의도는 다른 곳에 있었다.

김안로가 지향했던 것은 권력의 획득이었다. 그들은 처음부터 그 의도가 달랐기에, 다른 꿈을 꾸었기에 정치적 결별은 필연적이었다. 친구였던 민수천의 개입과 김안로의 꾀를 알시 못했던 심언광은 결국 늑대를 견제하려다가 호랑이를 불러들인 격이 되었고, 주위에 많은 신료들이 김안로의 정치적 탄압으로 희생당하였다.

아무리 나쁜 결과로 끝난 일이라 해도, 애초에 그 일을 시작한 동기는 선의였다.

- 율리우스 카이사르

동서고금을 막론하고, 애초에 선의에서 시작했으나, 나쁜 결과를 낳는 경우는 늘 있어왔다. 심언광이 김안로를 정치적 동반자로 선택한 것은 심언광의 권력 욕심 때문이 아니었다. 오히려 기묘사림 등용이라는 긍정적인 방안을 이루기 위한 후원자로 삼고자 했다. 그러한 점에서 이제는 김안로와의 연결 이유만으로 심언광을 부정적으로 보는 시선은 거두어야 하지 않을까 한다. 김안로의 사람됨을 인지하지 못했으나, 의도는 선량했고, 이후에 김안로 등용을 깊이 후회하고 김안로를 배척했다는 점에서 심언광에 대한 조선시기의 역사적 평가도 비난이 아닌 '안타까움'으로 점철되었다.

심언광은 당시대의 사대부들로부터 '사람됨이 질박하고 솔직하며 시문을 잘하였다'는 평가를 받았다. 심언광은 인품과 학식을 두루 갖추고, 당시 소인배였던 심정을 비판하는 언론인으로서 높이 평가받았으며, 김안로의 성품을 알고 난 후에는 그의 정책 역시 반대하며 저항하였다. 이제 심언광에 대한 역사적 평가는 김안로의 굴레에서 벗어나, 조금 더 다면적으로 이루어져야 할 것으로 여겨진다.

03

내가 만난 강릉의 명사名士
어촌 심언광

이규대_강릉원주대학교 사학과 교수

어촌 심언광은 어떤 인물이었는가? 이 점에 대해서 교산 허균이 언급한 논평이 주목된다. 교산은 어촌 보다 한 세기 늦은 시기의 이 지방에서 출생하였다. 두 사람 공히 남다른 글재주를 가졌고, 젊어서 출사하여 당상관에까지 승차였던 인물이다. 이러한 경력으로 보아 교산이 언급한 어촌에 대한 논평은 주목된다고 하겠다.

교산은 자신이 저술한 문학비평서인 『학산초담鶴山樵談』에서 어촌漁村 심언광沈彦光의 문재文才를 극찬하고 있다. 그는 강릉은 산수의 아름답기가 조선에서 제일이라 평하면서, 그 산천의 정기를 받은 인물을 시대 순으로 열거하면서 중종 때의 어촌漁村 심언광沈彦光은 문장文章으로 세상에 뛰어난 인물로 칭송을 아끼지 않았다. (『성소부부고(惺所覆瓿藁)』附錄「鶴山樵談」(25))

또한 교산은 강릉지방의 진사進士 심장원沈長源의 묘표墓表를 지으면서, 장원의 조祖인 어촌 심언광에 대해서는 중종 때에 이조판서에까지 올라 매우 귀하고 현달하였으나 만년에 삭직 당하고 사망하였다고 간단하게 언급하고 있다. (『성소부부고(惺所覆瓿藁)』제17권, 문부(文部) 14, 묘표)

이렇듯 어촌은 문장으로서 세상에 뛰어난 인물로 세평을 얻었고, 관직 생활에서 현달하여 귀한 경지에 올랐다고 하였다. 그리고 그는 산수의 아름답기로 조선에서 제일인 강릉의 정기를 이어받았다고 하였으니, 강릉이 배출한 명사名士로 평가되고 있다.

여기서는 이러한 논평을 염두에 두면서 어촌의 생애를 추적해 보고자 한다. 먼저 어촌의 가정환경과 독서하는 가풍을 주목하였고, 이를 통해 당시 강릉지방의 독서 열풍을 정립해 보고자 하였다.

다음으로 그가 두루 역임한 경·외직의 유형과 특성을 주목하였고, 이를 통해 그의 문재와 친화력이 관직생활의 토대였음을 이해하고자 하였다. 다음으로 그가 구득한 정부자 영정을 주목하였고, 이를 통해 영정이 가지는 시대적 의미를 이해하고자 하였다. 다음으로 영정을 봉안하기 위한 사우의 건립을 주목하였고, 이를 통해서는 심씨 일문과 서인 사림계의 네트워크과 이것이 갖는 지방사적 의미를 이해하고자 하였다.

이로서 강릉의 명사 어촌의 생애를 이해하고, 나아가 그의 행적을 통해 강릉지방의 지방사를 바르게 정립할 수 있는 단서를 마련하고자 하였다. 또한 지금은 소실되어 현전하지 않는 영정이지만, 그 사회사적 의미를 추적함으로서 지방사 이해의 단서를 마련하고자 하였다. 다만 짧은 기간 동안에 서둘러 작성된 글이라 좀 더 구체적이고 다각도에 걸친 논거를 원용하지 못한 아쉬움이 있다.

1. 가정환경과 독서하는 가풍

어촌 심언광은 어린 시절 다복한 가정환경에서 성장하였다. 그의 본관은 삼척이지만 선대에서 이미 강릉으로 이주하였기에 이 지방에서 출생하여 성장하였다. 아버지는 예조좌랑禮曹佐郎이라는 벼슬을 역임한 심준沈濬이었고, 어머니는 이 지방의 거족인 강릉김씨이다. 할아버지는 증직으로 병조판서에 임명되었고, 증조할아버지는 사정司正이라는 관직을 역임한 경력을 가졌다. 사정은 무반의 관직일 수 있으며, 예조좌랑은 정6품의 관직으로 교육·풍속·음악 등에 관한 업무를 담당하였다고 볼 수 있다. 그리고 할아버지가 병조판서에 오른 것은 후손들의 관직이 승차하면서 받게 되는 증직이었을 것으로 보여 진다.

직계 선조의 이러한 경력은 집안의 생활상을 짐작하게 한다. 먼저 증조부와 부친의 관직생활로 집안은 경제적으로 안정적이었다고 하겠다. 일차적으로 선대 이래로 확보된 전답이 계승되었을 것이고, 관직 생활에서 오는 녹봉이 있었을 것이다. 가정경제의 규모가 구체적인 것은 아니지만, 지방사회에서 이정도의 생활이라면 안정적이었다고 보아 무리 없을 것으로 짐작된다.

다음으로 집안에서 독서하는 생활을 상정해 볼 수 있다. 무엇보다 어른들의 관직생활로 서책을 구해 보기가 보다 용이하였을 것이고, 자녀들의 출사 길을 열어주기 위한 독서의 방법과 과거 준비를 위한 정보에 밝았을 것으로 짐작된다. 이른바 독서생활을 통해 관직에 출사하여 자신의 영달과 일가의 번창을 담보하려는 집안의 생활 분위기가 배어나는 가풍이 연상될 수 있다.

어촌 심언광은 3형제 중 셋째 아들이었다. 위로 8살 많은 맏형 심언경沈彦慶이 있었고, 또 둘째 형 심언량沈彦良이 있었다. 이들은 16세기 초중반에 활약하였다. 즉 15세기 후반에 유·소년기를 지냈고, 맏형과 그는 16세기 초중반에 출사하여 관직생활로 활약하였다.

막내인 어촌은 21살에 초시에 합격하여 진사가 되었고, 이로부터 6년 후인 27살에 문과에 급제하여 관직에 출사하였다. 맏형은 막내 보다 10년 후인 32살에 초시 양시에 합격하여 생원·진사에 올랐으며, 문과에도 4년 늦은 38살에 합격하여 출사하였다. 집안의 사정으로 보면, 막내가 맏형보다 초시와 문과에서 앞서 합격하였고, 3년이나 앞서 관직에 나간 것으로 보인다.

실로 일가의 경사였을 것이다. 분명 독서생활을 철저하게 이행하는 가풍에서 비롯되는 결과였다고 할 수 있을 것이다. 3형제 중에 두명이 과거를 통해 당당하게 관직에 출사하였다. 당사자의 영달이요, 가문의 광영이요, 지방사회에 경사가 아닐 수 없었을 것이다. 특히 막내의 과업은 특별한 것이었다. 맏형의 과업이 오히려 정상적이었다면, 막내의 과업은 매우 이른 약관의 나이에 성취한 것으로서 경이로운 경사가 아닐 수 없었을 것이다.

심씨 형제의 과거 합격과 출사는 지방사적 의미를 갖는다. 이들에 앞서 강릉지방에서 과거를 통해 출사한 사례로 금란반월회 회원들을 들 수 있다. 이 회원들의 출사는 비록 약간의 시차를 보이고 있지만 앞서거나 뒤서거나 하면서 대거 7명이 과거에 합격하여 출사하였다. 이들의 활동 시기는 심씨 형제들보다 한 세대 즉 30~40년을 앞서 있다. 그리고 심씨 형제의 경사가 있은 후 한 세대 후에는 율곡 이이의 경사가 있었다. 이로서 강릉지방에서는 금란반월회 회원들에 이어 심씨 형제, 그리고 심씨 형제를 이어 율곡 이이가 학문이 이어지고 있으며, 이들의 시차는 한 세대로 나타나고 있다고 할 수 있다.

이러한 지방사적 의미도 주목되지만, 이를 넘어서 주목되는 것은 학문적 성향이라 할 수 있다. 심씨 형제의 학문적 성향은 훗날 교산 허균의 논평에서 정연하게 정리된다. 그는 어촌 심언광의 문학적 자질과 시문학의 성과를 절찬하고 있다. 어촌의 이러한 자질과 문학적 성과는 조선 제일이라는 강릉지방 산천의 정기를 받은 데서 비롯되는 것이라고 칭송을 아끼지 않았다.

이에 비하여 율곡 이이의 학문적 성향은 성리학의 본질적 영역이라 할 수 있는 심성론에 집중되고 있다. 그는 23살에 안동으로 퇴계 이황을 찾아뵙고 학문하는 방법론에 대한 심도 있는 담론을 나누었다고 하였다. 다시 강릉으로 돌아와 오래된 지우인 도경 최운우와 함께 『심경心經』을 강론하였다고 하였다. 이 책은 심성에 관한 격언을 모아 놓은 책이고 보면, 율곡 이이의 학문적 성향을 가늠해 보게 된다.

이렇게 보면 학문적 성향에서 어촌 심언광은 그 전시대의 성향을 계승하는 마지막 세대였다고 하겠고, 율곡 이이는 심성을 주제로 하는 새로운 철학적 내용을 탐색하는 첫 세대로서 의미를 갖는다고 할 수 있다. 한 시대의 성향을 마감하고, 새로운 성향을 추적해 가는 차이를 보이고 있다는 지방사적 의미를 갖는다. 그리고 이러한 학문적 성향의 변화는 이른바 4대 사화를 겪고 난 후의 반성적 차원에서 비롯되는 것이었다.

2. 어촌 심언광의 관직생활

어촌 심언광은 54세의 생을 누렸으며, 26년 동안 관직에 올라 있었다. 1514년(중종 9)에 그에게 사가독서賜暇讀書의 기회가 주어졌다. 사가독서는 국가에서 유능한 인재를 양성하고 문운文運을 진작시키려는 취지에서 젊은 문신들에게 휴가를 주어 독서에 전념할 수 있도록 하는 제도이다. 그는 출사한 이듬해에 사가독서에 발탁되었으니, 이미 관직 생활 초기에 엘리트 관료로서 신망을 얻고 있었다고 할 수 있겠다.

그리고 그는 관직생활 26년 만인 1538년(중종 33)에 정2품의 직책인 공조판서와 의정부 좌참찬으로 승차하였다. 공조의 수장이요, 3정승을 보필하는 좌참찬에 승차 하였으니, 그 자체로 중요 직책이거니와 정승으로 승차할 수 있는 요직에 오른 것이라고 할 수 있다. 그러나 그는 같은 해 파직되어 삭탈관작을 당하였고, 이후 낙향하여 강릉 사저에서 생을 마감하였다.

그의 26년의 공직생활에서 몇 가지 점이 주목된다. 먼저 그는 언론 삼사 즉 사간원·사헌부·홍문관에서 주로 활약하였다. 춘추관과 예문관 역시 이 범주에 넣는다면 그의 관직생활은 전적으로 언론 삼사에서 이루어졌다고 볼 수 있다. 다음으로 그는 30대에서 정5품에 올랐고, 40대에서 정4품과 정3품의 반열에 올랐으며, 50대에서 정2품의 반열에 승차하였다. 다음은 그는 30대, 40대, 50대에서 각각 한두 차례씩 외직에 나간 경력이 보인다. 그는 1525년(중종 20) 38세로 함경도 경성鏡城 판관判官으로 나갔고, 1531년(중종 26) 45세로 강원도 관찰사, 1535년(중종 30) 49세로 평안도 경변사平安道 警邊使, 1537년(중종 32) 51세로 함경도 관찰사에 나갔다.

이러한 관직 행로는 그가 1513년(중종 8) 27세의 나이로 출사한 이래로 공백기 없이 관직생활이 이어지고 있으며, 경직과 외직을 역임하면서 정책 입안과 민생의 현장을 연계하는 균형감각을 갖춘 관료로서 경륜을 엿보게 한다. 젊은 날에는 주로 언론 삼사와 춘추관 예문관 등에서 근무하면서 단계적으로 승차하여 각 부서의 수장을 역임하였으니 언로에서 정론을 세워 국가의 기강을 바로잡는 관료로서 강직함도 엿볼 수 있다. 외국 사신을 맞이하는 접반사로서 활약하였으니 국제정세에 대한 안목과 외교적 역량도 엿볼 수 있다. 말년에는 6조의 공조와 이조에 판서로 승차하였으니 그의 관직생활은 분명 엘리트 관료로서의 생활이었다고 하겠다.

이렇듯 화려한 관직 행로에는 그의 탄탄한 문재文才가 동력이 된 듯하다. 순행하던 임금이 감흥에 젖어 시종하는 신하들에게 시제試題를 내고 시문을 짓도록 한 적이 있는데, 그는 기라성 같은 시종하는 문사들 중에서도 우등으로 수상하기도 하였다. 그의 문재를 확인할 수 있는 사례이지만, 그가 경직京職 특히 언론 삼사에 몸담고 승차할 수 있었던 것도 결국 이러한 문재에 기반을 둔 감성과 시세時勢에 대한 올바른 정론正論의 소산일 것이다.

그가 외직外職에 나간 것은 서너 차례에 불과하지만 그 행적은 뚜렷하다. 그의 외직은 동북면과 서북면 즉 국경지역에 집중되고 있다. 외직은 경직에 비해 홀시되는 경향이 없지는 않았지만, 그에게서 이러한 외직은 관직행로는 물론 생애에서 큰 획을 긋는 성격을 지닌다. 그의 첫 번째 외직은 함경도 경성 판관이었다. 1525년(중종 20)에 이곳에 부임하였다. 경성 판관은 경성 수령을 보필하는 자리이다. 지금에 비유하면 시장을 보필하는 부시장 격이다. 그런데 그는 이미 경직으로 대간臺諫과 첨정僉正이라는 상위 직급을 역임한 경력자였다. 표면적으로는 좌천이었다. 그럼에도 조정에서 그를 경성 판관으로 발탁한 것은 그럴만한 이유가 있었다.

당시 조정에서는 변경 지방에 수령은 무관으로, 판관은 문관으로 임명하여 문·무관의 협치를 통해 변방의 안정을 도모하려는 의도와 아울러 문관으로서 변방을 경험한 인재를 양성한다는 취지를 가지고 있었다. 이러한 정책 하에서 그는 경성 판관에 임명되었고, 더욱이 임기를 마치고 돌아올 때에는 당초의 품계로 보임한다는 배려가 있었다.

이처럼 조정에서 품계를 보장하면서까지 그를 발탁한 것은 사안의 중대성에서 비롯된 것이었고, 아울러 그의 자질과 능력에 근거한 적합성에 대한 평가였다. 즉 임기를 마치고 다시 경직으로 돌아오면 이후 변방의 정책을 자문할 수 있는 전문가로서 역할을 기대하는 정책적 인사였다고 하겠다. 그가 임지에 부임하였다가 어머니의 병환으로 잠시 직책에서 물러났다. 그리고 어머니의 환우가 위급한 지경을 넘기고 차도가 있자 조정에서는 다시 그를 현지에 발령하였다. 이러한 정황도 그의 자질과 능력에 거는 조정의 기대에서 비롯된 것으로 보여진다.

그리고 그는 10년 후인 1535년(중종 30)에 19세의 나이로 평안도 경변사警邊使로 파견되었으며, 다시 육경六卿의 반열에 있으면서도 1537년(중종 32)에는 51세의 나이로 함경도 관찰사로 임명되어 부임하였다. 물론 여기에는 앞서 경성 판관을 역임한 경력에 근거하여 적임자로 발탁되었고, 현지의 실정을 누구보다 정확하게 파악하고 있으며, 이로서 동북과 서북쪽의 국경지대 주민들의 안정과 야인들을 포용하는 정책 그리고 군비 확장과 군기 확립을 위한 적임자로서 발탁되었다고 하겠다.

　물론 당대의 정책적인 인사행정을 단선적으로 이해할 수는 없다. 다양하고 복합적인 요인들에 의해 직책과 부임지를 비롯한 인사행정이 단행되었을 것이다. 경변사나 관찰사 또한 마찬가지였을 것이다. 그럼에도 이러한 외직에 임명된 데에는 그가 가지는 경력과 능력이 가장 큰 요인이었음 부정할 수 없다. 이점은 관찰사로 발령하면서 내린 전교傳敎에서 변방을 잘 아는 중신으로 평가하여 적임자임을 강조하면서 활·화살·옷·신 등의 물품을 하사하는 데서 분명하게 드러난다.

3. 어촌이 구득한 정부자程夫子 영정影幀

　정부자 영정은 程顥(1032~1085), 程頤(1033~1107)의 영정을 가리킨다. 이들은 형제이다. 정호는 형이고 명도明道선생으로도 불린다. 정이는 동생이고 이천伊川선생이라고도 불린다. 이들 형제는 송나라 도학의 대표적 학자로서 성리학 원류로 자리매김이 되는 인물이다.

　이 영정은 어촌이 1536년(중종 31)에 50세의 나이로 명나라 사신을 영접하는 관반사館伴使로 활동하던 시기에 구득되었다. 당시 명나라 사신은 정사에 공용경龔用卿, 부사에 오희맹吳希孟이었는데, 영정은 이들 사신으로부터 구한 것으로 파악된다. 그가 낙향하면서 강릉에 가져 와 소장하였고, 그 후 후손들에게 전승되었던 것으로 파악된다. 아울러 어촌이 건립한 별장인 해운정에는 당시 정사 공용경이 쓴 "경호어촌鏡湖漁村"과 부사 오희맹이 쓴 "해운소정海雲小亭"이라는 편액이 지금까지도 전해지고 있다.

이러한 유산은 당시 관반사와 사신단 간에 문화교류의 산물이다. 양자 간에 비교적 친화적인 네트웍이 작동되었음을 시사한다. 여기에 외교사적 의미를 상정해도 무리가 없을 것이다. 당시 군주였던 중종은 관반사와 원접사를 선발하면서 문재文才를 선발조건으로 제시한 바 있다. 이것은 사신단을 응대할만한 인재를 구하는 것이 외교적 성과를 기대할 수 있다는 오랜 경험에서 비롯된 조처였다. 여기에 어촌이 발탁되었으니 그의 문재가 당시 조정에서 정평이 나 있었음을 보여준다. 그리고 관반사와 사신들이 해운정을 화두로 삼고 있는데서 개인적인 우의마저 감지되는 상황이고 보면, 국가적인 차원에서 친화적인 외교라인의 구축이라는 외교사적 성과를 추정해 볼 만도 하다.

여기서 이 영정이 어떻게 구득되었을까? 관반사가 된 어촌이 사신들에게 이 영정을 구해 줄 것을 요청하였을까? 이 경우는 가능성이 희박하다. 국내에서 사신단을 맞이하는 입장에서 그들에게 영정을 구해 줄 것을 부탁하는 것은 외교적인 의례상에서 생각하기 어렵다. 만약에 이 경우라면 조정에서 논의를 거친 공적 사안으로서 성격을 지닌 것이 되겠지만, 이 영정은 훗날 강릉지방에서 어촌의 소장하였던 편액들과 같이 사유물로 파악되고 있다.

그렇다면 사신단에서 자신들의 의지에 따라 증정품으로 소장해 왔을까? 이 경우는 가능성이 짙다. 저들도 외교의례상에서 자신들의 문화를 상징하는 증정품을 가지고 오는 것은 관례일 수 있었고,

이에 준해서 조선 조정에서도 답례품을 저들에게 증정하는 것은 극히 자연스러울 수 있다. 아마도 사신들이 준비해 온 영정이 관반사를 맡고 있는 어촌에게 증정되었을 법 하다.

그런데 이 가능성이 성립하자면 한 가지 의문이 풀려야 한다. 그것은 저들이 왜 정호·정이 형제의 영정을 증정품으로 준비했을까 하는 점이다. 이 의문을 풀기 위한 실마리는 정호·정이의 학문적 성향과 평가에서 찾아야 할 것이다. 아울러 저들의 조선에 대한 사전지식에서 찾아야 할 것이다. 이로서 저들은 이 영정이 조선에서 환영받을 수 있을 것이라는 확신을 가지고 있었을 것이다.

앞서 언급했듯이 정호·정이는 송나라의 도학자로서 성리학의 원류를 개척한 인물로 평가되며, 이로서 성리학은 정주학程朱學이라고도 불린다. 주자朱子와 함께 성리학의 체계를 정립하는데 공헌하였다 하여 정주학으로도 불리는 것이다. 이들은 하남성河南省에서 거주하면서 주자에게 영향을 많이 끼친 인물로 평가 받고 있다. 훗날 주자는 자신이 편찬한 『근사록近思錄』에서 이들을 소개하고 있다. 주자의 『근사록』은 진덕수眞德秀의 『심경心經』과 함께 송나라 성리학의 입문서로서 쌍벽을 이룬다고 평가 받고 있다.

이 『근사록』은 고려 말엽에 이미 수입되었다. 그동안 학자들의 애독서였으며, 중종 때에는 경연經筵의 진강進講 교재로 채택되기도 하였다. 경연은 어전御前에서 경서를 강론하는 자리이며, 각종 정사를 논의하는 자리이기도 하다. 중종 때의 이러한 양상은 성리학의 이해가 깊은 학자들이 정치를 주도하는 이른바 사림들의 도학정치道學政治가 전개되었음을 시사한다.

당시 사림들은 자신들의 수양과 도덕성을 전제로 하는 도학정치를 통해 무너진 유교정치를 바로세우고, 위민爲民 정치를 펼치기 위해 군주의 바른 마음을 강조하였다. 이것이 조광조를 비롯한 기묘사림이 그토록 언로와 경연활동을 강조하였던 이유일 것이다. 비록 위훈僞勳 삭제를 계기로 기묘사림의 도학정치는 벽에 부딪쳤지만, 기묘사림의 숭고한 정신은 면면히 이어지면서 이들은 이른바 기묘명현己卯名賢으로 추앙받고 있다.

조선에 나왔던 명나라 사신들은 조선의 이러한 정세를 숙지하였던 것으로 보인다. 이것이 저들이 정부자 영정을 조선에 건넬 증정품으로 가지고 온 연유일 것이다. 그런데 이 영정은 사신들이 건넨 공식적인 증정품 목록에서 나타나지 않는다. 실록에 수록된 이 목록에서는 그저 "해운정"이라고만 적기되고 있다. 아마도 이 항목에 편액과 함께 영정도 포괄적으로 파악되고 있는 것은 아닐까? 짐작하게 한다.

요컨대 이 영정은 조선 중종대의 외교사적 산물이다. 혹여 관반사와 사신 간에 주고받은 선물의 형식으로 이 영정이 취득되었다고 하더라도 여기에는 이미 구축된 양국 간의 친교와 당대 외교라인 역량의 상징성이 함축되어 있다고 하겠다. 그것은 아마도 양국 간에 성리학의 가치체계를 공유하면서 자국의 발전을 위한 노력에 상호 격려하면서 농아시아의 평화적인 국제질서 구축을 지향점을 가진다고 하겠다.

4. 어촌의 신원과 정부자 영당 건립

정부자 영정은 어촌이 관직에서 물러나 낙향하는 시기에 강릉으로 옮겨져 보관되었다. 물론 편액들도 함께 옮겨졌다고 보인다. 그리고 해운정의 편액들은 지금까지도 전승되고 있다. 다만 이 영정은 심씨 일문에서 250여 년 동안 보장되었지만 이후 소실된 것으로 파악된다. 이 지방 사림들의 향전鄕戰으로 말미암은 결과였다고 파악된다.

그런데 이 영정이 250여 년 동안 어떤 형태로 보장되었는지에 대해서는 분명하지 않다. 대개의 경우 영정은 영당이 마련되거나 서원이나 사우에 봉안되는 것이 상례이다. 그러나 이 영정은 봉안 양상은 분명하지 않다. 여기에는 연유가 있는 듯하다. 어촌은 관직생활 말년 즉 1538년(중종 33)에 관작이 삭탈 되었다. 그리고 어촌은 1684년(숙종 10)에 복권되었으니, 무려 140여 년 동안 복권되지 못하였던 것이다. 이러한 상황에서 이 영정을 위한 사우가 마련되지 못하였던 것으로 짐작된다. 그리고 이 영정을 봉안하기 위한 사우는 1684년(숙종 10)에 마련되었다. 결국 어촌이 복권되면서 사우가 건립된 것이었다.

이 영정을 위한 사우가 건립될 때, 심씨 일문에서는 우암尤庵 송시열宋時烈을 중심으로 하는 서인계열의 사림들에게 자문을 구했던 것으로 보인다. 서인계 사림들의 자문 내용은 다음과 같았다. 즉 율곡 이이가 말년에 황해도 해주에 은거하였던 시절에 건립한 "주자사朱子祠"를 모델로 하여 사우를 건립하고, 그 성격은 가숙家塾으로 하는 것이 좋을 것이라 의견이었다.

여기서 주목되는 우암 송시열은 율곡 이이의 학통을 계승하는 서인계의 영수였으며, 강릉지방 사림 역시 율곡 이이의 출생지라는 연고로 당색에서 서인을 표방하고 있었다. 이 점에서 심씨 일문에서는 서인계 사림과 네트웍을 구축하였을 것으로 짐작된다. 그리고 "주자사"가 거론되는 것은 사우의 정체성을 확보하는 차원이었다. 즉 사우의 건립 주체는 응당 영정 인물의 품격과 적합성을 가져야 한다는 것이었다.

이러한 사항을 점고하는 심씨 일문은 물론 자문에 응해야 하는 서인계 사림들의 고민이 깊었을 것이다. 정부자 영정을 위한 사우의 건립이라면 그것은 응당 사림계 전체 차원의 공론으로 추진해야 할 사안이 아닐 수 없었다. 심씨 일문에서도 서인계 사림들에게 자문을 구하였던 것도 이러한 성격 때문이었을 것이다.

이러한 상황에서 심씨 일문과 서인계 사림들 간에 의견 조율이 있었던 것으로 보인다. 그것은 율곡 이이의 "주자사"를 앞선 시기의 사례로 삼고, 사우의 성격은 가숙으로 하는 것이었다. 이에 힘입어 심씨 일문에서는 가숙을 건립하고 "하남재河南齋"라 명명하였다. 여기서 하남은 정부자의 생거지였던 중국의 하남성을 의미하며, 아울러 강릉지방 사우 건립지의 지명 역시 하람으로 그 발음이 유사하였던 데서 명명된 것이라 보여 진다.

아울러 서인계 사림들은 이곳 하남재를 주관하는 심씨 일문에게 각종 편액과 주련을 제공하였다. 이러한 양상은 하남재의 건립과 운영의 취지에 동참하고 있음을 보여주는 것이기도 하였으며, 나아가 이것은 하남재의 정체성을 보완하고 강화하려는 의미를 갖는 것이기도 하였다.

2부

어촌 심언광의 문학

01

어촌 심언광 문학세계 개관

박영주_강릉원주대학교 국어국문학과 교수

1. 조선 사대부 문인 어촌 심언광

어촌 심언광漁村 沈彥光(1487~1540)은 조선시기에 활동한 사대부
士大夫다. 조선조 사대부는 기본적으로 정치 권력과 문화 교양을 함
께 장악한 문인이자 관료며 학자다. 당시 사대부가 되는 데에는 크
게 세 가지 요건이 필요했다. 유학적 교양, 관직, 도덕적 품성이 그것
이다. 이는 연암 박지원燕巖 朴趾源(1737~1805)이 그의 『양반전』에서,
"글을 읽는 사람을 사士라 하고, 벼슬하는 사람을 대부大夫라 하며,
덕이 있는 사람을 군자君子라 한다."라고 한 데 잘 나타나 있다. 사대
부는 한마디로 유가 이념이 사회를 지배하던 시대의 문인 지식층이
며 관인 지배층인 것이다.

'사'의 처지에서 글을 읽는 이유는 '대부' 즉 관료가 되기 위해서
다. 당시 관료가 된다는 것은 나라로부터 토지와 녹봉을 받게 되기
에 경제적인 보장을 받는다는 의미도 있었지만, 그보다는 가문과 개
인의 영광을 가져다주는 출세로서의 의미가 더 컸다. 관료가 됨으로
써 신분상의 특권을 계속 유지할 수 있으며, 특권 신분층으로 대접
받을 수 있었기 때문이다. 게다가 군역軍役 등 국가에서 부과하는 역
役에서 면제되었고, 형법 적용에서도 몸에 직접 형벌을 가하는 체형
은 노비가 대신받게 할 수 있기까지 했다.

왕조시대에 있어 과거에 응시하는 일은 특별한 의미를 갖는다.
관료는 당대 지배신분이며 직업이기도 했는데, 관료가 되기 위해서
는 과거를 통해 등용되어야 하기 때문이다. 따라서 글공부를 통해
몸과 마음을 바르게 세우고, 세상에 나아가 이름을 떨치며 나라 경

영에 참여하고자 하는 이라면, 응당 과거에 응시·급제하여 벼슬을 제수받고 관료로서의 역할을 수행하는 일을 최고의 목표로 삼았다.

과거제도는 유학을 국가의 지도이념 내지 실천윤리로 삼았던 나라에서, 주로 유가 경전의 시험을 통해 관료를 선발하는 제도다. 이 같은 제도는 원래 중국에서 비롯된 것으로서, 천자가 귀족 세력을 제압하고 중앙집권적인 관료체제를 확립하기 위한 목적으로 실시한 것이다. 나라의 통치와 경영을 주도하는 중앙의 핵심 관료들은 물론, 지방을 다스리는 관료들까지를 천자가 임용함으로써, 자신을 정점으로 권력을 집중화시키는 것이다.

왕조시대에 과거를 통해 관료가 되는 것은 신분과 직업을 보장받는 것 외에 참으로 다양한 의미를 함축하는 것이었다. 당시 다른 직업이 발전하지 못했기 때문이기도 했으나, 관료가 되는 것은 상공업 등을 통해 돈을 버는 것과는 비교할 수 없을 만큼 중요한 일이었다. 당대의 사대부들이 관료야말로 희망 직업이었을 것은 두말할 필요가 없다. 그렇기에 연암 박지원은 역시 『양반전』에서, "문과의 홍패 紅牌(합격증)는 길이가 두 자 남짓한 것이지만 온갖 물건이 구비되어 있다."라고 한 바 있다.

당시 관료가 되는 데는 크게 세 가지 길이 있었다. 첫째는 과거시험을 통하는 길이요, 둘째는 재야의 선비로서 학문과 덕행이 높아 천거받는 길이며, 셋째는 아버지나 할아버지가 공신이거나 3품 이상의 벼슬을 한 집안의 자식으로서 간단한 시험을 거쳐 임용되는 길이 그것이다. 그러나 과거를 통하는 길이 가장 바람직한 것이었고, 과거 중에서도 고등 문관시험에 해당하는 문과에 합격하는 것이 가장 영예로운 길이었다.

조선시기 관료들에게는 출퇴근 시간이 있었을까? 관료는 해가 긴 봄·여름에는 묘시卯時(오전 5~7시)에 출근하여 유시酉時(오후 5~7시)에 퇴근하며, 해가 짧은 가을·겨울에는 출근이 두 시간씩 늦어지고 퇴근은 두 시간씩 빨라졌다. 그리고 정규적인 휴일은 없었던 듯하다.

조선조 사대부는 특히 양반兩班으로 불리었다. 국왕이 조회를 받을 때, 남쪽을 향하고 있는 국왕에 대하여 동쪽에 서는 반열을 동반東班(문관), 서쪽에 서는 반열을 서반西班(무반)이라 하고, 이 두 반열을 함께 일컬어 양반이라고 한 데서 비롯된 말이다.

조선시기 사대부 문인인 어촌 심언광漁村 沈彦光(1487~1540)은 16세기 전반을 대표하는 시인 가운데 한 사람이면서도, 사후는 물론 오늘에 이르기까지 별다른 조명을 받지 못했다. 그가 활동하던 당대에 권세를 이용해 파당을 만들고 수많은 화옥을 일으킨 김안로金安老(1481~1537)를 천거한 정치적 오명에다, 이로 인해 결국 삭탈관직되어 낙향한 지 이태만에 세상을 뜬 것, 사후 144년만(1684)에 비로소 신원伸寃이 이루어진 것에 그 일차적 요인이 있다. 나아가 신원 이후에도 예의 정치적 오명의 잔영으로 인해 그의 시문에 대한 세인들의 평가가 소원했던 점, 신원 이후 200여 년(사후 350년)이 지난 19세기 말(1889)에야 모양을 갖춘 그의 문집(『어촌집(漁村集)』)이 간행된 것, 그리고 여기에 그의 문집이 간행된 지 다시 120년 가까이에 이르러서야(2006년) 국역본(『국역 어촌집』)이 간행된 것 등의 복합적 요인들이 간여한 결과라 할 수 있다.

그런 가운데서도 어촌의 시문에 대한 논평이 전혀 없지는 않아서, 사후 띄엄띄엄 그의 시문에 대한 평이 이루어지기도 했고, 시적 능력이나 작품의 수준 만큼은 높은 평가를 받아 왔다. 거기에다 최근에는 그의 생애와 시 세계를 조명한 연구가 구체화되기 시작했으며, 이후 어촌의 문집이 국역되어 출판된 시점(2006년)을 계기로 '학술세미나'가 열리면서 그의 시 세계가 지닌 특징적 양상에 대한 논의가 활발하게 이루어지고 있다. 그러나 이같은 사실들은 말 그대로 시작 단계에 불과하며, 어촌의 시 세계에 대한 본격적인 연구나 그가 이룬 시적 성취에 결부된 논의는 여전히 황무지 상태에 가까운 실정이다.

2. 어촌 선생이 남긴 한시 작품

어촌 심언광의 문집인 『어촌집漁村集』(1889)에 수록되어 있는 한시 작품은 모두 848수다. 그리고 여기에 허균許筠(1569~1618)이 편찬한 『국조시산國朝詩刪』에 소개되어 있으나 『어촌집』에는 수록되어 있지 않은 7언절구 2편 〈능금꽃 떨어지다來禽花落〉·〈낙화落花〉를 합하면, 현전하는 어촌의 한시 작품은 도합 850수로 파악할 수 있다.

이들 850수를 형식별로 갈래지어 보면, 고시 72수, 절구 246수, 율시 522수, 배율 9수, 그리고 시구가 산일되어 온전치 않은 미완의 작품 1수로 파악할 수 있다. 율시가 전체 작품의 60%를 넘어설 만큼 압도적인 비중을 차지하고 있다는 사실로부터, 어촌은 특히 율시를 즐겨 창작하는 가운데, 정제된 형식미를 바탕으로 시상의 조직적 연계에 능했던 것으로 보인다.

좀더 구체적으로 살펴보면, 고시 72수 가운데에는 4언고시 3수, 5언고시 47수, 7언고시 19수, 기타 자수가 일정하지 않은 고시 3수가 있어, 오언고시가 큰 비중을 차지한다. 절구 246수는 5언절구 38수, 7언절구 208수로 이루어져 있어, 7언절구가 절대다수를 차지한다. 또 율시 522수는 5언율시 173수, 7언율시 349수로 이루어져 있어, 7 언율시가 압도적으로 많다. 그리고 배율 9수는 5언배율이 1수, 7언 배율이 8수로 이루어져 있다. 이렇게 보면, 어촌은 근체시 가운데 절구·율시·배율 가리지 않고 특히 '7언'을 선호했음을 알 수 있다.

어촌의 한시는 양적으로 매우 많은 작품이 전하고 내용적으로도 다채롭다. 이를 내용에 따라 유형별로 분류하기 어려운 점이 많지만, 작품 간의 상관성이나 공통적 요소를 찾아 이를 몇 가지 유형으로 갈래지어 볼 필요가 있다. 어촌의 한시 850수의 내용을 작품 창작 계기 및 제재에 초점을 맞추어 대별해 보면, 술회시 242수, 유람시 192수, 교유시 160수, 관각시 118수, 애도시 66수, 영사시 40수, 경물시 27수, 기타 5수로 유형화할 수 있다.

술회시述懷詩는 가슴 속에 품은 포부나 자연의 물상들이 환기하는 감정으로부터 삶의 현실에서 겪는 고뇌와 애환에 이르기까지 적이 다채로운 내면의 소회를 토로한 것을 말한다. 이는 한시를 창작한 문인들에게서 가장 너른 분포를 보이는 유형이라 할 수 있다. 어촌의 경우 역시 242수(28%)에 이르는 가장 많은 작품이 전하는데, 벼슬길에 나아가기 전의 초기 작품들로부터, 강원도·충청도 도사都事 소임을 수행하던 30대 중반의 작품들에서 두드러지며, 특히 말년에 강릉으로 낙향하여 지내던 시절의 시편들을 모아 엮은『귀전록歸田錄』에 수록되어 있는 작품 대다수가 여기에 속한다.

유람시遊覽詩는 산수 간에 노닐거나 명승을 탐방하는 기행을 위시하여, 민정을 순찰하는 등의 직무수행 과정에서 마주친 풍광들을 묘사하면서 감회 혹은 정취를 시화한 것을 이른다. 풍속이나 경관으로부터 환기되는 감회 혹은 정취가 빈번하게 노래된다는 점에서 술회시와의 차별성이 애매한 경우가 많으나, 작품 창작의 계기 및 제재에 초점을 맞출 때 구분 또한 가능하다. 192수(23%)의 작품이 전하는 어촌의 경우는, 강원도·충청도 도사를 비롯하여 강원도 관찰사, 평안도 경변사, 함경도 관찰사 등 외직에 나아가 있었던 경우가 적지 않았기에, 여느 사대부 작가들에 비해 많은 작품이 전한다고 할 수 있다. 그의 문집 속에 별도의 이름이 붙여져 전하는『동관록東關錄』의 경우는 다소 덜지만,『서정고西征稿』·『북정고北征稿』에 수록되어 있는 시편들 대부분이 여기에 속한다.

교유시交遊詩는 비슷한 연배 사이의 사귐을 포함하여 마음이나 감정이 통하는 이들과의 교분交分 혹은 정의情誼를 주고받는 경우의 시를 일컫는다. 전통시대 선비사회에 있어서의 교유는 당대의 사회적 정황과 문화적 풍토 및 인간적 유대관계를 함축하고 있다는 면에서 나름의 중요한 의미가 있다. 넓게는 당대 지식인들 사이의 인간적인 교분과 정신적인 유대관계를 살필 수 있으며, 좁게는 개인의 사회활동과 삶의 궤적을 살필 수 있기 때문이다. 160수(19%)의 작품이 전하는 어촌의 경우는, 교유의 폭이 매우 넓을 뿐 아니라 작품의 성향 또한 다채로운데, 교유시 전체의 절반에 가까운 77수의 작품이 '송

별시'인 점이 두드러진 특징으로 지적될 수 있다.

관각시館閣詩는 벼슬살이 과정에서 표방하는 관인으로서의 자세나 정신적인 태도를 비롯하여, 왕업과 군주의 덕을 칭송하는 등 경국제민經國濟民에 결부된 내용을 위주로 한 화려하고도 장식적인 표현미가 중시되는 시를 통칭한다. 여기에서는 그 연계선 상에 놓여 있는 우국·애민·연군을 제재로 한 시편들까지를 두루 포함하였는데, 어촌의 경우 이 유형에 속하는 작품이 118수(14%)에 달하여 예사 사대부들에 비해 상당히 많은 작품이 전한다고 할 수 있다. 어촌의 관각시 가운데에는 주로 외직에 있을 때 지어진 것으로 보이는 우국·애민·연군을 제재로 한 시편이 33수, 관반사館伴使의 직무를 수행하면서 주로 명나라 사신들과 수작하는 시편들을 모아 엮은 『관반시잡록館伴時雜錄』에 전하는 30수, 축하나 기념을 위해 모인 자리에서 지어 선물로 전하는 계축시契軸詩가 24수, 특정의 날에 기둥이나 바람벽에 써 붙여 그 의미를 환기하는 첩자시帖子詩가 16수, 그리고 관인으로서의 자세와 마음가짐을 노래한 일반적 관인시가 15수로서, 여느 사대부들에게서는 쉽게 확인하기 어려운 계축시·첩자시가 40수에 달하는 점이 두드러진 특징의 하나로 지적될 수 있다.

애도시哀悼詩는 말 그대로 이승을 떠난 이의 죽음을 슬퍼하는 시편들을 일컫는다. 어촌이 지은 애도시는 무려 66수(8%)에 이르는데, 사랑하는 아내와 자식의 죽음을 슬퍼하는 시편들로부터, 친구며 선후배의 죽음을 애도하는 시편들에 이르기까지 그 범위가 매우 넓고 다양하다. 특히 그와 가까이 지내던 이들의 아내를 애도하는 시편들도 적지 않으며, 장경왕후 능을 옮길 때의 만장(3수)이며 장현왕후 만사(10수)를 지은 것으로 미루어, 당대 애도시에 능한 인물로 손꼽혔던 것으로 보인다.

영사시詠史詩는 역사적 사실이나 인물을 제재로 한 시를 말한다. 객관적인 사실 위주로 서술하기도 하고 주관적인 회고의 시각에서 그리기도 하는데, 옛 일을 들어 현재를 풍유하거나 개인의 특정 사실을 회고하며 읊는 경우가 많다. 어촌의 영사시는 『어촌집』 권10 『귀전록歸田錄』 말미에 40수(5%)가 수록되어 전한다. 주나라 '태공太公'으로부터 송나라 '장세걸張世傑'에 이르는 중국 역사에서 주목되는 인물들의 생애적 특징과 그 의미를 각각 칠언절구 1수씩의 간결한 시편을 통해 노래하고 있다. 삭탈관직되어 낙향해 있던 시절의 심사를 한편으로 가탁해 달래면서, 역사적 인물들에 대한 논평의 의미를 담고 있는 것으로 보인다.

경물시景物詩는 자연의 정경이나 사물을 제재로 하여 그 자체의 속성이나 의미에 초점을 맞추어 노래한 시편들을 말한다. 자연의 정경이나 사물로부터 환기되는 정서나 흥취가 완전히 배제되기는 어렵다는 면에서 술회시나 유람시와 부분적으로 겹치는 부분도 없지 않으나, 대상 그 자체의 속성이나 의미에 초점이 맞추어져 있다는 면에서 이들 유형과는 구분해서 살펴볼 필요가 있다. 어촌의 경물시는 27수(3%)로 파악할 수 있는데, 국화를 노래한 시편(11수)이 가장 많고, 누정 주변의 경물을 노래한 시편(9수)이 그 다음이며, 이 외에 바위·호수·노송 등을 노래한 시편이 약간 전하는 바, 그 종류는 다양하지 않다.

기타에 속하는 작품(5수)으로는, 단순히 역사적 사실을 옮겨놓거나, 단오·칠석 등 풍속의 단면을 노래한 것, 그리고 시구가 온전하지 않은 미완의 작품이 있다.

3. 산문론: 각이 진 물건의 역할

어촌 심언광이 쓴 산문은 시에 비해 아주 소략하다. 그가 쓴 산문은 『어촌집漁村集』 권8과 권9에 실려 있다. 권8에는 공적으로 작성하여 국왕에게 올리는 소疏와 차자箚子가 수록되어 있고, 개인적으로 작성한 산문들은 권9에 수록되어 있다. 어촌이 지은 산문의 논리적 설득력을 잘 보여주는 논論은 「고불고론觚不觚論」과 「양호론羊祜論」 두 편이 있다. 「고불고론」의 일부를 옮겨보면 다음과 같다.

> 무릇 고觚라는 것은 각이 진 물건이다. 대저 사람이 그릇을 만드는 데
> 에는 모두 그 제도가 있으니, 모나서 둥글지 않은 것도 있고, 둥글어
> 서 모나지 않은 것도 있다.
> 모난 것을 고쳐서 둥글게 하면 모났던 것은 모난 것이 아니게 되고,
> 둥근 것을 고쳐서 모나게 하면 둥글었던 것은 둥근 것이 아니게 된다.
> 그 중에 고치면 안 되는 것들은 마땅히 모나게 하고 마땅히 둥글게 해
> 야 하는 것이다. 리理가 거기에 있기 때문이나. 주나라가 쇠했을 때에
> 고를 만드는 자가 그 제도를 놓쳐 각이 지지 않게 만드니, 공자께서
> 이러한 탄식을 하였던 것이다.
> 하남의 정자程子가 공자의 말을 풀이하여 "하나의 그릇을 예로 들었

지만 천하 만물이 모두 그렇지 않은 것이 없다."라고 했다. 임금이 임금답지 못하고, 신하가 신하답지 못하고, 사람이 사람답지 못하고, 나라가 다스려지지 못하는 것에 이르기까지 모두 고가 고 아닌 것에 비겨볼 수 있다. 아! 고불고觚不觚 석 자가 공자에게는 은미하게 하나의 리理가 되고, 정자에게는 현저하게 만 가지 리理가 되었다.

夫觚者 物之有稜者也 凡人造器 皆其制 或有方而不圓者 亦有圓而不方者 若使方者改而爲圓 則方者非方也 圓者改而爲方 則圓者非圓也 其所以不可改者 以其當爲方當爲圓 而有理存焉故也 方周之衰 爲者 失其制而不爲稜 故夫子有是歎焉 河南程子 釋夫子之言曰 擧一器而天下之物 莫不皆然 至以君之不君 臣之不臣 人而不人 國而不治 爲比於觚之不觚 噫 觚不觚三字 在夫子 隱然若爲一理 而在程子 顯然爲萬理也

「고불고론」은 『논어』 「옹야」편에 나오는 "고가 고답지 않으면, 고라고 할 수 있겠는가.觚不觚, 觚哉觚哉"라는 말과 그에 대한 정자의 해석을 읽고 얻은 깨달음을 말하고 있는 글이다. '고불고觚不觚'는 '군군, 신신, 부부, 자자君君臣臣父父子子'와 더불어 공자의 정명正名 사상을 논할 때 흔히 인용되는 구절이다.

'정명'은 이름을 바로잡는다는 말로, 명분과 실질이 일치해야 한다는 의미를 담고 있다. 명분이 먼저 정해져 있다고 보고, 명분에 어긋난 실정을 문제삼는 것이다. 그렇기에 '정명'은 이름을 바로잡는다기보다 이름에 걸맞게 실질을 바로잡자는 의미다. 정자가 임금과 신하를 언급하고, 범순부가 사람과 국가를 언급한 것처럼, 윤리 규범이 작동할 수 있는 인간 사회에 주로 적용할 수 있는 말이다.

가볍고 맑게 올라간 것은 하늘의 고, 무겁고 탁하게 내려온 것은 땅의 고, 땅에서 우뚝 솟고 바다로 모여드는 것은 산릉과 천택의 고, 봄에 꽃 피고 가을에 낙엽 지고 나무에 둥지 틀고 동굴에 거처하는 것은 풀과 나무와 새와 짐승의 고다. 그 나머지 형형색색의 사물 등등도 고가 없는 것이 없다.

그런데 어촌은 이 글에서 고觚를 천지자연의 만물로 확장하여 이해하고 있다. 사실 천지자연의 만물은 실질을 바로잡을 수 있는 작위의 대상은 아니다. 이렇게 고를 확장하여 이해한 데에는 정자의 '천하의 만물이 다 그렇지 않은 것이 없다.'라는 말에서 촉발된 감이 있다. 어촌이 보기에 공자의 말은 하나의 리를 은미하게 감추어둔 말이다. 그리고 그 뜻을 분명하게 이해하게 만들어 준 사람은 정자다. "정자가 아니었다면 이 한마디 말 속에 만 가지 리가 포괄되어 있음을 이처럼 깊이 있고 선명하게 알 수 있겠는가.微程子 則孰知一言之包括萬理 如此其深切著明哉"라고 한 것이다.

어촌은 「고불고론」에서 공자는 성인, 정자는 현인으로 표현하고 있다. 성인이 더 높은 단계의 개념인 것은 사실이지만, 현인의 해석을 거치지 않고 성인의 단계에 이르는 길은 없으므로, 어촌에게 정자의 말은 성인의 말과 동일한 권위를 지니게 된다. 천하의 기물이 다 그렇다고 하고 인간 사회까지만 언급한 정자의 말을 확장하여 실제 천하의 모든 기물에까지 적용하게 된 것이다. 어촌의 「고불고론」은 논변으로서 『주자집주』를 다루고 있다는 점에서, 사림파의 성장과

더불어 본격적으로 주자의 주석을 접근하던 조선 중기의 학문적 풍
토 속에서 산출된 특징적 산문이라 할 수 있다.

4. 문장론: 얼굴이 다르듯 글도 다른 것

어촌 심언광은 16세기 전반을 대표하는 문인의 한 사람이다. 문
장으로 한 시대의 의론을 주도했던 사실이 이를 잘 말해준다. 그런
만큼 문장론에 관한 글이 있을 법도 하지만, 별도로 전하는 것은 없
다. 다만, 어촌의 문장론을 살필 수 있는 자료는 존재한다. 어촌의
문장론은 이름하여 기氣의 문장론이라고 할 수 있겠는데, 이기철학
에서 말하는 기氣와는 거리가 있다. 다른 사람의 문집 서문을 쓰면
서 펼친 어촌의 문장론을 보기로 하겠다.

> 사람은 얼굴이 있으니 기氣가 있고, 기가 있으니 소리가 있다. 문文이
> 란 소리가 장章을 이룬 것이다. 기가 창대하면 그 문이 웅섬창달雄贍
> 暢達하여 말하려는 바가 막힘이 없다. (기가) 중간에서 부족하면 면약
> 무력綿弱無力하여 스스로 떨칠 수 없다. 사람들을 놀라게 할 만한 문
> 장을 지으려고 고심하여도 힘만 들뿐 그 임무를 다하지 못할 것이다.
> 마음이 수고로울수록 기가 상하는 것이 더욱 심해진다. 옛날 시문을
> 논하는 자들은 한결같이 그 기만을 보았을 뿐이다.
> 무릇 문장은 사업事業과 더불어 대체로 모두 기가 만들어 내는 것이
> 다. 기에 주장하는 바가 있다면, 말로 드러나 그 말이 문장으로 된 것

은 모두 차고도 넘친다. 행동으로 벌어져 그 행동이 사업으로 된 것은 모두 굳세어 빼앗기 어렵다. 생각해 보면 기는 나에게 있는 것이고, 쓰이거나 쓰이지 못하는 것은 때에 달려 있는 것이다.

人有形斯有氣 有氣斯有聲 文者 聲之成章者也 氣昌而大 則其文雄
贍暢達 惟所欲言 而無所底滯 一餒于中 則綿弱無力 不能自振 劌
鉥刻鏤 矻矻若不給其役 心愈勞而氣之傷也 益甚矣 古之論詩文者
一視其氣而已……夫文章之與事業 大抵皆氣之所爲 氣有所主 則
發而爲言 言而爲文章者 皆充然而有餘 措而爲行 行而爲事業者 皆
毅然而難奪 顧氣在我 而用不用繫乎時 :「申文景公詩集序」

문장이란 소리가 문자로 정착된 것이라고 하였고, 소리는 기에서 나오는 것이라고 하였다. 기는 모든 사람이 얼굴 형체가 있는 것처럼 역시 모두가 가지고 있는 것이다. 어촌은 우선 이렇듯 모든 사람이 가지고 있는 기에서 각자의 문장이 파생된다는 문장 산출 경로를 설정하였다.

모든 사람의 얼굴이 다르듯 기도 각자 다를 것이다. 그것을 창대와 부족의 지표로 구분하였다. 창대한 기는 크고 풍부하고 넉넉히 펼쳐져서 막힘이 없는 문장을 산출하고, 부족한 기는 가늘고 힘이 없어서 스스로 할 말도 다하지 못한다. 부족한 기를 가지고 억지로 타인에게 충격을 줄 만한 말을 지어보려고 고심해 봐야 기는 더욱 손상된다고 하였다. 사람 얼굴이 다르듯 기가 다르고, 기가 다르듯 문장 또한 다른 것이다. 옛날 시문을 논하는 사람들은 그래서 기만을 보았다고 하였다.

옛것을 숭상하는 유가 담론에 있어서 옛날은 최고의 가치를 갖는 것이다. 시문을 최고로 잘 논하는 사람들은 기 그것만을 살펴서 문장을 평가한다는 말이다. "문장은 기로써 주장을 삼는다. 기가 융성하면 문장이 따라서 융성하고 기가 부족하면 문장이 따라서 부족하다.文章以氣爲主, 氣隆則從而隆, 氣餒則從而餒"라는 성현成俔(1439~1504)의 인식과 거의 유사하다. 기가 문장의 핵심이라는 것이다.

그런데 이 기는 문장 그 자체가 아니라 문장을 산출하는 과정의 가장 중요한 요소다. 어촌은 이 요소가 산출하는 결과물이 문장이기만 한 것은 아니라고 보았다. 또 하나의 결과물이 사업일 수도 있다. 문장과 사업 모두 기가 만들어 내는 것이라고 한 것이다. 여기에서 사업은 정치와 같은 공적인 행위를 가리킨다.

어촌이 쓴 이 서문의 주인공은 신용개申用漑(1463~1519)다. 신용개는 훈구파를 대표하는 인물 가운데 한 사람으로서 신숙주의 손자다. 어촌은 신용개의 문장이 신용개의 정치적 성공에 비하여 약간 부족하다는 점을 조심스럽게 제기하기 위해 문장과 사업의 양 방면을 나누고, 모두 기가 이루는 것이라는 전제를 포석한 것이다. 정치적 행위의 결과물이 성대한 것을 보면 기가 주장하는 바가 있는 것이고, 문학으로 드러났더라도 훌륭했을 것이라는 논리가 성립된다. 시문을 최고로 잘 논하는 자는 기 그것만을 본다는 말은 여기에 이어져서 하나의 논리를 형성하는 것이다.

어촌은 어렸을 때 집에 있던 유일한 책인 『고문선』을 천 번 읽어 문장을 이루었다는 말을 한 적이 있다. 그런 면에서 보면 어촌은 경학에 밝은 학자이기보다는 문학에 밝은 문인으로 출세의 기반을 마련했던 것으로 파악할 수 있다. 어촌은 별다른 사승관계 없이 독학으로 문장을 이루고 과거에 급제하여 자신의 힘으로 조정의 의론을 주도하는 위치에까지 이른 인물이다. 그가 뛰어난 문학적 재능을 지녔음에도 불구하고 널리 알려지지 못한 요인 가운데 하나는 당대 기득권층인 훈구세력에도 신흥하던 사림세력 어느 쪽에도 깊숙이 관여하지 않으면서 동시에 양쪽과 어느 정도 친분을 유지한 그의 입지에 말미암은 것이 아닌가 싶다. 문학적 국면에서 말하면 사장문학과 사림문학 양면을 아우르되, 사장문학에서 사림문학으로 그 대세가 옮겨가던 즈음의 가교 역할을 했던 것으로 보인다.

02

어촌 심언광 시의 문집별 특징

신익철_한국학중앙연구원 교수

1. 『동관록東關錄』: 현실초월의 흥취와 풍류의 공간

심언광은 1523년 성세창成世昌(1481~1548)이 강원도 관찰사로 부임할 때 도사都事로 수행하였다. 이때 심언광은 강원도 일대를 순력하며 여러 시편을 남겼는데, 이들 시는 1530년 강원도 관찰사 재임 시 지은 시와 함께 『동관록』으로 묶였다. 다음의 시는 『동관록』의 맨 처음에 수록된 것으로 경포대에서 지은 성세창의 시에 차운한 것이다.

〈관찰사 번중蕃仲 성세창이 경포대에서 지은 시에 차운하다〉
연꽃 홀로 예부터 이름난 고을을 독차지 하지 않으니
마름풀 사이 연밥 따는 아가씨 또한 풍정에 어울려라.
새가 날고 물고기 노니는 이곳에서 도를 살필지니
높은 산과 깊은 바다에 이치가 간직되어 있다네.
강호는 적막하니 영웅은 떠나갔고
천지는 아득히 세월만 흐르는구나.
신선의 비결 술 마시고 깨는 외에서 찾을 일 아니니
영랑의 자취 남아 있는 돌에 술 흔적 선명하구나.[1]

芙蓉不獨古名城(부용부독고명성)

---

[1] 시 번역은 『국역 어촌집』(정항교 · 최호 · 박도식 · 임호민 공역, 강릉문화원, 2006)을 참조하면서, 필자가 일부 수정하였다. 이하 같음.

採採蘋花亦稱情(채채빈화역칭정)

道察飛潛魚鳥在(도찰비잠어조재)

理包高下海山成(리포고하해산성)

江湖寂寂英雄去(강호적적영웅거)

天地悠悠日月行(천지유유일월행)

仙訣未求醒醉外(선결미구성취외)

永郞殘石酒痕明(영랑잔석주흔명)[2]

이 시의 두연은 의미가 명확하지 않은데, 아마도 연꽃이 지고 연밥을 따는 아가씨들의 모습을 말한 것으로 보인다. 연꽃이 피어있는 경포호의 모습만 아름다운 것이 아니라 연꽃이 시든 철에 연밥 따는 아가씨의 모습도 볼 만 하다고 한 것이다. 함연에서는 교묘한 대구를 활용하여 바다와 산이 어우러진 경포대의 풍광을 노래하였다. 전구에서는 『시경』에서 유래한 '연비어약鳶飛魚躍'의 문구를 활용해서 천리가 유행하는 모습을 이곳에서 살필 수 있다고 하였다.[3] 후구는 앞구의 시상을 이어받아 위아래로 산과 바다가 어우러진 경포대 일대에 천리가 잘 구현되어 있다고 한 것이다. 해산海山은 바다 속에 있

---

2   『어촌집』권4. 「次使相成蕃仲世昌鏡浦臺韻」

3   연비어약(鳶飛魚躍)은 '하늘에는 솔개가 날고 못에는 고기가 뛰논다'는 뜻으로, 현상으로 나타나는 현상은 다르지만 관통하는 원리는 하나인 자연 만물의 이치를 가리킨다. 『시경』「대아(大雅)」〈한록(旱麓)〉 편에서 "솔개 날아 하늘에 이르고, 고기는 못에서 뛰네.(鳶飛戾天 魚躍于淵)"라고 하였다. 『중용장구(中庸章句)』에서 이것을 인용하였고, 주희가 풀이하기를 "이것은 천리(天理)가 유행하여 위아래로 밝게 드러나는 것을 형용한 말이다." 라고 한 이래, 천기가 조화롭게 펼쳐짐을 뜻하는 말로 널리 사용되었다.

다는 삼신산三神山을 지칭하기도 하는데, 여기에서는 앞의 '高下'란 말과 결합해서 설악산 과 동해 바다가 어우러진 경포대 일대를 지칭하는 것으로 쓰였다.

경련에서는 영웅이 떠나간 강호의 모습과 세월만 무심히 흐르는 천지의 모습을 대비하고 있다. 영웅을 세월 또는 천지와 대비하여 표현하였는데, 세월과 천지의 영원함에 견주어 영웅은 인간의 유한한 숙명을 비유하는 매개체로 심언광이 즐겨 쓰는 비유이다.[4] 이들 시에서 영웅은 대개 천지의 수려한 기운을 받아 태어나 천지와 짝할 만한 존재이나, 무상한 세월의 흐름을 어찌할 수 없는 유한한 존재로 그려지고 있다. 아울러 일부 시구에서 영웅은 문장을 통해 세월의 흐름을 극복하는 존재로도 표상되고 있는데, 이는 세월의 흐름을 견뎌낼 수 있는 진정한 영웅은 곧 시문에 뛰어난 문인이라는 의식의 반영으로 이해된다.

---

4   예컨대, "우주는 아득하고 세월은 바뀌는데, 영웅의 묵은 자취는 문장에 의탁해있네. (宇宙悠悠星紀變 英雄陳迹托文章)"--「次淸州客館韻」, 권2), "계산은 영웅이 머무는 것 허락하지 않고, 세월은 부질없이 나그네의 시름만 더하네. (溪山不許英雄住 歲月空添旅客愁)"--「次竹西樓韻」, 권4『東關錄』) "우주의 이치 그윽이 찾아보아 시상을 채우고, 영웅에게 높이 읍하며 잃어버린 시를 찾아보네. (冥搜宇宙充吟料 高揖英雄索逸詩)"--「次蔚珍凌虛樓韻」 권4『東關錄』) "우주의 산빛은 옛 물상을 간직하고 있고, 영웅은 새 발자국처럼 먼 하늘에 자취 남겼네. (宇宙山光餘舊物 英雄鳥跡印遙天)"--「次襄陽客舍韻」, 권4『東關錄』) "영웅의 묵은 자취 문장에 남아있는데, 세속의 먼지 속에 수고로운 삶 세월만 바삐 흘러가네. (英雄陳迹文章在 塵霧勞生日月忙)"--「送灌之令公秩滿還京二十韻」, 권4『東關錄』) "천지는 다함이 없는데, 영웅이 오래 머뭄 한한다네. (天地無終極 英雄恨滯留)"--「浦南」, 권4『西征稿』) "천지는 무정하게 세월을 재촉하는데, 영웅의 자취 남아 강산에 서렸어라. (天地無情催歲月 英雄有迹表河山)"--「次龍川韻」, 권4『西征稿』) "강산에 기약 있는 영웅은 늙어 가는데, 천지는 무정하게 세월만 흘러가는구나. (江山有約英雄老 天地無情歲月流)"--「安邊駕鶴樓 次景繁韻」, 권5『北征稿』)라는 시구 등이 그러한 표현이다.

미연에서는 신선의 비결과 영랑의 자취가 남아 있는 돌을 언급하여 도가적 신선 세계에 대한 지향으로 시상을 마무리 하였다. 여기에는 "경포대 곁에 돌절구가 남아있기에 언급한 것이다.臺傍有石臼故及之"란 주가 달려있어, 신라 시대에 화랑으로 이곳에서 노닌 것으로 유명한 영랑永郞의 옛 유람지 임을 말하였다. 작자는 시의 결말에서 신선의 비결이란 술 마시는 일에 다름 아니라 하고, 영랑이 노닐던 터에 술 자국이 선명하다는 것으로 그 근거를 삼았다. 이는 곧 천도가 유행하는 승지에서 술 마시며 문장을 짓는 일이 곧 신선의 일이라는 의식의 반영이다. 이 시에서 경포대는 현실 초탈적 흥취와 풍류의 공간으로 인식되고 있음을 알 수 있다.

이러한 인식은 『동관록』에 수록된 유람시의 주된 정조를 이루니, 다음의 시도 그러한 면모를 잘 보여준다.

〈울진 능허루의 현판에 걸린 시에 차운하다〉
남방으로 이어진 산맥 동쪽 모퉁이가 잘렸는데
산 아래 외로운 성 있어 경치가 가장 기이하구나.
흰 새는 삼도三島 찾아 멀리 날아가고
푸른 하늘은 깊은 바다에 낮게 드리웠네.
우주의 이치 그윽이 찾아보아 시상을 채우고
영웅에게 높이 읍하며 잃어버린 시를 찾아보네.
말머리에 이르는 경치 가는 곳마다 아름답나니
천천히 가는 모래사장 길 더디 가도 좋구려.

山連南紀截東陲(산연남기절동수)

山下孤城境最奇(산하고성경최기)

白鳥遙尋三島去(백조요심삼도거)

碧天低入九溟垂(벽천저입구명수)

冥搜宇宙充吟料(명수우주충음료)

高揖英雄索逸詩(고읍영웅색일시)

馬首風煙隨處好(마수풍연수처호)

緩驅沙路不嫌遲(완구사로불혐지)[5]

　수연에서는 바다가 눈앞에 펼쳐지는 낭떠러지 절벽에 위치한 울진 능허루의 형세를 말하였다. 이어지는 연에서는 능허루에서 바라보이는 바다 경치를 노래했다. 멀리 바다 위를 날아가는 물새는 신선이 산다는 삼신산을 향해 날아가는 듯 보이고, 수평선 저 멀리 푸른 하늘은 바다와 맞붙어있다. 이 광대한 자연의 풍광 속에서 시인은 또다시 영웅을 떠올리고 있는데, 여기에서의 우주와 영웅은 시를 매개로 하여 환기되고 있다. 즉 광대한 자연은 천지만물의 이치를 탐색하는 시상을 일으키는바, 자신은 역대의 영웅이 미처 파악하지 못한 이치를 찾아본다는 것이다.

　여기에서 우리는 관동의 아름다운 산수가 우주의 비밀을 탐색하고자 하는 심언광의 시성을 자극하는 더없이 좋은 매개물이고, 이러한 조화의 비밀을 예리하게 포착한 이가 곧 영웅이라는 의식을 간

5　『어촌집』 권4, 「次蔚珍凌虛樓韻」

취해 낼 수 있다. 아울러 '잃어버린 시逸詩', 곧 역대의 시인 묵객들이 이곳에서 미처 발견하지 못한 자연의 철리哲理를 시 속에 담아보고자 하는 시인으로서의 정열을 느낄 수 있다. 이러한 정열과 기쁨이 있기에 시인은 말을 타고 대하는 경치마다 만족감을 표하고, 풍경을 완상하며 철리를 발견하기 위해서 말을 천천히 몰아가며 떠나기를 아쉬워하는 것이다.

이상 두 편의 시를 통해 우리는 심언광이 관동의 뛰어난 산수를 대하면서 현실초탈의 흥취를 느끼고 자연의 철리를 찾고자 하는 의식을 지녔음을 알 수 있다. 그리고 이러한 유람의 여정은 매우 유쾌하며 시인의 감정은 정열적으로 고조되어 있는 것이다. 그런데 다음과 같은 유람시에서는 앞의 시들과는 달리 쓸쓸한 정조가 느껴진다.

〈고성으로 가는 길에 감회를 읊다〉
찬 모래 시든 풀 빈 들판에 이어졌는데
십리 밖 마을에 저녁연기 피어오르는 것 보이네.
돌이 문드러졌으니 천지가 오래되었음에 놀라고
사선四仙은 돌아갔는데 이름만 부질없이 적혀있구나.
금강산 학 울음소리에 청산은 저물어가고
봉래섬 구름 깊은데 푸른 바다가 어두워지네.
벼슬살이 세상[6]에서는 물을 곳이 없나니

---

6 원문의 '簪履三千'을 벼슬살이 세상이라고 옮겼는데, 三千大界는 무량무변한 세계를 말한다. 佛說에 따르면, 우리가 살고 있는 세계 1천을 합하면 小千世界가 되고, 소천세계 1

나그네 회포를 흰 갈매기와 논하려 하네.

寒沙衰草接空原(한사쇠초접공원)

極目人煙十里村(극목인연십리촌)

石爛便驚天地老(석란변경천지로)

仙歸空記姓名存(선귀공기성명존)

金剛鶴叫蒼山暮(금강학규창산모)

蓬島雲深碧海昏(봉도운심벽해혼)

簪履三千無處問(잠리삼천무처문)

客懷憑與白鷗論(객회빙여백구론)[7]

　수연에서 들판의 풀이 시들고 인가에서 연기가 피어오른다고 한
것으로 보아 이 시는 겨울날 저물녘에 지어진 듯 하니, 시간적 배경
자체가 쓸쓸한 분위기라고 하겠다. 함연에서 문드러진 돌에 신선의
이름자가 적혀 있다는 것으로 보아, 시인은 고성의 사선정四仙亭 부
근을 지나는 것으로 여겨진다. 고성의 삼일포三日浦 안 작은 섬에 지
어진 사선정 부근 낭떠러지에는 '영랑도남석행永郎徒南石行'이란 여

천을 합하면 中千世界가 되고, 다시 중천세계 1천을 합하면 大千世界가 되어 모두 삼천
세계가 된다고 한다. 『어촌집』에 쓰인 용례를 살펴보면 "삼천세계 밖 구름을 좇아 노닐
고, 팔만봉 꼭대기에 달만 따르는구나. (三千界外雲相逐 八萬峰頭月獨隨--「次金佔畢
齋 宗直韻 贈願上人」(권4, 『동관록』)이라 한것과 "50세에 공명을 이루니 지난날의 잘
못 깨달음이 늦었고, 삼천세계에 발붙이기가 어렵구나.(功名五十知非晚, 世界三千着足
難」--「寄子通求和」, 동상)이라 한 것이 보인다.

7　『어촌집』 권4, 「高城道中有感」

섯 글자가 단서丹書로 씌어져 있다 하는데, 이를 말하는 것이 분명해 보이기 때문이다.[8] 네 신선의 자취가 서려 있는 삼일포 부근을 지나면서 시인은 앞의 시들과는 달리 신선 세계에 대한 동경을 노래하고 있지 않다. 오히려 문드러진 돌에 사선의 이름이 새겨져 있는 모습을 보고 세월이 유구하게 흘렀음에 탄식하며 애수에 잠기고 있다. 경련에서는 금강산 너머로 해가 떨어지며 동해 바다가 어둠 속에 잠겨가는 석양녘의 실경을 포착했다. 선학과 봉래섬은 금강산과 동해 바다에 어울리는 표상물인데, 삼신산의 하나인 봉래섬이 구름 깊이 잠겨 있다고 하여 신선세계와의 격절감을 말하였다. 결연에서는 벼슬에 매인 시인의 처지에서는 아득한 선도를 물을 길이 없기에, 이 회포를 백구와 논해 보고자 한다 하였다.

전반적으로 애상적인 정조가 느껴있는바, 겨울날 저물녘에 유한한 인생의 비애 속에 신선의 초월세계에 대한 갈망이 깔려 있다. 이 시에는 "此首入詩刪"이라는 주가 달려 있는바, 허균은 이 시를 『국조시산國朝詩刪』에 뽑아 넣고 정감이 풍부하다豊腴고 평했다. 풍유豊腴하다는 허균의 평은 이처럼 쓸쓸한 정취로 인해 유한한 인생의 비애를 풍부하게 표현했음을 지적한 것이 아닌가 생각된다.

---

8   이 시는 세 수의 연작시인데, 첫째 수 기구에서 "六字分明古碣中"이라 하였고, 둘째 수 미연에서는 "怪底四仙今寂寞 石書留與野童看"이라 하였다. 『연려실기술』 별집 권16 「지리전고(地理典故)」에서 고성의 삼일포를 소개하면서 "호수의 중심에 작은 섬이 있는데 푸른 돌이 편편하지 않다. 거기에 사선정(四仙亭)이 있는데 옛날 영랑(永郎)·술랑(述郎)·남랑(南郎)·안상(安詳) 등 네 신선이 놀던 곳이라고 한다. 호수의 남쪽 작은 봉우리에 돌로 된 감실(龕室)이 있다. 봉우리의 북쪽 낭떠러지의 돌에는, '영랑도남석행(永郎徒南石行)'이라고 붉게 쓴 여섯 글자가 있다."라고 하였다.

심언광은 강원도 관찰사 시절 관동의 승지를 찾아 시를 남기는 한편, 승려들과도 활발하게 교유했다. 『어촌집』에는 승려에게 준 시가 총 9수 실려 있는데, 그 중 7수의 시가 『동관록』에 수록되어 있는 것이다.[9] 이 시기에 그가 시를 주고 받은 승려는 원상인願上人·낙산 승洛山僧·성사成師·섬상인蟾上人·오상인悟上人·은상인訔上人·월상인月上人 등 7인으로, 교유한 승려가 다양했음을 알 수 있다.[10]

이 중 섬상인은 시승詩僧으로 유명했던 듯 김종직金宗直, 유호인俞好仁, 이의무李宜茂, 임형수林亨秀, 김맹성金孟性 등의 문집에 그에게 준 시가 보인다. 특히 김종직은 "푸른 눈의 스님이 재능 또한 많으니, 시인들로 하여금 문사를 다투어 갈고 닦게 한다네.碧眼闍梨伎倆多, 也敎詩匠競揩磨"[11]라고 하여 섬상인의 시재가 뛰어남을 언급하기도 하였다. 심언광이 섬상인에게 준 시는 다음과 같다.

〈섬상인蟾上人에게 준다〉
내 스님의 얼굴 본적 없지만
스님의 마음은 오히려 알만 하다오.

---

9 이는 고전번역원에서 제공하는 『어촌집』 전자텍스트를 대상으로 승려를 지칭하는 용어인 '상인(上人)'과 '사(師)'를 검색어로 하여 얻은 수치이다. 9수의 제목은 「次湖陰韻 贈祖上人」·「贈空上人」·「次金佔畢齋宗直韻 贈願上人」·「贈洛山僧」·「洛山漫興 贈成師」·「贈蟾上人」·「次韻 贈悟上人」·「次韻 贈訔上人」·「次崔相公淑生韻 贈月上人」이며, 이중 「次湖陰韻 贈祖上人」과 「贈空上人」 2수는 권2에 수록되었고, 나머지 7수는 모두 권4 『동관록』에 수록되어 있다.

10 이처럼 다양한 스님들과의 교유는 어촌이 강릉 출신이면서 어린 시절 오대산 산사에서 글공부를 한 경험이 작용했을 것으로 여겨진다.

11 『佔畢齋集』 권19,「書階蟾上人詩軸」.

푸르고 푸른 다섯 봉우리에 난 길

송라 그늘 우거진 곳에 머문다네.

쳐다보고 내려다보는 사이에 도가 있나니

산은 높고 물은 깊어라.

인연 따라 내 시를 찾으니

방외方外에 오히려 지기가 있구려.

속된 마음이 아직도 멈추지 않기에

꿈속에서도 산중을 찾는다네.

我不見師面(아불견사면)

猶自知師心(유자지사심)

蒼蒼五峯路(창창오봉로)

住錫松蘿陰(주석송라음)

俯仰道有在(부앙도유재)

山海高且深(산해고차심)

隨緣索我詩(수연색아시)

方外猶知音(방외유지음)

塵機若未息(진기약미식)

夢寐山中尋(몽매산중심)[12]

"인연 따라 내 시를 찾는다"는 7구의 내용으로 보아 이 시는 섬

12 『어촌집』 권4, 「贈蟾上人」

상인이 시를 먼저 구해서 지어준 것으로 보인다. 스님을 한 번도 만나본 적이 없지만 스님의 마음을 알 만 하다고 한 것으로 보아, 심언광은 이미 시승으로 유명한 섬상인의 시를 익히 보았던 것으로 여겨진다. 3, 4구에서는 섬상인이 머무는 곳이 깊은 산중임을 말하였는데, "五峯路"라는 말로 보아 혹 오대산에 머물고 있었던 것인지도 모르겠다. 이 시의 묘처는 스님의 수행이 높은 경지에 이르렀음을 말한 5, 6구에 있다. 전구에서 쳐다보고 내려다보는 사이에 도가 있다고 하였는데, 이는 후구의 산과 바다와 대를 이루어 섬상인이 높은 산과 깊은 바다에 간직된 자연의 이치를 깨달은 경지에 이르렀음을 말하였다. 그러면서 방외方外에 지기가 있음을 기뻐하고, 꿈속에서도 스님이 있는 산중을 찾는다고 하여 속세의 기심機心을 없애며 스님을 그리워함을 말하였다. 이 시를 통해 우리는 이 시기에 심언광이 승려들과 시를 주고받으며 친밀하게 지내며 불교의 이치에 대해서도 상당히 개방적으로 포용하고 있음을 알 수 있다.

다음 시는 원상인願上人에게 준 2수의 시 중 두 번째 시다.

〈점필재 김종직의 시에 차운하여 원상인에게 준다〉
금강연 가에서 예전에 스님을 만났는데
풍진 세월 어느덧 십년이 지났구려.
스님 오면 오묘한 이치 묻고 속된 일 묻지 않으며
시는 오직 이치를 구하고 사장을 구하지 않네.
삼천세계 밖에서 구름을 좇아 노닐고
팔만봉 꼭대기 달만 홀로 따른다네.

오대산의 향화사香火社를 생각하노라니

진달래 가지에 봄꽃이 피었다 질 때였지.

金剛淵上昔逢師(금강연상석봉사)

忽忽風塵十載思(홀홀풍진십재사)

來自問玄非問俗(래자문현비문속)

詩惟求道不求詞(시유구도불구사)

三千界外雲相逐(삼천계외운상축)

八萬峯頭月獨隨(팔만봉두월독수)

想得五臺香火社(상득오대향화사)

春花開落杜鵑枝(춘화개락두견지)[13]

　　수연에서 시인은 원상인을 만난 지가 어느덧 10년 세월이 흘렀음
을 추억하고 있다. 금강연은 오대산 월정사 부근에 있는 열목어餘項
魚의 서식지로 유명한 곳이다. 이곳에서 스님을 만난 지 10년이 지났
다는 말에서 심언광은 사화에 연루되어 은거하고 있던 1520년(중종
15) 즈음 월정사에서 처음 원상인을 만났던 것으로 보인다. 함연에서
는 스님과의 대화는 오묘한 이치에 대한 문답이며, 시 역시 세련되게
꾸미는 것보다는 도에 대한 내용이 위주였다고 하였다. 경련에서는
원상인이 세속을 떠나 자연 속에서 수행하며 지내는 생활을 구름처
럼 떠돌고 달과 같이 한다고 비유적으로 말하였다. 미연에서는 향산

---

13 『어촌집』 권4, 「次金佔畢齋宗直韻 瞻願上人」

香山 백거이白居易의 고사를 활용하여 10년 전에 원상인과 교류하던 시절을 추억한 것으로 보인다. 향화사香火社는 백거이가 만년에 관직에서 물러난 뒤 향산의 시승인 여만 선사如滿禪師와 결성한 모임을 말한다. 백거이는 만년에 관직에서 물러난 뒤 여만 선사에게 법계를 받은 뒤에 그와 더불어 향화사香火社를 결성하고 자호를 향산거사라고 한 것이다.

심언광은 사회에 연루되어 은거하며 지내던 이 시기에 원상인과 자주 교류하며 유불의 이치에 대해 많은 이야기를 나누었던 것으로 보이며, 후구의 내용으로 보아 그때가 진달래꽃이 피고 지는 봄날이었음을 알 수 있다.

이상에서 심언광이 강원 도사와 관찰사를 지내면서 관동 지방의 승경을 유력하며 남긴 시와 승려들에게 준 시를 살펴보았다. 『동관록』으로 묶인 이들 시편들에서 관동 지방은 현실초월의 흥취와 풍류의 공간으로 형상화되고 있으며, 신선세계를 추구하는 도가적 분위기가 주된 정조를 이루고 있다. 현실초월에 대한 관심은 많은 승려와의 교유로도 이어져, 심언광이 승려들에게 준 시는 이 시기에 집중되었다. 이 시기 심언광에게 있어 시 창작은 범인들이 발견하지 못하는 자연의 철리를 탐구하는 일로 여겨졌으며, 시인은 광대한 자연 속에서 천지만물의 이치를 탐색하는 영웅적 존재로 인식되고 있음을 알 수 있었다. 득의에 찬 벼슬살이를 하던 장년기의 심언광에게 문징의 능력은 영웅적 사업으로 자부되고 있었다고 하겠다.

2. 『서정고西征稿』: 변방에서 부르는 애민의 노래

강원도 관찰사를 지낸 뒤 심언광은 성균관 대사성, 사간원 대사헌, 승정원 승지 등의 관직을 거쳐 이조참판, 병조참판, 예조참판 등을 역임하고 1535년에는 대체학에 천거되었다. 환로에서 승진을 거듭하며 요직을 두루 역임한 득의에 찬 시절이었다고 하겠는데, 여기에는 김안로金安老(1481~1537)의 조력이 있었다. 주지하다시피 어촌은 권력을 전횡하는 심정沈貞을 견제하는 한편, 기묘사림己卯士林을 복권시키겠다는 김안로의 말을 믿고 그의 정계 복위에 앞장섰기에 김안로가 그를 후원한 것이다.

그렇지만 정계에 다시 등장한 김안로가 조정에서 실권을 장악하면서 붕당을 조직하고 대옥大獄을 일으켜 사림들을 모함하자, 어촌은 김안로의 정계 복위를 주도한 행위를 후회하기에 이르렀다.[14] 그러던 차에 김안로가 자신의 외손녀를 동궁비로 삼으려 하자 심언광은 이를 질책하였고, 이를 계기로 두 사람 사이에 틈이 생겼다. 심원광은 1535년 11월에 평안도 경변사에 차출되어[15] 이듬해 1월에 부임하게 된다. 「연보」에 따르면 당시 서북쪽의 오랑캐가 수년간 출몰하

---

14 심언광이 김안로를 등용하게 된 계기와 그와 반목하여 외직으로 보임된 사실 등에 대해서는 『어촌집』 권12에 실린 심징(沈澄)의 「상언(上言)」 및 권13의 「시장(諡狀)」에 자세히 보인다.

15 『중종실록』 30년(1535) 11월18일. "영의정 김근사와 좌의정 김안로가 의논하여 아뢰기를, '경변사(警邊使)는 전례에 품계가 높은 관원으로 차출하였습니다. 그러나 이제 조정의 신하 가운데 이 임무를 맡을 만한 사람은 품계는 낮으나 심언광(沈彦光)만한 자가 없기 때문에 단망(單望)으로 추천하였습니다.'라고 하였다."

여 변방의 장수가 여러 명 사살되었는바, 이는 김안로가 어촌을 사지에 보내려는 계획으로 이루어진 것이라고 한다.[16]

경변사警邊使는 조선 중기에 평안도와 함경도 국경 일대에 야인野人의 침입이 심각해지자 이를 방비하기 위해 파견한 관원으로 국경 경비와 관련된 모든 일을 전담했을 뿐만 아니라, 변방 백성들의 구휼救恤에 대한 일도 관장했다. 다음은 어촌이 경변사로 파견되어 북쪽 변방 군사들의 실태를 점검하고 이곳에서 하룻밤 묵으며 지은 시이다.

〈방산보에서 묵으며〉

… (전략) …

방산이 큰 진이라고 하나

병력은 정예병이라 할 수 없네.

저녁 봉화불로 평안함을 알리니

아득한 하늘에 별만 깜박이며 빛나네.

수자리 병사들 높이 올라 적진 엿보며

나무 딱따기 소리 추운 밤에 울려 퍼진다.

외쳐 부르는 소리 잠시도 쉼이 없고

고각소리 강물 소리에 이어지는구나.

도토리 죽으로 때운 저녁밥 허기 가시지 않아

긴 밤 굶주린 창자에선 꼬르륵 소리 이어지네.

---

16 『국역 어촌집』, 권수(卷首) 「연보(年譜)」 43쪽.

객창에서 잠을 청하려 하나

꿈속의 넋 몇 번이나 놀라 깨어났던가?

생각하노니 너희 또한 하늘이 낸 백성으로

이 땅에서 살아가려 애쓰는구나.

뉘라서 측은한 마음 일으켜

일 푼이라도 세금을 낮추어주랴.

한양에는 부유한 백성들 많아

쌓아둔 돈이 늘 광주리에 가득하며,

생황 소리로 저녁을 보내고

붉고 푸른 단청으로 집 기둥이 빛난다오.

사람의 삶에 고생과 즐거움이 다르다지만

이곳에 오니 유달리 의지가지없는 신세로구나.

숲의 나무들처럼 모두가 동포이러니

애달픈 변방 백성 등을 어루만진다네.

그 언제나 너희들 거처가 안정되어

처자식과 함께 편안히 농사지으며 살는지.

칼 짚고 서서 강물 내려다보니

오랑캐 산이 눈 아래 평평하게 들어오는구나.

方山號巨鎭(방산호거진)

兵力猶未精(병력유미정)

夕烽報平安(석봉보평안)

縹緲星點明(표묘성점명)

戍卒登睥睨(수졸등비예)

木析鳴寒更(목석명한경)

叫呼不少息(규호불소식)

鼓角連江聲(고각연강성)

秤橡夕未飽(부상석미포)

永夜飢腸鳴(영야기장명)

客窓欲就睡(객창욕취수)

幾回魂夢驚(기회혼몽경)

念渠亦天民(염거역천민)

此地猶生生(차지유생생)

誰興惻怛懷(수흥측달회)

一分寬稅征(일분관세정)

京華多富民(경화다부민)

積金常滿籯(적금상만영)

笙歌度晨夕(생가도신석)

丹碧明軒楹(단벽명헌영)

人生異苦樂(인생이고락)

到此偏悙悙(도차편경경)

林林盡同胞(임림진동포)

撫背哀邊甿(무배애변맹)

何時奠汝居(하시전여거)

妻子安鑿畊(처자안착경)

仗劍俯江水(장검부강수)

眼底胡山平(안저호산평)[17]

　　방산보方山堡는 의주義州 동북쪽 60리 압록강 가에 있으며 성의 둘레가 8782척에 달하며 만호萬戶를 두어 지키던 요새이다.[18] 이곳을 순시하며 자신의 감회를 노래한 이 시는 대략 3부분으로 나누어 볼 수 있다. 인용문의 첫 대목은 직접 목도한 방산보의 허술한 실상과 수자리 하는 군사들의 가엾은 처지를 말하였다. 요새지임에도 정예병은 찾아볼 수 없고, 밤 새워 방비하는 군사들은 도토리 죽으로 끼니를 때우고 있는 형편이다. 다음 대목은 변방 백성들의 고단한 신세를 한양의 부유한 백성들과 대비해 노래하였는데, 어촌의 애민愛民 의식이 잘 드러나고 있다. 다 같이 하늘이 낸 백성인데 변방의 오지에서 살아가고자 애쓰는 모습은 한양의 호사스런 백성과는 천양지차이다. 그렇지만 그 형편을 측은히 여기는 이는 아무도 없이 나라에서 완전히 소외된 처지임을 강조하였다.

　　마지막 대목은 변방 백성의 애달픈 처지를 동정하는 마음과 이들을 위한 자신의 각오를 제시하는 것으로 끝맺었다. "숲의 나무들처럼 모두가 동포이다林林盡同胞"라는 구절은 평이해 보이면서도 심언광의 애민 의식이 상당한 깊이를 지니고 있음을 드러내주는 것으로 보인다. 각양각종의 여러 나무들이 모여 숲을 이루듯 백성들 또

17　『어촌집』권4,「宿方山堡」

18　정약용,『대동수경(大東水經)』"淥水又遜方山堡西, 城周八千七百八十二尺, 有萬戶以守之也.【義州東北六十里】"

한 어디에서 무슨 일을 하며 어떻게 살아가든지 다 같은 인간으로 나름의 생을 영위하고 있으며, 이들로 인해 나라도 존립할 수 있는 것이다. 인간 세상에 만연한 차별심에서 벗어나 만물을 낳아 기르는 천심天心의 공평함을 회복함이 결국 문제 해결의 근원적인 방도임을 되새기고 있는 것이다. 칼 짚고 서서 압록강을 내려다보니 건너편 여진족의 험준한 산이 눈 아래 나란한 높이로 다가온다는 결구는 이러한 작자의 각오를 되새기며 국토 수호의 엄중함을 일깨우고 있다.

다음은 강계江界 읍성 독로강禿魯江 가에 위치한 인풍루에서 지은 시이다.

〈인풍루에서 짓다〉

하늘의 마음과 군왕의 도리 다함께 공평하여

돌며 운행하여 마침내 만물을 형통하게 한다오.

비와 이슬의 조화로 만물이 자라나고

눈과 서리의 원기가 흘러 행한다네.

백성들 채찍질 당하여 폭정을 호소함 많으니

형벌 넘치는 변성에 호생好生의 덕 드물구나.

옛사람 경계의 방책 지닌 것 취하여

인풍仁風이란 아름다운 이름으로 제명했구려.

天心王道共平平(천심왕도공평평)

斡運終歸品物亨(알운종귀품물형)

雨露化機常發育(우로화기상발육)

雪霜元氣亦流行(설상원기역류행)

民遭箠楚多呼暴(민조추초다호포)

刑濫邊城少好生(형람변성소호생)

記取古人存警策(기취고인존경책)

仁風樓額是佳名(인풍루액시가명)[19]

　이 시에는 제목 다음에 "인풍仁風이란 누각 이름에는 뜻이 담기
어져 있기에 또 한 수를 짓는다仁風名樓, 意有所在, 又作一律."고 하여
창작 동기를 밝혀 놓았다. 임금의 정사는 만물을 낳아 기르는 하늘
의 호생지심好生之心을 본받아 하는 법인데, 변방 백성들이 그러한
은택을 입지 못하고 있음을 말하였다. 옛사람이 인풍仁風이란 경계
의 방책을 지녔다 함은 순舜 임금의 호생지덕好生之德을 기록한『서
경』「대우모大禹謨」의 구절을 가리키는 것으로 보인다. 즉 법관인 고
요皐陶가 순 임금의 살리기 좋아하는 덕好生之德을 찬양하면서, "죄
가 의심스러울 경우에는 가벼운 쪽으로 처벌하고, 공이 의심스러울
경우에는 중한 쪽으로 상을 주었다. 그리고 무고한 사람을 죽이기보
다는 차라리 형법대로 집행하지 않는다는 비난을 감수하려고 하였
다.罪疑惟輕, 功疑惟重, 與其殺不辜, 寧失不經."라고 한 것이『서경』에
실려 있는 것이다.

19　『어촌집』권4,「題仁風樓」

〈만포에서 유숙하고 늦게 일어나〉

창 밖에 해가 석 발이나 솟았는데

성문은 아직도 열리지 않았네.

관방은 강으로 경계를 삼았고

봉수대는 돌로 쌓아 놓았네.

고된 수자리에 늘 창과 갑옷 입어야 하니

황폐한 전답에는 잡초만 무성하다네.

외딴 성을 하루 종일 지켜야 하나니

백성들의 삶이 참으로 애달프구나.

窓外三竿日(창외삼간일)

城門尙未開(성문상미개)

關防江作界(관방강작계)

烽燧石爲臺(봉수석위대)

苦戍常戈甲(고수상과갑)

荒田半草萊(황전반초래)

孤墉保朝暮(고용보조모)

民事最堪哀(민사최감애)[20]

고된 여정에 늦잠을 자고 일어나보니 해가 중천에 떴는데 성문
은 아직까지 닫혀 있다. 압록강을 경계로 여진족과 마주하고 있는

---

20 『어촌집』 권4,「宿滿浦晩起」

만포는 방어 진지인 진鎭을 중심으로 마을이 형성된 곳이다. 자그마한 군사 마을로 평시에는 성문을 통해 드나드는 사람이 없기에 한낮에도 성문이 굳게 닫혀있는 것이다. 이곳에서 수자리 서는 것이 하루의 일과로 농사일을 돌볼 여력이 없기에 전답에는 잡초가 무성히 자란 것이 눈에 들어온다. 본업인 농사일을 제쳐두고 외딴 성을 지키고 있는 백성들이 어떻게 생계를 영위할는지 걱정되지 않을 수 없는 것이다.

3. 『북정고北征稿』: 객관에서 사무치는 회환의 정서

경변사의 임무를 마치고 돌아온 심언광은 중국 사신을 접대하는 관반사의 임무를 마치자마자, 1537년 곧바로 다시 함경도 관찰사로 나가게 된다. 기묘년 사화에 희생된 사림들의 복권 문제를 두고 다시 김안로와 격렬하게 대립하면서 이루어진 좌천이다. 결국 자신이 김안로의 술책에 속았다는 것을 깨닫게 된 이 시기에 지어진 『북정고』에는 자신의 지나온 삶을 성찰하며 회한의 정서를 노래한 시들이 많이 보인다.

〈밤에 홀로 앉아 느낌이 있어〉
머나먼 북쪽 변방 삼천리
외로운 소나무 반쯤 죽은 심정이네.
강산은 새로워 얼굴 익히는데

풍월은 오래된 지음이로구나.

붓 끝에 이곳 풍경을 읊어서

시 주머니에 고금을 담는다.

나그네 회포 뉘와 함께 얘기하랴?

홀로 지새는 밤 새 울음소리만 애절하구나.

塞北三千里(새북삼천리)

孤松半死心(고송반사심)

溪山新識面(계산신식면)

風月舊知音(풍월구지음)

筆下輸天地(필하수천지)

囊中寓古今(낭중우고금)

羈懷誰共語(기회수공어)

獨夜怨啼禽(독야원제금)[21]

　또다시 함경도 변방으로 좌천되어 지내노라니 반쯤 말라죽은 외
로운 소나무와도 같이 매사에 무덤덤하고 도무지 흥이 동하지 않는
다. 오직 북쪽 변방의 산천이 보여주는 새로운 모습을 대하여 시 짓
기로 하루를 소일하니, 시야말로 나를 진정 알아주는 옛 친구라 하
겠다. 붓 끝에 변방의 경물을 담아내면서 내 삶의 지난날과 현재를
추억하며 우울한 심사를 달래보려 한다. 그럼에도 나그네의 고독한

마음을 어찌할 수 없어 새 울음소리 들으며 밤을 지새우는 것이다.
사람을 제대로 알아보지 못한 자신의 과오에 대한 회한의 심경 속에
잠들지 못하고 고독하게 밤을 지새우는 모습이 담겨져 있다.

〈영동역에 유숙하면서 감회가 있어〉

영예와 모욕 아득하나 모두 마음 놀라게 하니

영락한 채 남은 목숨 어디에 붙여야 하나?

하늘가 지는 해에 고향 그리는 눈물짓고

변방 늦가을에 고국 떠나는 마음이라.

구름 낙엽 어지러이 날아 산이 온통 새까맣고

둥근 달 나지막이 비치어 바다가 밝게 빛난다.

나그네 시름 오늘밤엔 유난히 끊이지 않아

등잔불 마주하고 앉아 밤을 지새웠네.

寵辱悠悠兩自驚(총욕유유양자경)

飄零何處着殘生(표령하처착잔생)

天邊落日懷鄕淚(천변낙일회향루)

塞外窮秋去國情(새외궁추거국정)

雲葉亂飛山盡黑(운엽난비산진흑)

月輪低照海全明(월륜저조해전명)

羈愁此夜偏多緖(기수차야편다서)

坐對靑燈到五更(좌대청등도오경)[22]

　　이 시 또한 변방의 객관에서 홀로 유숙하면서 잠들지 못하는 심
사를 읊은 것이다. 낯선 타향에서 지내노라니 지난날의 영예와 모욕
이 아득한 옛날 일처럼 느껴지면서도 여전히 마음을 놀라게 한다.
늙어가는 처지에 남은 생을 의탁할 곳 생각함에 고향만 그리워하게
되는데 변방 늦가을 풍경은 쓸쓸한 심회만 불러일으킨다. 경련에서
는 이러한 회한의 심사를 선명한 이미지의 대조로 그려내고 있다. 늦
가을 우수수 떨어지는 낙엽은 구름인 양 높이 날아올라 산을 새까
맣게 뒤덮는데, 나직이 뜬 둥근 달은 바다를 밝게 비추고 있다. 낙엽
이 뒤덮은 산은 영동역에서 접한 을씨년스런 늦가을의 실경이자, 영
락한 채 남은 생을 어떻게 이어나가야 할지 알 수 없는 작자의 절망
감의 표상으로도 읽힌다. 마찬가지로 나직이 뜬 달빛을 받아 빛나는
바다 또한 당시 접한 실경이자, 작자가 그리워하는 강릉 바닷가 해운
정의 모습을 중의한 것으로 생각되기도 한다. 이처럼 지난날의 회한
에 젖어 남은 생에 대한 지향을 상실한 채 객관에서 유숙하는 심언
광에게 눈앞에 보이는 변방의 산하는 여러 상념을 불러일으키기에
잠들지 못하고 밤을 지새우는 것이다.

　　〈어렵고 위태로움을 스스로 노래하다〉
　　이별의 정자에서 강물을 굽어보니

22　『어촌집』권5,「宿嶺東驛有感」

떠나가고 보내는 그 마음 어떠하랴?

나그네 갈 길은 천산 너머인데

구사일생 살아남은 인생이구나.

막다른 길 절의에 매였나니

늘그막에 시서를 숭상하네.

혈혈단신으로 고향을 생각하니

한밤중 옛집이 꿈에 보인다.

離亭俯江水(리정부강수)

別意兩何如(별의양하여)

客路千山外(객로천산외)

殘生九死餘(잔생구사여)

窮途維節義(궁도유절의)

晩歲尙詩書(만세상시서)

孑孑懷鄕國(혈혈회향국)

中霄夢舊廬(중소몽구려)[23]

　이 시는 제목에서부터 어렵고 위태로운 신세를 읊는다고 하여
자신의 생애를 반추하는 심경을 직설적으로 드러내었다. 구사일생
으로 살아남은 인생이라는 데서 그 회한의 정서가 여실히 드러나고
있는데, 게다가 첩첩산중의 북녘 변방을 헤매는 처지이다. 노년에 막

23 『어촌집』 권5, 「自敍艱危」

다른 길에 처해서도 절의를 지키고 시서를 연마할 것을 다짐하고 있는 심언광에게 남은 바램은 고향집으로 돌아가는 것이다.

4. 『귀전록歸田錄』: 고향에 돌아와 느끼는 감회

심언광은 그의 바램대로 1538년(중종 33) 52세의 나이로 강릉의 고향집으로 돌아오게 된다. 그렇지만 자신의 뜻에 따른 치사가 아니라 파직되어 직첩職牒마저 회수당한 채 귀향해야 했다. 그 전 해에 12월 24일 김안로가 유배를 가게 되자마자, 그 다음 날 공조판서에 임명되었다가 다시 의정부 좌참찬에 제수된 직후에 갑자기 이루어진 일이라 그 충격은 더욱 컸을 것이다. 고향으로 돌아가는 길에 지은 다음과 같은 시에는 이때 느낀 비애감이 잘 드러나 있다.

〈모노령에서 눈을 만나〉
고개 마루에 이끼 낀 바위 고목은 비껴섰는데
시누대 늘어선 험한 산길 뱀처럼 꾸불꾸불하구나.
산 가득 내리던 빗줄기 온통 눈으로 바뀌어
나무마다 차갑게 얼어붙어 눈꽃을 만들어내네.
옥가루 떨어지는 숲속 나 홀로 들어가니
은잔을 땅에 흩뿌리며 나귀가 지나가는구나.
동으로 옴에 삭막한 마음에 시정도 일지 않고
가슴 속엔 단지 시름만 갈래갈래 뻗치는구나.

嶺石蒼蒼古木斜(영석창창고목사)

間關篝路曲如蛇(간관정로곡여사)

漫山凍雨渾成雪(만산동우혼성설)

着樹寒氷半作花(착수한빙반작화)

玉屑墮林孤身入(옥설타림고신입)

銀杯散地一驢過(은배산지일려과)

東來索寞無詩思(동래삭막무시사)

只有胸中愁緖多(지유흉중수서다)[24]

모노령毛老嶺은 평창 대화에서 오대산 월정사 쪽으로 넘어가는 곳에 있는 고개이다.[25] 2월의 겨울산은 황량하여 이끼 낀 어두운 바위와 고목이 있고, 푸른 나무는 오직 시누대만 찾아볼 수 있는 풍경이다. 게다가 차가운 겨울비가 내리다가 눈으로 바뀌어 나무마다 차갑게 얼어붙어 눈꽃을 피우고 있어 쓸쓸한 심사를 더한다. 경련에서는 완전히 눈으로 뒤덮인 설경을 말하였는바, 옥같이 흰 눈발이 떨어지는 숲속으로 나귀는 은잔 모양의 말밥굽 자국을 날리며 지나간다. 후구는 한유韓愈의 「영설증장적詠雪贈張籍」 중 "수레를 따라서는 흰 띠가 나부끼고, 말을 좇아서는 은잔이 흩어지네.隨車翻縞帶 逐馬散銀杯"라는 구절을 용사한 것이다. 미연에서는 작자의 감정을 직설적으로 토로하여 삭막한 마음에 시정은 일지 않고 근심만 가득하

---

24 『어촌집』 권10, 「毛老嶺遇雪」

25 『국역 어촌집』, 572면 각주 참조.

다고 하였다. 미연에 대해서는 "還東 又遭妻父之喪 故末句及之"란 주를 달아 설명하고 있는바, 장인까지 돌아갔다는 소식을 접한 직후인지라 더욱 처참한 심경이었음을 알 수 있다.

강릉의 고향집으로 돌아온 뒤에도 한동안 심언광은 마음속의 울분을 쉽사리 삭일 수 없었던 지, 이즈음 지은 시에서는 강개한 표현이 여러 군데에 보인다.

〈밤중에 홀라 앉아 감회가 있어〉
가을 깊어가는 동산 숲에서 나그네 마음 놀라
맑은 밤중 슬프게 읊조리며 한밤중까지 앉아있네.
하늘을 찌를 듯 장한 뜻은 외로운 울분으로 바뀌었고
나라에 몸 바치려는 허황된 계책으로 반생을 그르쳤구나.
눈물은 흐르는 시냇물 좇아 바다로 흘러들어가고
꿈속에선 날아가는 기러기 따라 서울로 돌아가네.
지난날 외람되이 임금 모시고 시를 화답하던 잔치에선
경회루 안에서 녹명鹿鳴편[26]을 읊조렸었지.

秋晚園林客意驚(추만원림객의경)
悲吟淸夜坐三更(비음청야좌삼경)
軒天壯志成孤憤(헌천장지성고분)
許國狂謀誤半生(허국광모오반생)

---

26 녹명(鹿鳴)은 천자가 군신과 빈객(賓客)에게 연회를 베푸는 즐거움을 노래한 시이다.

淚逐逝川流入海(루축서천류입해)

夢隨飛雁去還京(몽수비안거환경)

往年叨侍賡歌宴(왕년도시갱가연)

慶會樓中詠鹿鳴(경회루중영록명)[27]

　어느덧 가을이 깊은 원림에는 낙엽이 우수수 떨어져 내리는 듯하다. "객의경客意驚"이란 표현 속에는 시인의 불안한 심리가 드러나 있으니, 이런저런 근심에 싸여 시인은 쉽사리 잠들지 못하고 삼경에 이르도록 홀로 앉아 비감에 젖어있음을 알 수 있다. 함연은 벼슬살이에서 경국제민 하리라는 장대한 포부가 울분으로 바뀌었음을 말하고, 국가를 바로잡기 위해 김안로를 등용한 것이 크나큰 실수였음을 뼈아프게 반성하고 있다. 경련에서는 자신의 억울함을 풀 길 없는 답답함을 호소하며 눈물로 지새우며 임금을 잊지 못하는 충정을 말하고 있다. 미연에서는 임금을 곁에 모시며 연회에서 시를 읊던 지난날의 모습을 떠올리는 것으로는 시상을 끝맺었다.

　이처럼 울분을 삭이기 힘든 말년의 강릉 생활 속에서도 심언광이 늘 그리워하던 경포호 해운정은 한편으로 그에게 마음의 평온을 가져다주었던 것으로 보인다. 해운정의 생활을 노래한 다음과 같은 시에 이러한 심경을 살펴볼 수 있다.

---

27 『어촌집』 권10, 「夜坐有感」

〈경포호의 집〉

작은 집 지음에 참으로 은자의 거처이니

한가히 지내며 배고픔을 달랠 만 하네.

담장은 낮아 구름도 쉬이 넘나들고

창은 고요하여 달이 먼저 엿보네.

대나무 심어 황폐한 빈터에 이어졌고

여라 넝쿨 끌어다 작은 울타리 만들었네.

한가로이 지내도 할 일은 많으니

아침저녁 일과로 시를 읊조린다네.

小築眞衡泌(소축진형필)

棲遲且樂飢(서지차락기)

墻低雲易度(장저운이도)

窓靜月先窺(창정월선규)

種竹連荒畽(종죽연황톤)

牽蘿補短籬(견라보단리)

幽居亦多事(유거역다사)

晨夕課吟詩(신석과음시)[28]

　　이 시는 '호사湖舍'라는 제목으로 보아 경포호 부근에 있는 해운
정을 노래한 것으로 보인다. 수연에서는 『시경』을 인용하여 해운정

28　동상, 「湖舍」

이 은자의 거처임을 말하였다. 전구의 "형비衡泌"는 형문衡門과 비천泌泉으로, 은자가 지내는 곳을 뜻하는 말로 「진풍陳風」 '형비衡泌' 편의 제목이기도 하다. 후구의 "서지棲遲"와 "낙기樂飢"라는 말 또한 형비편에 나오는 "사립문 아래 한가히 지낼 만하고, 샘물이 졸졸 흐르니 굶주림을 달랠 만하네.衡門之下 可以棲遲 泌之洋洋 可以樂飢"라는 어구를 빌어 쓴 것이다. 함연과 경련은 해운정의 경관을 담박한 필치로 그려냈다. 구름이 쉬이 넘나들고 달이 먼저 엿본다는 것은 해운정이 은자의 자그마한 거처임을 말하면서, 자연 속에서 세속을 잊으려는 자신의 심경을 드러내고 있다. 경련의 후구 "견라보단리牽蘿補短籬"는 두보의 「가인佳人」에서 "시비가 구슬을 팔아 돌아와서, 여라 넝쿨 끌어다 띠집 지붕 땜질했네.侍婢賣珠廻 牽蘿補茅屋"라는 시구를 용사한 것이다. 미연에서 한가한 생활 속에서도 하루의 일과는 시 짓기라는 말에서 마음의 평정을 회복하여 시작詩作을 즐기는 시인의 심리를 느낄 수 있다.

다음과 같은 시에도 심언광이 이즈음 고향 강릉에서 느낀 평온한 전원생활의 정취가 잘 드러나 있다.

〈촌가의 흥취〉

마을길엔 사람들 발소리 끊기고

이끼는 나막신 밑굽에 들러붙네.[29]

---

29 당나라 시인 독고급(獨孤及)의 「산중춘사(山中春思)」에 "花落沒屐齒 風動群不香"라는 시구가 보인다.

풍족한 비에 매실은 굵어가고

바람은 가느다란 고사리 싹을 틔운다.

짙어가는 봄 그늘에 들판은 어둑해지고

바다 해 느릿느릿 움직여 산은 밝구나.

천기가 고요히 유동하는 곳

달빛이 성긴 주렴으로 쏟아져 들어오네.

村逕跫音絶(촌경공음절)

苔痕屐齒粘(태흔극치점)

雨肥梅子大(우비매자대)

風引蕨芽纖(풍인궐아섬)

野暗春陰晩(야암춘음만)

山明海日暹(산명해일섬)

天機幽闃處(천기유격처)

夜月入疏簾(야월입소렴)[30]

　　앞의 시가 해운정에서의 생활을 노래한 것임에 비해, 이 시에서
는 자신의 사는 마을주변의 한가로운 정취가 그려지고 있다. 사람들
의 왕래가 없는 한적한 마을길에는 이끼가 나막신에 들러붙을 정도
로 무성하게 자랐다. 함연과 경련에서는 따사로운 봄날의 전원 풍경
을 담담하게 그려내었다. 풍족히 내린 비와 봄볕은 매실을 살찌우고,

---

30 『어촌집』 권10, 「村興」

봄날의 훈풍은 고사리의 싹을 틔운다. 신록은 짙어져 들판을 초록빛으로 물들이고, 바다에서 떠오른 해는 점점 길게 떠서 산들을 밝게 비춘다. 이처럼 평화로운 전원 풍경 속에서 시인은 고요히 유동하는 천기天機를 느끼고, 밤중에 쏟아져 들어오는 달빛 속에 잠들지 않고 앉아 이를 느끼며 흡족해하고 있다.

이처럼 고요히 은거하며 마음의 평정을 되찾은 심언광 노년의 시 중에는 오언시가 많이 보인다. 이들 오언시는 대부분 평이한 시어로 담담히 자신의 일상을 노래한 것들이다. 다음과 같은 오언시에서도 우리는 심언광이 노년의 달관 속에서 느낀 철리哲理의 일단을 엿볼 수 있다.

〈입춘첩을 문에 붙이고〉
봄이 인일 뒤에 돌아오니
양이 움직이는 정월 초순이라.
삼라만상이 생장 발육함으로 돌아와
그윽이 숨어있다가 펼쳐 드러냄을 기뻐하네.
강호에서 근심과 즐거움을 마치리니
천지는 차고 비는 것이 갈마드는 법이라.
묵은 움이 장차 말라 시들어갈 듯하다
비와 이슬 받고 생기를 머금네.

春廻人日後(춘회인일후)
陽動月正初(양동월정초)

品彙歸陶冶(품휘귀도야)

幽潛喜發舒(유잠희발서)

江湖了憂樂(강호료우악)

天地遞盛虛(천지체성허)

宿栭將枯槁(숙얼장고고)

懷生雨露餘(회생우로여)[31]

　‘입춘첩문立春帖門’이라는 제목으로 보아 입춘첩을 붙이고 지은 시로 보이는데, 이 해는 입춘일이 정월 7일인 인일人日 뒤에 들었던 모양이다. 함연에서는 겨우내 잎을 떨구고 서있던 나무들과 동면에 들었던 짐승들이 생장 발육의 때를 만나 왕성하게 활동하리라는 기쁨을 말하였다. 경련에서는 시인의 삶에 대한 달관이 드러나 있다. 강호에서 인생을 마칠 것을 예감하며 차고 비는 것을 반복하는 천지만물의 이치에 순응할 것임을 말하였다. 미연에서 말라 죽을 듯한 고목이 비를 맞아 생기를 띠는 모습은 노년에 봄을 맞이하는 작자의 심경을 비유하고 있다.

　요컨대 이 시는 봄을 맞이하여 한 해의 안녕을 기원하는 입춘첩의 본뜻을 잘 담아낸 봄에 대한 송축시라 하겠다. 심언광은 입춘일에 차고 기우는 천도의 운행을 깊이 느끼며 세속의 근심과 즐거움을 제일齊一하는 의식의 평정을 지행하고 있는 것이다. 이 시를 통해 우리는 말년의 심언광에게 강릉 해운정은 천도를 긍정하면서 인

31　동상,「立春帖門」

사의 우락을 초탈하는 긍정적 초월의 공간으로 인식되었음을 알 수 있다.

03

어촌 심언광 시가 지닌 맛과 멋

박종우_고려대학교 민족문화연구원 연구교수

1. 어촌 시의 기풍과 격조에 대하여

한 작가의 한시를 이해하기 위한 단서는 일반적으로 해당 작가의 문집이나 관련 문헌에 나타나는 수학의 과정에서 찾을 수 있다. 다시 말해 그가 언제 누구의 문하에서 공부하였고, 주로 어떤 책들을 읽었으며 누구와 교유하였는가와 같은 것이다. 하지만 어촌의 경우 매우 간략한 기록들만이 흩어져 남아 있어서 시 공부의 연원이나 학문 전수의 과정 등이 자세하지 않다.

먼저 어촌의 나이 5세에 부친이 '등불'로 시를 쓰게 하자 "등불이 방에 들어오니 밤이 밖으로 나갔네"라는 구절을 얻었다는 일이나 9세에 아버지를 여의고 형과 더불어 오대산의 절에서 독서에 전념하였다는 기록이 있다. 여기서는 어촌이 어려서부터 시에 재주가 있었음을 짐작하는 정도이다.

이후 부친이 일찍 타계하여 가학의 전수도 별로 이루어지지 않았으며, 형과 함께 절에서 학업에 매진한 기록이 전한다. 게다가 집이 가난해서 읽을 책이 거의 없었는데, 단 한 권 남아있던 좋은 옛글을 가려 뽑은 『고문선』을 천 번이나 읽어 마침내 문장을 이루었다는 기록을 놓고 보면 어촌의 수학 과정은 문자 그대로 독학으로 진행되었던 것으로 추정된다.

이후 과거 시험을 통해 정치계에 입문한 뒤에는 여러 요직을 거치고 외교 업무 관리인 관반사로 활동하는 등 전형적인 관료 문인으로서 활동하는 모습을 보인다. 그런데 이 시기 어촌의 한시 창작을 다룬 기록에서 어촌 한시의 풍격을 해명할 만한 단서들이 다수 등장하는 점이 특기할 만하다. 우선 한 가지 주목되는 사실은 어촌이 호음 정사룡(1491~1570)과 대등하게 비교되었다는 사실이다. 여기서 호음은 당시 문단에서 기재 신광한(1484~1555)과 더불어 한시의 쌍벽으로 꼽혔던 대표적 시인이다. 그는 일찍이 중국에 사신으로 가서 글로써 명성을 떨쳤다. 그뿐만 아니라 중국 사신을 접대하는 동안 주고받은 시도 많이 남아 전할 정도로 대내외적으로 인정받았다.

그런데 어촌의 한시가 이런 호음과 대등하게 거론되었다는 점은 유의할 만하다. 더구나 그 기록의 출전이 공문서인 실록이라는 점에서 사실의 객관성에 대해 충분히 신뢰할 수 있다. 이런 점에서 실록의 기록은 어촌 한시가 가지는 높은 문학적 수준과 가치를 증명하는 자료로서 큰 의미를 갖는다.

어촌 한시가 가지는 문학적 특징과 풍격에 대한 대표적 평가는 교산 허균(1569~1618)의 시화집이자 비평집인 『학산초담』에 나오는 기사이다. 주지하듯이 교산은 시의 창작은 물론 시의 감식안이 당대에 으뜸으로 평가받았던 인물이다. 이러한 교산이 역대 문헌들 가운데 어촌의 시와 관련하여 가장 많은 내용과 논평을 남기고 있어 주목된다.

위에서 교산은 어촌 시의 특징 가운데 하나로서 '웅장하고 도타우며 화려하고 아름답다'고 평가하였다. 그리고 호음 정사룡의 시에 견주어 전혀 뒤질 것이 없음에도 불구하고 송계 권응인이 어촌의 시를 대가들의 반열에 뽑아 평해 놓지 않았음을 지적한 바 있다. 다시 말해 어촌 한시의 가치가 당대에 충분히 평가 받지 못한 데에 대해 비평가로서 불만을 밝힌 것이다.

그리고 어촌 한시의 특징을 '웅장하고 도타우며 화려하고 아름답기'로 요약하여 제시한 것이 흥미롭다. 이 한시 비평 용어들은 어촌한시가 만당풍적 성격, 즉 중국 당나라 말기의 시풍임을 압축적으로 나타낸 것이다. 이민서(1633~1688)의 '기력이 혼연히 굳세고, 물 흐르듯 노련하다'는 평이나 이의철(1703~1778)의 '건실하고 풍부하며 화려하다'는 평도 이와 상통한다.

한치윤(1765~1814)은 어촌의 한시를 '자못 만당의 풍격과 운치'가 있다고 하였다. 어촌의 한시에 나타나는 이미지의 섬세함과 감각적 정취 및 낭만적 정서에서 중국 만당 시기 지어진 한시의 풍격이 감지됨을 나타낸 것이다. 물론 이런 이미지, 정취, 낭만성 등이 만당 한시의 특징인 것만은 분명하다 하지만 만당 시기의 시풍, 즉 만당풍은 보다 복잡한 모습으로 나타나므로 실제 시작품을 통해 섬세하게 구분하여 따져볼 필요가 있다.

우리나라에서 만당의 시풍은 일찍이 고려 전기부터 유행한 것으로 정지상, 최광유 등이 대표적인 작가로 전한다. 이 시풍은 경물과 정감을 잘 융화한다는 장점과 함께 묘사가 지나치게 연약하다는 비판도 받아왔다. 대체로 만당풍의 한 범주인 여성 정감 주제 한시인 염정시 계열의 작품에서 많이 지적된다. 그런데 어촌은 만당풍이 뚜렷하게 보이는 한시를 지었지만, 나약하고 가녀린 여성 화자의 염정시 계열 작품은 창작하지 않았다.

그러므로 어촌 한시를 평가하는 말에 '온화하고 인정이 두텁다'나 '기력이 굳세다' 등과 같은 말이 나오게 된 것으로 보인다. 어촌은 결코 실의에 빠져 좌절하는 나약한 인간의 모습을 노래하지 않았다.

그는 당대 정치의 풍랑에 헤매면서도 시를 통해 항상 자기 자신을 굳게 지켜나가려고 노력하였다. 이 점은 어촌 시가 가지는 가장 큰 미덕이다.

2. 괴로운 심사에 깃든 맑고 담백한 격조

괴로운 심사에 깃든 맑고 담백한 격조를 뜻하는 고음청천은 중국 당나라 말기, 즉 만당 시기 시풍의 하나이다. 여기서 '고음'은 괴로이 읊는다는 뜻이고 '청천'은 맑고 담백하다는 뜻이다. 이 풍격은 만당풍의 대표적인 특징의 하나로 중국 당나라 때 시인 요합(779?~846?)과 가도(779~843) 등이 주도한 한시 창작 경향을 말한다. 주로 5언 율시의 형식에서 많이 나타나는데, 시어의 부단한 퇴고와 의미의 함축을 통해 예술미를 추구하는 것이 특징이다.

위의 두 시인은 이른바 대력 10재자, 곧 당나라 대종 때의 연호인 대력(766~779) 연간에 활동한 10명의 시인에 들어간다. 대체로 현실에서 뜻을 펴지 못한 중하층의 사대부들로, 이들 중 반수는 권문세가의 식객으로 살았다고 전한다. 이로 인해 그들에게는 윗사람에게 지어 바치거나 응답한 작품이 많았다.

그러나 그들이 관직을 얻지 못해 방황하고 전란의 와중에서 떠돌이 생활을 하면서 살았기 때문에 간혹 현실 속에서 체험한 경험을 토로한 진실한 작품도 없지는 않다. 그들은 모두 5언으로 된 근체시에 뛰어났으며, 자연 경물과 마을의 정취, 나그네의 향수 등을 묘사하는 솜씨가 남달랐다. 그들의 시어는 우아하고 아름다우며 음률에 있어서도 조화를 이루었지만, 제재를 취하는 것이나 풍격은 비교적 단조로웠다.

관세명은 "대력 연간의 시인들은 실로 처음으로 자구의 공교로움을 다투었는데, 힘차면서 단련하는 것을 손상하지 않았고, 공교하면서 섬세함을 손상하지 않았다. 또 시의 체제에 통달하고 우아하고 아름다우며 온화하고 순정하여 사람들이 읊조릴 만 했다."라고 했는데, 이는 이들이 공통적으로 지닌 예술적 특징이라고 할 수 있다. 다음의 어촌 시도 같은 사례이다

〈스스로 역경을 서술하다〉
정자를 떠나 강물을 굽어보니,
가는 마음, 보내는 마음 어떻겠는가.
나그네 갈 길은 천산 밖인데,
구사일생 살아남은 인생이구나.
궁핍한 여정에도 절의에 매였고,
나이 먹어서도 시서를 숭상하네.
혈혈단신 고향을 생각하니,
한 밤에 옛집이 꿈에 보이네.

〈自敍艱危(자서간위)〉
離亭俯江水(이정부강수)
別意兩何如(별의양하여)

客路千山外(객로천산외)

殘生九死餘(잔생구사여)

窮途維節義(궁도유절의)

晩歲尙詩書(만세상시서)

子子懷鄕國(혈혈회향국)

中霄夢舊廬(중소몽구려)

이 시는 시 제목에서 보듯 어촌이 자신의 삶이 겪어온 것에 대해 담담히 노래한 작품이다. 고음청천의 풍격이 잘 드러나는 시로 화자인 어촌이 흐르는 강물을 바라보며 시상을 일으켜 나그네의 향수와 지나온 삶의 역경을 회상하고 있다.

오언 율시의 형식으로 솔직 담백한 어조를 선택하였으나 즉흥적이지 않은 섬세하게 시어의 교묘한 기교를 추구함이 특징이다. 예컨대 3~4구의 '천산 밖'과 '구사일생 살아남은 인생'의 대비적 배치는 어촌이 단조로워 보이면서도 시어를 다듬는 것에 주의를 기울였음을 보여준다.

그리고 3구의 나그네란 표현도 음미할 만하다. 한시의 제재로서 나그네는 흔한 소재이지만, 실제 정황과 상관없이 정서적 표출의 과정에서 작가의 개성이 드러난다. 어촌은 스스로를 나그네라고 즐겨 표현하였다. 이 말을 통하여 평생을 나그네처럼 살아아 했던 자신의 고달픈 심정이 떠올려지게 된다. 스스로도 벼슬길에 나가면서부터 나그네로 인식하고 있었음을 짐작할 수 있다. 여기서는 이제 고향에 돌아왔지만 그럼에도 지난 수십 년 관료생활에 부대끼며 살아왔던 시절이 나그네처럼 겹쳐지는 것이다.

다음의 시도 유사한 시풍의 예로 들 수 있다.

〈부사에 차운하다〉 2

정자는 멀리 긴 강을 당겼고,

하늘은 아득히 넓은 언덕 머금었네.

유리빛은 수면 위에 펼치어졌고,

복숭아 오얏꽃은 산허리를 둘렀네.

흰 기러기 찬 물가에 기대어 있고,

푸른 나귀는 작은 다리 건너가누나.

허전한 이 마음 술로 달래도,

내일 아침이면 그리운 님과 아득히 멀어지겠지.

〈次副使韻(차부사운)〉 2

亭控長江遠(정공장강원)

天銜闊岸遙(천함활안요)

玻瓈開水面(파려개수면)

桃李匝山腰(도리잡산요)

白雁依寒渚(백안의한저)

靑驢渡小橋(청려도소교)

肝腸托樽酒(간장탁준주)

雲樹隔明朝(운수격명조)

마지막 연의 내용으로 보아 중국 사신과의 이별을 제재로 한 것이지만, 특히 세 번째 연에서 보여주는 선명한 색조의 대비를 배경으로 나타나는 이미지의 섬세함과 감각적 정취 및 낭만적 정서는, 한치윤의 평한 그대로 만당의 풍격과 운치가 점점이 묻어나는 것으로 보면 적절하다.

좀 더 구체적으로 말하면 2~6구까지의 '유리빛'과 '복숭아 오얏꽃', '수면 위'와 '산허리', '흰 기러기'와 '푸른 나귀', '찬 물가'와 '작은 다리' 등이 어촌의 섬세한 시어 다듬는 솜씨를 보여주며 1~2구와 7~8구에서는 전형적인 고음청천, 즉 괴로운 심사에 깃든 맑고 담백한 격조가 감지된다.

3. 아름다운 시어에 배인 서글픈 기운

아름다운 시어에 배인 서글픈 기운, 즉 청려감상의 시풍은 주로 만당 시풍의 7언 율시의 창작에서 자주 나타나는 특징적 국면이다. '청려'는 고도의 기교를 사용한 맑고 고운 느낌이고 '감상'은 우울한 현실에서 오는 구슬픈 마음을 뜻하는데, 만당 전기의 시인인 허혼, 장호, 두목 등이 이러한 경향의 대표적 작가이다. 기교가 두드러지며 화려한 시어로 빼어난 경지를 창조하고, 쓸쓸한 감상의 서정을 드러내는 방법을 주로 한다. 다음의 어촌 시는 이러한 특징을 잘 보여준다.

〈영동역에서 유숙하며 느낌이 있어 짓다〉

유유자적하다 영예와 모욕 두 가지 다 놀래니,

보잘 것 없이 남은 목숨 그 어디에 붙일까?

하늘가 해질 무렵 고향 그리는 눈물,

변방의 늦가을에 고국 떠나는 마음일세.

구름 낙엽 어지러이 날아 산은 새까맣고,

둥근 달 나직이 비치니 온 바다는 밝도다.

나그네 신세 오늘밤 유난히 시름겨워서,

푸른 등잔불과 마주하여 앉아 지샜네.

〈宿嶺東驛有感(숙영동역유감)〉

寵辱悠悠兩自驚(총욕유유양자경)

飄零何處着殘生(표령하처착잔생)

天邊落日懷鄕淚(천변낙일회향루)

寒外窮秋去國情(한외궁추거국정)

雲葉亂飛山盡黑(운엽난비산진흑)

月輪低照海全明(월윤저조해전명)

羈愁此夜偏多緖(기수차야편다서)

坐對靑燈到五更(좌대청등도오갱)

　　이 시는 어촌이 역참의 객사에 머물면서 느끼는 심정을 술회한 7
언 율시 작품이다. 이 시에서 어촌은 중앙의 정치 다툼에서 밀려나
변방의 외직을 떠도는 서글픈 심경과 함께, 시름에 겨운 자신의 처지

를 깊은 감상과 함께 뚜렷하게 그려내고 있다.

첫 구에서 그는 총애와 모욕 둘 다를 겪어 스스로 놀란다고 말하고 있다. 이어서 쌀쌀한 바람에 구름처럼 어지러이 일어 하늘을 까맣게 덮는 낙엽과 나직이 떠올라 사해를 밝게 비추는 둥근 달의 정경을 대조적으로 보여주고 있다. 이 모습을 통해 자신이 놓여 있는 처지와 임금의 은덕이자 총애를 기리는 심경을 감각적 이미지로 표현하고 있다.

이 부분은 앞서 말한 청려감상의 시풍이 잘 드러난 사례인 점에서 보다 섬세하게 살펴볼 필요가 있다. 우선 맑고 곱다는 뜻의 '청려'는 시어의 특징을 말한 것이다. 맑음, 즉 '청'의 특징은 6구의 '둥근 달 나직이 비치니'와 끝구의 '푸른 등잔불'에서 보이는데, 둘 다 깨끗한 맑은 이미지를 부각시키는 데에 유효한 소재이다. 청정한 달밤의 정경을 제시하여 독자로 하여금 맑음을 느낄 수 있도록 유도한다.

그리고 고움, 즉 '려'는 시어가 가지는 세련되고 빼어난 언어미를 가리킨다. 예컨대 4구의 '변방의 늦가을'과 5구의 '구름 낙엽'이나, 5구의 '산은 새까맣고'와 6구의 '둥근 달 나직이 비치니' 등은 잘 정제된 시어의 아름다움을 느낄 수 있다. 그리고 이와 같은 시어는 '나그네 신세'로 대표되는 감상적 정서와 결합하여 개성적인 시풍을 이룬다.

다음의 시도 같은 관점에서 해석할 수 있는 작품이다.

〈경성 주촌역에서 느낌이 있어 짓다〉 2
고향을 떠난지 한 해 만에 변방성에 머무니

이방의 모든 풍경은 고향을 떠오르게 하네.

넓은 강 건너고자 하나 뱃사공은 없고

겨울나무 말라가도 겨우살이는 매달렸네.

일신을 도모함이 곧은 길 아닌 것이 우습고

세상 속여 헛된 이름만 있어 오히려 부끄럽네.

새벽에 창을 열고 푸른 바다와 마주하니

아침 해 밝고 밝아 간담을 비추네.

〈鏡城朱村驛有感(경성주촌역유감)〉 2

去國經秋滯塞城(거국경추체새성)

異方雲物摠關情(이방운물총관정)

洪河欲濟無舟子(홍하욕제무주자)

寒木將枯有寄生(한목장고유기생)

自笑謀身非直道(자소모신비직도)

還慙欺世坐虛名(환참기세좌허명)

曉來拓戶臨靑海(효래척호임청해)

旭日昭昭照膽明(욱일소소조담명)

　　이 시도 앞의 시처럼 어촌이 역참의 객사에 머물면서 느낀 심정을 술회한 7언 율시 작품이다. 이 시에서 어촌은 거칠고 쓸쓸한 변방을 떠돌며 고향을 그리는 쓸쓸한 심경을 노래한다. 그리고 자신의 처지가 사실 스스로의 허물로부터 비롯된 것임을 직접적으로 뉘우친다. 이어서 다시금 새로운 마음가짐으로 올바른 도리를 행할 것임을 다짐하고 있다.

따라서 자신이 처해 있는 현실의 모습을 '넓은 강 건너고 싶으나 뱃사공이 없고, 겨울나무 말라가도 겨우살이는 매달렸네.'라고 그리고 있는 3~4구의 복합적 비유가 탁월하다. 그리고 진정성이 배어나는 5~6구의 고백을 거쳐, '새벽에 문을 열고 푸른 바다 마주하니, 아침 해 밝고 밝아 간담을 환히 비추네.'라는 7~7구의 일신된 분위기 묘사와 다짐이 맑고 깨끗한 이미지와 더불어 여운을 남긴다.

아울러 3~6구의 정교한 대비와 미련의 '푸른 바다'와 '아침 해' 등의 시어의 선택은 앞서 말한 '맑고 고움' 바로 그것이다. 아울러 이러한 언어를 다듬는 기법이 삶의 아픔인 '감상'을 드러내는 데 적절히 활용된 점이 어촌의 시풍이 가지는 중요한 특징의 하나로 보인다.

4. 돌이켜 생각해 보는 감정의 무늬들

'돌이켜 생각하고 원망하며 비판함', 즉 반사원자의 시풍은 역사를 노래한 영사시와 시사를 풍자하고 비판하는 주제의 작품에서 보이며 역시 중국 만당 시기에 대량으로 창작되었다. 여기서 '반사' 즉 돌이켜 생각함은 바로 반성을 뜻하고, '원자', 즉 원망하며 비판함은 원망어린 시선으로 비판과 풍자를 가하는 것을 말한다.

그리고 시사를 풍자하고 비판한다는 것은 당시의 사건이나 사실에 대한 결점이나 착오를 비판하는 것을 뜻한다. 중국 만당 시기의 시인인 두목과 이상은이 대표적이며, 후기에는 간헐적으로 나타난다. 여기서 역사를 노래하는 시, 즉 영사시는 단순한 역사적 사실의 회고와는 다르다는 점에 유의할 필요가 있다. 곧 지난 역사를 떠올리며 반성하고 사색하는 데에 머무르지 않고, 재해석을 통해 새로운 의미를 구하고 나아가 자신의 삶을 반성하는 방식으로 이루어진다.

어촌은 말년에 남긴 『귀전록』에 〈의영사〉라는 시제 아래 40수의 영사시를 지었다. 이 시들은 역사적으로 중요한 인물을 통해서 당대의 현실을 노래하거나 개개인의 행적에 대해 어촌 자신의 시각으로 새롭게 재해석하려한 것이 공통적으로 나타나는 특징이다. 이 가운데 제일 첫 수와 마지막 수를 들어 구체적으로 살펴보자.

〈의영사·태공〉

몇 년을 기영에서 풍류를 흉내 내더니,

흰머리로 낚싯대 드리우고 마침내 주를 낚았네.

위천에 귀를 씻음보다 나은지 알 수 없으나,

목야에서 명성을 떨침은 무엇을 구하고자 함인가.

〈의영사·태공擬詠史·太公〉

幾年箕潁擬風流(기년기영의풍류)

白首垂竿竟釣周(백수수간경조주)

未識渭川堪洗耳(미식위천감세이)

鷹揚牧野欲焉求(응양목야욕언구)

이 시는 시 제목에 나타난 대로 옛날 중국 문왕과 무왕을 도와 주나라를 열게 한 태공망 여상을 읊은 작품이다. 그런데 태공망을 제재로 한 일반적인 영사시와는 다르게 이 시의 경우 그 뜻은 자못 비판적으로, 태공망을 임금의 부름을 거절하고 끝내 은거한 허유와 대조하고 있는 점에 유의할 필요가 있다.

1구에서 어촌은, 태공망이 위천에서 낚시하던 일을 허유가 기산과 영수에 은거한 풍류를 흉내 낸 것이라고 지적한다. 이어지는 2구에서는 그러한 가식적 의도가 성공하여 태공망이 드디어 주를 낚았다고 비판한다. 어촌은 허유처럼 문왕의 부름을 받았을 때 귀를 위천에서 씻었어야 했으며, 무왕을 도와 은의 주왕을 토벌한 땅에서 명성을 떨친 것은 도의적으로 적절하지 못한 선택이었다는 지적이다.

이처럼 역사적 사실의 반성적 회고를 통해 새로운 깨달음을 표현하려는 것은 중국 만당풍의 반사원자, 즉 '돌이켜 생각하고 원망하며 비판함'의 시풍과 연계하여 해석할 수 있다. 일반적인 역사적 평가의 호불호를 벗어나 자유롭게 자신의 생각을 겉으로 드러냄으로서 새로운 뜻을 모색하고 그러한 깨달음을 자신을 반성하는 계기로 삼는 태도가 바로 그것이다.

다음의 시도 유사한 맥락으로 해석할 수 있는 작품이다.

〈의영사·장세걸〉
조병의 육신 한 덩이 남아 있어,
넘어지고 깨어지더라도 일을 도모하였네.
송의 덕 하늘이 응당 싫어함을 알겠으니,

잠시 바람과 파도로 문득 배를 뒤집어버렸네.

〈擬詠史·張世傑(의영사·장세걸)〉

趙肉猶餘一塊纇(조육유여일괴류)

艱難顚沛尙堪謀(간난전패상감모)

也知宋德天應厭(야지송덕천응염)

俄傾風濤便覆舟(아경풍도편복주)

이 시는 중국 남송 시기의 무관인 장세걸(?~1279)의 행적을 제재로 노래한 작품이다. 장세걸은 무관으로 원이 침범하자 이를 물리치러 나간다. 그러나 송이 멸망하였다는 소식을 듣고 조국을 회복하고자 배를 타고 건너오다가 폭풍을 만나 파도에 휩쓸려 죽은 인물이다. 일반적으로 역사가들은 장세걸과 같은 인물을 멸망한 왕조를 부흥시키고자 한 충신으로 전한다.

그런데 여기서 어촌은 전혀 다른 의견을 내고 있다. 즉 송의 덕이 다하였기 때문에 하늘이 이를 허락하지 않아 폭풍을 일으킨 것이라고 보고 있는 것이다. 이처럼 동일한 역사적 사실이라고 하더라도 관점을 달리하여 참신한 의견을 제시하는 것은 어촌의 영사시가 가지는 특징이다.

이상에서 보았듯이 어촌의 영사시는 몰락한 왕조를 슬퍼하는 맥수지탄 주제의 회고시나 위대한 인물의 부재를 아쉬워하는 일반적인 영사시와는 다르다는 점에 유의할 필요가 있다. 어촌은 역사적 사실의 참신한 재해석을 통해 일반적인 평가를 뒤집는 자유로운 비판과 풍자를 가하고 그 과정에서 얻은 시적 체험을 통해 자신의 삶을 반성하는 것으로 전환한다. 이 점은 어촌의 한시에 일관되게 나타나는 만당 시풍의 한 특징으로 볼 수 있다.

04

어촌 심언광 시의 역사적 평가

박영주

1.『조선왕조실록』이 말하는 어촌의 시

어촌 심언광의 시 세계를 논의하거나 논평한 예는 과거로부터 오늘에 이르기까지 참으로 드물다. 그런 가운데서도 어촌의 시문에 대한 언급이 전혀 없지는 않아서, 그가 생존하던 당대의 일화들을 중심으로 한 기록들과 사후 문헌들을 통해 그의 시 세계에 대한 역대 평들을 어느 정도 헤아려 볼 수 있다. 먼저『조선왕조실록』에 전하는 어촌의 문장과 시에 대한 논평을 들어보면 다음과 같다.

> 심언광은 사람됨이 질박하고 솔직하며 시문을 잘 하였다. 뜻을 얻자 자주 대각臺閣의 의논을 마음대로 하여 한때의 소장疏章이 그의 손에서 많이 나왔다.
>
> 김근사에게 전교하기를, "심언광과 정사룡의 글 지은 점수가 똑 같으니(두 사람이 모두 三上과 次上이었다) 마땅히 다시 같은 제목으로 글을 짓게 하여, 고하高下를 결정하게 하라." 하고, 상이 '동정추월洞庭秋月'로 7언율시를 '서산제설西山霽雪'로 5언율시를 짓도록 시제詩題를 써서 내렸다. 그리하여 심언광이 1등을 하였고 활쏘는 일도 끝났다.
>
> 어가를 돌릴 적에 견항에서 낮을 머물렀다. 상이 '일출부상日出扶桑'이란 7언율시의 시제詩題를 친히 써서 주변에 있는 신하들에게 모두 시를 짓게 하고, 또 좌상과 우상에게 고열考閱하게 하였다. 심언광과 정사룡 등이 우등을 하니, 특별히 만든 활 1장張씩을 하사하였다.
>
> 彦光爲人 野直 能詩文 及其得志 屢擅臺閣之議 一時疏章 多出其

手 :『朝鮮王朝實錄』·中宗31 1月 6日

傳于金謹思曰 沈彦光鄭士龍所製等畫(兩人皆爲三上次上) 宜更令作
一題 決高下 上以洞庭秋月五言律詩 西山霽雪五言律詩 題書而下
之 於是彦光居首 而射事亦畢 :『朝鮮王朝實錄』·中宗31 5月 12日

駕還 畫停于犬項 上親書 日出扶桑 七言律詩題 命侍臣皆製之 又
命左右相考之 沈彦光鄭士龍優等 命賜別造弓一張 :『朝鮮王朝實
錄』·中宗31 10月 15日

　　『조선왕조실록』 중종 31년 1월조의 기록은 경변사 직무를 수행
하러 떠나는 어촌이 야인 토벌에 관해 임금에게 아뢰는 기사 맨 끝
에 덧붙인 사관史官의 평 첫대목에 등장하는 말이다. 질박하고 솔직
한 어촌의 사람됨과 함께 그가 시문에 능한 인물로 널리 일컬어졌음
을 분명하게 확인할 수 있다. 특히 사헌부·사간원에서 작성되는 소장
疏章들이 그의 손에서 많이 나왔다는 사실로부터 어촌이 관각문학
에 가견이 있었음을 또한 헤아릴 수 있다.

　　이어지는 중종 31년 5월과 10월의 기록은 임금을 호위하며 따르
던 상황의 일화들로서, 당대 최고의 시인으로 일컬어지던 호음 정사
룡湖陰 鄭士龍(1494~1573)과 시재詩才의 우열을 다투는 내용이다. 어
촌의 나이 50살이던 해의 일인데, 이같은『조선왕조실록』의 기록들
로부터, 어촌의 시적 재능은 그가 활동하던 당대로부터 정평이 나
있었던 것을 새삼 헤아릴 수 있다. 나아가 이처럼 어촌의 시재가 돋
보이는 일화들이『조선왕조실록』에 등장하는 것 자체가 그의 시적
자질과 능력에 대한 세인들의 인식과 평을 대변한다고 할 것이다.

2. 『학산초담』의 어촌 시 논평

어촌 심언광의 시에 대해 가장 자세한 기록을 남기고 있는 인물은 같은 강릉 출신의 문인 교산 허균蛟山 許筠(1569~1618)이다. 허균이 지은 시화집이자 시평집인 『학산초담鶴山樵談』은 역대 문헌들 가운데서도 어촌의 시와 관련하여 가장 많은 내용과 논평을 싣고 있는 귀중한 자료다. 해당 부분을 옮겨보면 다음과 같다.

> 어촌의 시는 웅혼하고 도타우며渾厚 화려하고 아름답기浮艶가 호음湖
> 陰에 못지 않은데, 송계松溪가 중종 이래 대가를 평하는 데 뽑혀 있지
> 않으니, 도대체 무슨 까닭인지 모르겠다. 내가 북변루北邊樓 시편들
> 을 보다가 공의 시를 읽고는, 눈을 비비며 장단을 두드려 맞추지 않은
> 적이 없었다. 영동역嶺東驛 시는 다음과 같다.
> 총애와 모욕에 유유하다 두 가지에 다 놀래니
> 영락한 남은 목숨 그 어디에 붙일까.
> 하늘가 해질 무렵 고향 그리는 눈물
> 변방의 늦가을에 고국 떠나는 마음일세.
> 구름낙엽 어지러이 날아 산은 온통 새까맣고
> 둥근 달 나직이 비치니 온바다는 밝아라.
> 나그네 신세 오늘밤 유난히 시름겨워
> 푸른 등불 마주앉아 한밤 지새네.
> 수성역輸城驛 시는 다음과 같다.
> 서울 떠나 가을 지나 변방 성에 머무니

낯선 땅 풍경 모두 고향을 그리게 하네.

넓은 강 건너고 싶으나 뱃사공이 없고

겨울나무 말라가도 겨우살이는 매달렸네.

스스로 비웃나니 일신 도모에 곧은 길 아니었음을

오히려 부끄럽네 세상 속여 헛된 이름에 붙들렸음을.

새벽에 문을 열고 푸른 바다 마주하니

아침 해 밝고 밝아 간담을 환히 비추네.

이와 같은 작품들이 어찌 호음湖陰의 무리만 못하단 말인가? 아래 시의 제4구는 김안로가 죽었지만 그의 잔당은 아직 다 죽지 않았음을 가리킨 것이다. [소주小註]……어촌의 〈능금꽃 떨어지다來禽花落〉라는 시는 다음과 같다.

오련붉은 꽃잎 봄을 부축해 늙은 가지에 피어나니

누구를 위해 단장했나 촌사람 집을.

한밤중 비바람에 초췌해질까 저어했더니

가지 가득한 능금꽃 다 떨구어 버렸네.

⋮

심어촌의 두견시는 다음과 같다.

삼 개월 섬길 임금 없어 이 몸을 조문하나니

두견새 울음소리에 다시 슬픔 견디기 어렵네.

산중에서도 신하의 의리 폐하지 않나니

서천에 두 번 절하던 사람을 따라한다네.

작품의 뜻이 너무도 서글프니, 모두 충심에서 나온 것으로, 임금을 사모하는 정성이 말 밖에 넘쳐난다. 저 아로새겨 꾸미기나 하는 자는 정말 싫증난다.

漁村詩 渾厚富艷 不讓湖陰 而松溪評 中廟以來大家 不在選中 抑
不知何意歟 余閱北邊樓題 讀公之詩 未嘗不揩眼而擊節也 嶺東驛
日 寵辱悠悠兩自驚 飄零何處着殘生 天邊落日懷鄕淚 寒外窮秋去
國情 雲葉亂飛山盡黑 月輪低照海全明 羈愁此夜偏多緖 坐對靑燈
到五更 輪城驛日 去國經秋滯塞城 異方雲物摠關情 洪河欲濟無舟
子 寒木將枯有寄生 自笑謀身非直道 還慙欺世坐虛名 曉來拓戶臨
靑海 旭日昭昭照膽明 如此等作 豈下於湖陰輩邪 下詩第四句 指安
老敗而餘黨未殄也 [小註]……漁村來禽花落日 朱白扶春上老柯 爲
誰粧點野人家 三更風雨驚侔傀 落盡來禽滿樹花：許筠,「鶴山樵
談」,『惺所覆瓿稿』卷26
沈漁邨 杜鵑詩曰 三月無君弔此身 杜鵑聲裏更悲辛 山中不廢爲臣
義 準擬西川再拜人 二作意甚悲愴 皆出肺腑 思親愛君之誠 藹然言
表 彼雕飾者可厭：許筠,「鶴山樵談」,『惺所覆瓿稿』卷26

　위의 『학산초담』에서 허균은 어촌 시의 풍격적 특징 가운데 하나
로서 '웅혼하고 도타우며 화려하고 아름답다渾厚浮艷'는 평과 함께,
호음 정사룡의 시에 견주어 전혀 뒤질 것이 없음에도 송계 권응인
松溪 權應寅(생몰년 미상 : 16세기 중후반에 활동)이 어촌의 시를 내가들
의 반열에 선평選評해 놓지 않았음을 도무지 납득하기 어렵다고 했
다. 그리고는 두 편의 7언율시를 실례로 들면서, 구절마다 새삼 찬탄
해 마지 않을 수 없으니, 이같은 작품들이 어찌 호음 정사룡의 무리

만 못하겠느냐고 구체적으로 반문하고 있다. 이어 어촌 작품의 한 대목이 의미하는 바에 대한 해석을 덧붙이면서, 소주小註를 통해서는 『어촌집』에 수록되어 있지 않은 〈능금꽃 떨어지다來禽花落〉라는 시를 소개하였다.

먼저, 맨 앞에서 허균이 '영동역' 시로 소개하고 있는 작품은, 함경도 관찰사 시절의 시편들을 엮은 『어촌집』 권5 『북정고』에 수록되어 있는 〈영동역에서 유숙하며 느낌이 있어 짓다宿嶺東驛有感〉라는 7언율시다. 이 작품에서 어촌은 중앙의 정쟁에서 밀려나 변방의 외직을 떠도는 서글픈 심경과 함께, 시름에 겨운 자신의 처지를 깊은 사념과 함께 선연하게 그리고 있다. 특히 총애와 모욕 둘 다를 겪어 스스로 놀란다는 말에 이어, 쌀쌀한 바람에 구름처럼 어지러이 일어 하늘을 까맣게 덮는 낙엽과 나직이 떠올라 사해를 밝게 비추는 둥근 달의 대조적 정경을 통해, 자신이 놓여 있는 처지와 임금의 덕화이자 총애를 기리는 심경을 감각적 이미지로 형상화하고 있다. 교산의 찬탄이자 고평은 특히 여기에 초점이 맞추어져 있는 것이 아닌가 생각된다.

다음으로 허균이 말하는 '수성역' 시는, 역시 『어촌집』 권5 『북정고』에 수록되어 있는 〈경성 주촌역에서 느낌이 있어 짓다鏡城朱村驛有感〉라는 7언율시다. 이 작품에서 어촌은 황량한 변방을 떠돌며 고향을 그리는 쓸쓸한 심경과 함께, 그와 같은 자신의 처지가 기실 스스로의 허물로부터 비롯된 것임을 직설적으로 뉘우치면서, 다시금 새로운 마음가짐으로 올바른 도리를 행할 것임을 다짐하고 있다. 자신이 처해 있는 현실의 모습을 '넓은 강 건너고 싶으나 뱃사공이 없

고, 겨울나무 말라가도 겨우살이는 매달렸네.'라 그리고 있는 함련의
복합적 비유가 탁월하고, 진정성이 배어나는 경련의 자기고백을 거
쳐, '새벽에 문을 열고 푸른 바다 마주하니, 아침 해 밝고 밝아 간담
을 환히 비추네.'라는 미련의 일신된 분위기 묘사와 자기다짐이 청신
한 이미지와 더불어 여운을 남긴다. 예의 허균의 찬탄이자 고평은 이
작품의 경우 여기에 초점이 맞추어져 있지 않은가 생각된다.

특히 이 작품 함련의 아랫구 '겨울나무 말라가도 겨우살이는 매
달렸네.'에 대해 허균은 '김안로가 죽었지만 그의 잔당은 아직 다 죽
지 않았음을 가리킨다.'는 말을 덧붙이고 있다. 이 구절에 대해서는
그의 시화집인 『성수시화』에서도 해당 대목만을 직접적으로 거론하
여 평을 덧붙이고 있으며, 후대의 여러 문헌들에서도 비슷한 논평이
이루어지고 있음을 확인할 수 있다.

소주에 소개한 〈능금꽃 떨어지다來禽花落〉라는 어촌의 작품에
대해서는, 허균의 시선집인 『국조시산』에서도 작품 전문을 소개하고
간략한 평을 덧붙이고 있기에, 거기에서 좀더 구체적으로 살펴보기
로 한다.

그리고 『학산초담』의 또 다른 대목에서 '두견시'로 거론하고 있는
작품은, 1538년 강릉으로 낙향한 이후 1540년 세상을 뜰 때까지의
시기에 지어진 시편들을 모아 엮은 『어촌집』 권10 『귀전록』에 수록
되어 있는 〈운계사에서 두견새 울음을 듣다雲溪寺聞杜鵑〉라는 7언
절구다. 이 작품에 대해 허균은 행간에 배어 있는 뜻이 너무도 서글
픈 바, 마음 속 깊은 곳에서 우러나는 연군의 정이 간절하다 못해 말
밖에 넘쳐난다고 했다. 그러면서 수식과 기교를 일삼는 무리들의 시

와는 그 격이 전혀 다르다는 평을 덧붙이고 있다.

이 작품 기구의 '삼 개월 섬길 임금 없어'는 『예기』와 『맹자』에 나오는 말로서, 그렇게 되면 조문을 한다는 말에 유래를 두고 있다. 또 결구의 '서천에 두 번 절하던 사람'은 두견새가 촉蜀 나라 망제望帝의 혼으로 서천에 살고 있다는 유래에 근거를 두고서, 어촌이 조정에 계신 임금에 대해 신하의 예를 행하는 것으로 볼 수 있다. 적막한 산중에 울려 퍼지는 서글픈 두견새 울음소리에 슬픔이 복받치는 상황에서도, 연군의 애틋한 정을 실어 신하의 예를 갖추는 어촌의 모습이 작품에 흥건히 배어 있음을 느낄 수 있다. 허균의 평은 그 충심어린 진정성에 초점이 맞추어져 있으며, 따라서 예사 연군시에서 어렵지 않게 볼 수 있는 수식과 기교가 덧씌워진 경우와는 그 격이 현저히 다르다는 평을 하고 있다.

3. 『성수시화』·『국조시산』의 어촌 시 논평

어촌 심언광의 시에 대한 허균의 평은 그의 『성수시화惺叟詩話』와 『국조시산國朝詩刪』을 통해서도 이루어지고 있다. 이들 문헌에 실려 있는 대목을 각각 옮겨보면 다음과 같다.

> 심어촌은 늘그막에 김안로와 사이가 벌어지게 되자 내쫓겨 북도방백이 되었는데 시를 짓기를,
> 넓은 강 건너고 싶으나 뱃사공이 없고

겨울나무 말라가도 겨우살이는 매달렸네.

라고 했으니, 대개 후회하는 마음이 싹튼 것이리라.

沈漁村晚與安老有隙 出爲北方伯 有詩曰 洪河欲濟無舟子 寒木將
枯有寄生 蓋悔心之萌乎 : 許筠, 「惺叟詩話」, 『惺所覆瓿稿』 卷25
說部4

　　앞의 『학산초담』에서 거론한 바 있는 『어촌집』 권5 『북정고』에
수록되어 있는 〈경성 주촌역에서 느낌이 있어 짓다鏡城朱村驛有感〉
라는 7언율시의 함련만을 따로 언급한 대목이다. 어촌이 함경도 관
찰사의 외직에 좌천된 것이 김안로와의 불화에 원인이 있음을 직접
적으로 기술하면서, 어촌이 기묘사화己卯士禍에서 화를 입은 사림
들을 복권·등용할 수 있으리라는 기대로 유배 가 있던 김안로를 궁
중에 다시 끌어들인, 어촌 생애에 천추의 한이 된 그 일을 후회하는
마음이 행간에 배어 있음을 새삼 지적하고 있다.

　　〈능금꽃 떨어지다〉
　　오련붉은 꽃잎 봄을 부축해 늙은 가지에 피어나니
　　누구를 위해 단장했나 시골사람 집을.
　　한밤중 비바람에 초췌해질까 저어했너니
　　가지 가득한 능금꽃 다 떨구어 버렸네.
　　*품평批 : 아래 절구와 함께 두 수가 모두 맛이 있다.
　　〈낙화〉

들복숭아꽃 지고 잎이 막 돋는데

비오고 바람 불자 나비 날개인양 가볍네.

가지 위 늦게 핀 꽃잎은 채 지지 않았으니

서낭이 늙었어도 정이 많아서라네.

*품평批 : 비유를 끌어다 쓴 것이 아주 좋다.

來禽花落 朱白扶春上老柯 爲誰粧點野人家 三更風雨驚儜㑂 落盡
來禽滿樹花 *批 二絶具有味 落花 野桃花謝葉初生 雨後風前蝶翅
輕 枝上晩紅猶未落 徐娘雖老尙多情 *批 引譬好 : 許筠, 『國朝詩
刪』 詩 卷3 七言絶句·「沈彦光」

　『국조시산』에 실려 있는 위 두 작품 모두 『어촌집』에는 수록되어
있지 않기에, 자료 자체로서 가치가 높다. 이 절구 두 수와 관련하여
허균은 '모두 맛이 있다具有味'라는 단평을 통해 시적 묘미가 돋보임
을 지적하고 있으며, 특히 〈낙화落花〉에 대해서는 전고를 끌어들인
비유가 각별히 두드러짐을 지적하고 있다.
　먼저, 〈능금꽃 떨어지다〉에서의 '래금來禽'은 꽃이 떨어져 능금
이 익을 때 쯤 날짐승이 날아오기 때문에 붙여진 능금의 별칭이다.
능금나무 늙은 가지에 '오련붉은朱白' 즉 엷고 고운 붉은 빛 감도는
흰 꽃잎의 기운이 봄기운을 북돋우어 점점이 피어난 것이, 시골에서
늙어가는 자신의 집을 단장할 양으로 피어난 듯 싶어 얼굴에 화색이
돌았는데, 간밤 사나운 비바람 몰아쳐 초췌하게 만들까 염려에 조바
심냈더니만, 아침에 이르러 보니 이내 가지 가득 피었던 그 꽃잎들을

다 떨구어 버렸다는 것이다. 봄날의 애상이 서정자아의 다감한 정서와 함께 점점이 묻어나면서, 시골 궁벽한 곳에서 늙어가며 자그마한 위안조차 여의롭지 못한 심경이 행간에 가득 넘쳐난다.

다음으로, 〈낙화〉의 묘미는 특히 전구의 '늦게 핀 꽃잎晚紅'을 결구에 등장하는 '서낭徐娘'의 전고를 대비시켜 비유의 묘를 살린 데 있다. '서낭'은 중국 양나라 원제元帝의 비 서씨를 말하는데, 용모가 뛰어나지 못해 원제로부터 사랑을 입지 못하여 32년 동안 한 번 밖에 동침하지 못한 터에, 용모가 뛰어난 원제의 신하 계강季江과 간통하였는바, 계강이 항상 "서낭은 늙었어도 다정하기만 하구나."라고 감탄하였다고 한다. 이같은 서낭의 고사를 끌어들이긴 했지만, 들복숭아 꽃이 지고 잎이 막 돋아나는 늦은 봄날, 비바람 몰아치자 상기 지지 않은 꽃 몇 이파리가 나비 날개인 양 가볍게 나풀거리건만, 그 몇 남지 않은 꽃잎들 사이에 늦게 피어난 꽃잎 채 지지 않은 것이, 마치 '늙었어도 다정하기만 한' 서낭 같다는 것이다. 궁벽한 시골에서 '들복숭아'로 사는 자신이지만, 세상을 향한 다사로운 정 만큼은 늙어 가면서도 가슴 한 켠에 오롯이 간직하고 있음을 애잔한 듯 담담하게 노래하고 있는 작품이다.

이와 같은 묘미들이 두 작품에 배어 있음을 가리켜 허균은 '모두 맛이 있다具有味'라고 평한 것으로 보인다. 특히 〈낙화〉에 대해서는 '만홍晚紅'을 '서낭徐娘'에 포개어 댄 것이 각별히 두드러지기에, '비유를 끌어다 쓴 것이 아주 좋다引譬好'라고 평한 것으로 보인다.

4. 『어촌집』에서 평한 어촌 시의 특징

어촌 심언광의 문집인 『어촌집』(초간본·활자본)은 1572년 그의 손자 사위 홍춘년이 집안에 보관되어 있던 원고들을 수습하여 간행한바 있는데, 병란을 거치면서 거의 산일되었다. 그러다가 1889년에 그의 후손 심양수 등이 문집다운 모양을 갖추어 『어촌집』(중간본·활인본)을 다시 간행했다. 오늘날 번역되어 출간된 『국역 어촌집』은 이를 저본으로 삼은 것으로서, 현재 현재 국립중앙도서관·연세대학교 중앙도서관에 소장되어 있다. 이후 1937년에 그의 후손 심천탁에 의해 거듭 『어촌집』(삼간본·석인본)이 간행되었는데, 이 책은 현재 성균관대학교 중앙도서관에 소장되어 있다.

어촌의 후손들에 의해 간행된 이들 『어촌집』에도 당대 저명한 문인들에 의해 어촌 시의 특징에 대한 평들이 수록되어 있음을 확인할 수 있다. 해당 부분들을 차례로 옮겨보면 다음과 같다.

> 시부詩賦 등에 이르러서는, 모두 기력이 혼연히 굳세고氣力渾剛 물 흐르듯 노련하여波蘭老成, 억지를 부리거나 기교를 일삼지 않았다. 여기서 우리나라 성대한 시기의 언어와 문장을 볼 수 있으니, 말년의 쇠퇴한 시기의 그것과는 스스로 구별되는 것이다.

> 至其他詩賦諸作 皆氣力渾剛 波蘭老成 無穿鑿纖巧之態 可見其國朝盛時 言語文章 自別於衰季也 : 李敏叙,「漁村集序」,『漁村集』卷首

중간본 『어촌집』에 수록되어 있는 서하 이민서西河 李敏敍(1633~1688)의 「어촌집서」의 한 대목이다. 서하는 우암 송시열尤菴 宋時烈(1607~1689)의 문하에서 수학한 이로서, 문장과 글씨에 뛰어나 많은 시문을 남긴 인물로 알려져 있다.

여기에서 이민서는 어촌 시의 풍격에 대해 '기력이 혼연히 굳세고, 물 흐르듯 노련하다氣力渾剛 波蘭老成'는 평을 하고 있다. 이와 함께 '억지를 부리거나 기교를 일삼지 않았다無穿鑿纖巧之態'고 했는데, 이러한 평은 허균이 『학산초담』에서 『어촌집』 권10 『귀전록』에 수록되어 있는 〈운계사에서 두견새 울음을 듣다雲溪寺聞杜鵑〉라는 7언절구를 두고, '서글픈 뜻이 충심에서 우러나온 것이어서 연군의 정이 말 밖에 넘쳐나니, 수식과 기교를 일삼는 무리들의 시와는 그 격이 전혀 다르다'는 평과 상통하는 것으로 볼 수 있다.

> 그 문장이 바르고 우아爾雅하여 관각에 연이어 등용되어 명문과 대책이 많이 그의 손에서 나왔으며, 더욱이 시에 뛰어나 건실하고 풍부하며 화려健富麗하여 스스로 일가를 이루었다. 일찍이 조칙詔勅을 가지고 온 사신 공용경 오희맹과 더불어 수창酬唱한 시가 당시에 널리 읊어졌다.……공은 구설수를 만난 후부터는 고향마을로 물러나 살면서 경호鏡湖 곁에 집을 짓고 낚시질하고 술마시며 시를 읊는 것으로써 스스로 슬거워하는 한편, 시대를 걱정하고 임금을 사랑하며 자신을 반성하여 자책하는 뜻이 간간이 노래와 시 사이에 나타났다. 일찍이 두견시杜鵑詩와 일출시日出詩를 지어 스스로 비탄하였고, 저술한 시문으로 『어촌집』 4권이 세상에 간행되었다.

其文章爾雅 延登館閣 名文大策 多出其手 尤長於詩 遒健富麗 自
成一家 嘗償詔使龔用卿吳希孟 酬唱盛一時……公自遭口語 退處
鄕里 築室鏡湖之傍 以漁釣觴詠自娛 其憂時愛君 反己自訟之意 往
往發於歌詩之間 嘗作杜鵑日出詩以自悲 所著詩文 有漁村集四卷
行于世 : 李宜哲,「諡狀」,『漁村集』卷13

　문암 이의철文庵 李宜哲(1703~1778)의 「시장」 역시 중간본 『어촌
집』에 수록되어 있다. 여기에서 문암은 어촌의 문장이 바르고 우아
爾雅하여 당대 홍문관·예문관 등 언관言官에서 작성한 글들이 그의
손에서 많이 나왔으며, 관반사館伴使의 직무를 수행하던 시기에 중
국 사신들과 수창한 시들이 당시에 널리 읊어졌음을 말하고 있어,
어촌이 관각문학에 가견이 있었음을 지적하고 있다.

　이와 함께 이의철은 어촌 시의 풍격에 대해 '건실하고 풍부하며
화려하다健富麗'는 평을 함으로써, 그의 시편들에 강건한 의지를 바
탕으로 한 주제의식과 풍부하면서도 아름다운 표현의 묘가 돋보임
을 지적하고 있다. 아울러 말년에 낙향하여 생활하는 가운데 지어진
시편들에는, 풍류운사의 정취가 묻어나는 작품들과 함께, 우국·연
군의 정을 담은 작품들, 벼슬살이하던 시절 김안로와 결부된 일들에
대한 자책을 담은 작품들 또한 간간이 지었음을 말하고 있다.

　그리고 여기에서 이의철이 말하는 '두견시'는 역시 허균이 『학산
초담』에서 거론한 『어촌집』 권10 『귀전록』에 수록되어 있는 〈운계사
에서 두견새 울음을 듣다雲溪寺聞杜鵑〉라는 7언절구를 일컫는 것으
로 보인다. 또한 '일출시'는 같은 『어촌집』 권10 『귀전록』에 수록되어

있는 〈운계사에서 일출을 바라보다雲溪寺望日出〉라는 7언절구를 가리키는 것으로 보이는데, "밝은 빛이 조각 구름조차 가리지 않았고 / 바다 밑 붉은 수레바퀴에 푸른 파도 용솟음치네./ 바라건대 나머지 빛을 오래도록 밝게 비추어 / 이 몸의 간담이 본래 사악하지 않음을 보시라.光明不被寸雲遮 海底紅輪湧碧波 願枉餘輝長洞照 此身肝膽本無邪"라는 내용에서 알 수 있듯, 한때의 착각으로 조정에서 밀려나 불우한 처지에 놓여 있지만, 가슴속 깊숙이 간직한 우국충정의 의지만큼은 맑고도 순수한 것이었음을 술회하고 있다. 이의철은 바로 이같은 어촌의 심경을 헤아려 두 작품을 각별히 따로 거론한 것으로 보인다.

5. 『성호사설』·『해동역사』에 등장하는 어촌의 시

조선 후기 실학자로 널리 알려진 성호 이익星湖 李瀷(1681~1763)의 『성호사설星湖僿說』, 고증학에 조예가 깊었던 옥유당 한치윤玉蕤堂 韓致奫(1765~1814)의 『해동역사海東繹史』에도 또한 어촌 시에 대한 언급과 평이 등장한다. 해당 대목을 옮겨보면 다음과 같다.

> 중종 말기에 심언광이 내쫓겨서 북도 감사가 되었을 때 지은 시가 있었는데,
> 넓은 강 건너고 싶으나 뱃사공이 없고
> 겨울나무 말라가도 겨우살이는 매달렸네.

라 했으니, 사람들은 이 시를 후회하는 마음에서 지은 것이라 하였
다.……안로가 패몰되기에 이르러서는, 어떤 이는 죽음을 당하고, 어
떤 이는 귀양을 갔는데, 언광의 시는 이런 일 때문에 지어졌던 것이다.

中廟之末 沈彦光黜爲北路監司 有詩云 洪河欲渡無舟子 寒木將枯
有寄生 人謂悔心之萌……至安老敗 或誅或竄 彦光之詩 爲此而發
也：李瀷,『星湖僿說』卷21 經史門·沈彦光

『성호사설』에 등장하는 내용으로서, 앞에서 살핀 허균의 『학산
초담』에 전문이 소개되어 있고 『성수시화』에서 이 대목만을 거듭 거
론한 바 있는 〈경성 주촌역에서 느낌이 있어 짓다鏡城朱村驛有感〉라
는 7언율시의 함련만을 따로 언급한 것이다. 허균의 『성수시화』에 기
술된 내용과 대동소이하다.

자구의 망원정望遠亭 시에,
흰 기러기 찬 물가에 기대어 있고
푸른 나귀 작은 다리 건너가누나.
라고 한 시구가 있는데, 자못 만당晩唐 시인의 풍격과 운치가 넘쳐난다.

子求望遠亭詩有曰 白雁依寒渚 靑驪渡小橋之句 頗饒晩唐人風韻：
韓致奫,『海東繹史』卷69 人物考3 本朝·沈彦光

『해동역사』에 기술되어 있는 내용이다. 어촌은 친구들 사이에서

불리는 이름인 자字로서 '사형士烱'을 널리 썼지만, '자구子求'라는 자도 썼다. 한치윤은 여기에서 어촌의 시 한 대목을 들어 '자못 만당의 풍격과 운치가 넘쳐난다.頗饒晚唐人風韻'고 하였다.

위 시는 『어촌집』 권7 『관반시잡고』에 수록되어 있는 5언율시 〈부사의 시에 차운하다次副使韻〉의 두 번째 수 경련이다. 그 전문은, "정자는 멀리 굽이치는 강을 끌어당기고, 하늘은 아득히 넓은 언덕을 품어안았네. / 유리 구슬빛은 수면 위로 펼쳐졌고, 복숭아 오얏꽃은 산허리를 둘렀네./ 흰 기러기 찬 물가에 기대어 있고, 푸른 나귀 작은 다리를 건너가누나. / 허전한 이 마음 술로 달래도, 내일 아침이면 아득히 멀어지겠지."亭控長江遠 天銜闊岸遙 玻瓈開水面 桃李匝山腰 白雁依寒渚 靑驢渡小橋 肝腸托樽酒 雲樹隔明朝이다.

이 시는 이별의 아쉬운 정을 노래한 작품이다. 작품 제목으로 미루어 중국 사신과의 이별을 제재로 하고 있지만, 특정 대상에 국한되지 않는 이별시로서 손색이 없다. 특히 한치윤이 언급한 경련에서 보여주는 선명한 색조의 대비와 이미지의 섬세함은 탁월하다. 그리하여 이같은 이미지가 환기하는 감각적 정취와 낭만적 정서는, 한치윤의 평 그대로 만당의 풍격과 운치가 점점이 묻어난다고 할 것이다.

6. 어촌 선생의 시는 어떤 특징을 지녔는가?

어촌 심언광의 시는 그가 활동하던 당대 최고의 시인으로 일컬어지던 호음 정사룡의 시와 자주 비교되었으며, 그와 견주어 전혀 뒤질 것이 없다는 데 대체로 견해를 함께하고 있다. 그런 면에서 어촌의 시재詩才가 돋보이는 일화들이 『조선왕조실록』에 등장하는 것 자체가 그의 시적 자질과 능력에 대한 세인들의 인식과 평을 대변한다고 할 수 있다.

특히 교산 허균은 그의 『학산초담』에서 어촌 시의 풍격적 특징 가운데 하나로서 '웅혼하고 도타우며 화려하고 아름답다'는 평과 함께, 정사룡의 시에 견주어 전혀 뒤질 것이 없다는 사실을 〈영동역에서 유숙하며 느낌이 있어 짓다〉·〈경성 주촌역에서 느낌이 있어 짓다〉라는 7언율시 두 편을 실례로 들면서, 구절마다 새삼 찬탄해 마지 않을 수 없다고 했다.

또한 허균은 『학산초담』의 또 다른 대목에서 〈운계사에서 두견새 울음을 듣다〉라는 7언절구를 들어, 행간에 배어 있는 뜻이 너무도 서글픈 바, 마음속 깊은 곳에서 우러나는 연군의 정이 간절하다 못해 말 밖에 넘쳐난다고 했다. 허균의 평은 그 충심어린 진정성에 초점이 맞추어져 있다고 하겠는데, 따라서 예사 연군시에서 흔히 볼 수 있는 수식과 기교가 덧씌워진 경우와는 그 격이 현저히 다르다는 평을 한 것이라고 하겠다.

나아가 허균은 『국조시산』에서, 『어촌집』에는 수록되어 있지 않은 〈능금꽃 떨어지다〉와 〈낙화〉 두 편을 거론하면서, 절구 두 수가 '모두 맛이 있다'라는 단평을 통해, 시적 묘미가 돋보임을 언급하고 있다. 특히 〈낙화〉에 대해서는 전고를 끌어들였으면서도 그 이미지의 배치가 각별히 두드러지기에, '비유를 끌어다 쓴 것이 아주 좋다'라고 평하였다.

그런가 하면, 서하 이민서는 「어촌집서」에서, 어촌 시의 풍격에 대해 '기력이 혼연히 굳세고, 물 흐르듯 노련하다'는 평과 함께, '억지를 부리거나 기교를 일삼지 않았다'고 평하고 있다. 또 문암 이의철은 『어촌집』 말미에 실린 「시장」에서, 어촌의 문장이 바르고 우아하여 당대 홍문관·예문관 등 언관에서 작성한 글들이 그의 손에서 많이 나왔으며, 관반사의 직무를 수행하던 시기에 중국 사신들과 수창한 시들이 당시에 널리 읊어졌음을 말하고 있어, 어촌이 관각문학에 가견이 있었음을 언급하고 있다. 이와 함께 이의철은 어촌 시의 풍격에 대해 '건실하고 풍부하며 화려하다'라는 평을 함으로써, 그의 시편들에 강건한 의지를 바탕으로 한 주제의식과 풍부하면서도 아름다운 표현의 묘가 돋보임을 언급하였다.

　끝으로, 한치윤이 『해동역사』의 「인물고」에서 논평한 어촌의 〈부사의 시에 차운하다〉와 같은 작품에서는, 탁월한 경물 묘사를 통해 섬세한 이미지와 감각적 정취 및 낭만적 정서를 환기하는 능력 또한 뛰어나, '만당 시인의 풍격과 운치를 갖추고 있다'는 사실을 상기시켰다.

　이렇게 볼 때, 역대 문헌들에 나타난 평들을 근거로 한 어촌 시 세계의 특징적 면모는, 우선 기풍 면에서 '웅혼하고 도타우며 화려하고 아름다움渾厚浮艶'·'기력이 혼연히 굳세고, 물 흐르듯 노련함氣力渾剛 波蘭老成'·'건실하고 풍부하며 화려함健富麗'으로 함축할 수 있다. 또한 격조 면에서는 '수식과 기교를 배제한 진정성이 돋보임'·'만당시의 풍격과 운치를 갖추고 있음'으로 함축할 수 있다. 그리고 여기에다 어촌이 관각시에도 가견을 가진 시인이었음을 부연할 수 있다.

조선시기 강릉 출신의 저명한 시인을 든다면, 15세기 후반의 매월당 김시습梅月堂 金時習(1435~1493), 16세기 전반의 어촌 심언광漁村 沈彦光(1487~1540), 16세기 후반의 율곡 이이栗谷 李珥(1536~1584)와 난설헌 허초희蘭雪軒 許楚姬(1563~1589), 16세기 말~17세기 초의 교산 허균蛟山 許筠(1569~1618)을 꼽는 데 이의가 없을 것이다. 이들 모두는 우리 문학사에 뚜렷한 족적을 남겼는데, 각각의 작품론적 특징을 개괄해 보면 다음과 같다.

매월당의 한시는 현재 2,200수가 전한다. 그가 우리 문학사에 큰 이름을 남기게 된 가장 직접적인 요인은, 우여곡절이 심했던 자신의 인생역정은 물론, 다단한 삶의 구비에서 겪어나간 정신적 편력까지도 모두 시로써 표현해 낸 문호라는 데 있다. 매월당의 시는 맑고 호탕하며 세속을 초탈한 성향이 두드러진다는 점에서 그 특징을 '초매超邁'로 함축할 수 있을 것이다.

어촌의 한시는 현재 850수가 전한다. 그는 15세기의 관인문학에서 16세기의 처사문학으로 옮겨가는 중간에서 가교 역할을 한 문인으로 일컬을 수 있다. 어촌의 시는 앞에서 살펴본 다양한 역대 평들에서 볼 수 있듯, 강건한 의지를 바탕으로 한 주제의식과 풍부하면서도 아름다운 표현의 묘가 돋보인다는 점에서 그 특징을 '건부려健富麗'로 함축할 수 있을 것이다.

율곡의 한시는 현재 515수가 전한다. 그는 사림파 문학이 지향한 즐거워 하면서도 넘치는 일이 없고樂而不淫, 슬퍼하면서도 상심하는 빛이 없으며哀而不傷, 원망하더라도 노여워하는 빛을 띠지 않아야 한다怨而不怒는 규범에 충실한 성향을 지닌 것으로 평가할 수 있다.

율곡의 시는 꾸밈을 일삼지 않아 자연스러운 가운데 깊은 묘취가 있음을 의미하는 충담소산沖澹蕭散을 그 자신 시가 지녀야 할 최고의 품격으로 일컬은 데서 볼 수 있듯, 기교와 수식을 배제한 순수미가 돋보인다는 점에서 그 특징을 '담박淡泊'으로 함축할 수 있을 것이다.

난설헌의 한시는 현재 213수가 전한다. 그는 조선을 대표하는 여성 문인이었을 뿐만 아니라, 중국과 일본에서도 그의 시가 애송되고 문집이 출간된 당대 동아시아를 대표하는 여성 문인이었다. 그는 시를 지음으로써 불우한 삶을 스스로 위안하면서, 현실을 초탈한 세계에서 노니는 것을 즐겨했다. 난설헌의 시는 그리움·원망·한의 정서들이 두드러진다는 점에서 그 특징을 처연하면서도 간절한 '처완悽惋'으로 함축할 수 있을 것이다.

교산의 한시는 현재 749수가 전한다. 그는 정감의 자유로운 표출을 지향하면서, 인생살이의 경험을 절실한 자기표현으로 형상화하고자 했으며, 그만의 개성이 살아 있는 독창성이 깃든 시를 추구했다. 교산의 시는 당대 대세를 이루고 있던 사림문학의 도덕적 이념이나 가치로부터 벗어나 특유의 사유와 정서적 형상이 두드러진다는 점에서 그 특징을 '분방奔放'으로 함축할 수 있을 것이다.

7. 어촌 선생은 어떤 시인인가?

어촌 심언광은 우리 문학사에서 16세기 전반을 대표하는 시인 가운데 한 사람이다. 850수에 이르는 그의 시편들에는, 평탄하지 않앞던 인생살이의 굽이들에서 마주한 희로애락의 감정을 노래한 작품들로부터, 변방을 순행하며 느낀 감회 및 나라 곳곳을 유람하며 그 풍정을 노래한 작품들에 이르기까지 실로 다채로운 정감의 세계가 펼쳐져 있다. 이와 함께 경세제민經世濟民이라는 사대부적 이상 실현에 결부된 작품들에는 우국애민의 정성이 무르녹아 있으며, 어촌 당대의 세태와 풍속 및 그와 인연을 맺은 이들과 관련된 작품들에는 동시대 여느 사대부에게서는 찾아보기 어려운 개성이 점점이 묻어난다.

한시는 전통시대 지식인의 삶을 노래한 문학이다. 저마다의 인생 역정에서 겪게 된 포부와 희망, 사랑과 이별, 고독과 허무, 추억과 회한, 결핍과 고통으로부터 유한한 인생과 영원에 대한 동경에 이르기까지 그 제재나 사연은 무궁무진하다. 거기에다 자신의 사연만이 아닌 다른 사람들의 사연을 노래하기도 하며, 삶 자체를 성찰 대상으로 삼거나 그 이치를 노래하기도 한다.

어촌이 활동하던 16세기 전반기는 정치적으로 훈구파와 사림파가 극심하게 대립하면서 수 차례 사화가 벌어지고, 문학의 본질적 기능을 두고도 팽팽하게 대립하던 시기였다. 훈구파가 주로 문학에서 사장詞章의 가치를 옹호하는 입장에 섰다면, 사림파는 철저하게 도학道學을 구현하는 데서 문학의 의의를 인정하려는 경향을 보였다.

화려한 수사와 기교를 통해 문예미를 중시하는 사장 위주의 문학은 주로 왕조사업을 전개하는 데 필요한 시문으로 이념을 제시하고 교화를 돕는 문학을 추구했다. 반면 인간 심성과 도리의 형상화를 중시하는 도학 위주의 문학은 주로 문학을 자기성찰의 도구로 삼아 내면의 흥취와 정신을 노래하는 문학을 추구했다. 전자를 가리켜 관인문학·관각문학이라 일컬으며, 후자를 가리켜 처사문학·사림문학이라 일컫는다.

　어촌은 사장적 성향이 강한 문학적 재능으로 입신하였지만, 정치적 입장이나 학문적 국면에 있어서는 사림파 인물들과도 교유가 많았다. 관직생활을 할 때 여러 모임의 기념시 역할을 한 계축시契軸詩를 많이 남겼고, 조정의 관료들을 대상으로 한 작시 대회에서도 여러 차례 장원을 할 만큼 관각시에도 뛰어난 재능을 보였다. 그런가 하면 당대 신흥하던 사림의 대표 인물인 조광조를 흠모하여 그를 애도하는 만시輓詩를 남겼으며, 사림 성리학자 주세붕과도 많은 시를 주고받으며 평생 친교를 이어나갔다. 특히 그를 정치적 곤경에 빠뜨리고 마침내 삭탈관직되어 낙향하게 만든 김안로를 조정에 불러들인 이유가, 실상은 조광조·김정 등과 같은 기묘사림의 정치적 복권에 있었는데, 이것이 도리어 그를 탄핵시키는 빌미가 되었던 사실을 상기할 필요가 있다.

　이러한 사실들을 감안하면, 어촌의 시는 사장 중심의 관인문학이 주조를 이루면서도, 그가 활동했던 당대의 문학적 상황이 도학과 문학의 관계를 정립하는 것이 우선적인 과제였다는 점에 비추어 그 흐름을 주동석으로 모색했던, 즉 관인문학에서 사림문학으로 연계되는 가교 역할을 했다는 데 문학사적 의미와 위상을 부여할 수 있을 것이다. 그리하여 어촌의 시는 15세기의 관인문학과 16세기의 사림문학 중간에 위치해 있으면서, 당대 문인들 가운데 드물게 양면에서 괄목할 만한 성과를 산출해 낸 시인으로 평가할 수 있을 것이다.

3부

어촌 선생의 유훈과 유적

01

어촌 선생 시대에 강릉에만
있었던 '청춘경로회'

신익철

심언광이 생애를 마치기 2년 동안의 강릉 생활에서 울분을 해소하고 마음의 평정을 얻은 데에는 강릉 주변의 아름다운 산수 공간에 대한 애정이 큰 역할을 한 것으로 여겨진다. 이와 관련하여 18세기의 문인 심재沈鋅(1722~1784)가 지은 필기잡록의 한 대목을 소개하면서 글을 맺고자 한다. 심재는 『송천필담松泉筆譚』에서 관동 지방의 산수가 수려함을 논하면서, 그 중 강릉이 뛰어난 풍광과 함께 생리生理가 풍족한 복지임을 자세히 말하였다. 그러고 나서 글의 말미에 심언광의 해운정海雲亭과 관련한 흥미 있는 기록을 덧붙이고 있는데, 그 내용은 다음과 같다.

> 유독 강릉은 옛 예국穢國의 땅으로 대관령을 넘어 들어가면 곧 구십구곡九十九曲이 있다고 하는데, 감돌아 내려들어감은 마치 우물에 두레박줄을 내리는 것과 같다. 읍거邑居에 이르면 서북쪽은 험준한 산봉우리로 막히고 동남 편은 앞이 탁 트였다. 푸른 바다는 하늘과 이어지고 일월성신의 빛이 갑절은 더 찬란하게 느껴지니 진실로 별천지이다. 땅은 강원도의 오지이면서 호령湖嶺(충청도와 경상도) 지방의 풍요함을 겸하고 있다. 긴 소나무, 긴 대나무, 귤나무, 유자나무, 배나무, 감나무, 인삼, 영지, 죽실, 송이버섯에서 각종 해산물에 이르기까지 개에게 먹일 정도로 여기저기서 흔히 나니, 생리生利가 절로 풍족하다. 풍경으로는 경포대 호수와 바다의 뛰어난 경치가 있다. … 경포대의 남쪽에는 해운정海雲亭이 있는데 어촌漁村 심언광沈彦光의 옛 집이다. 심언광이 조정에서 벼슬살이를 할 때 매번 자리 한구석에 경포鏡浦를 그려놓고 말하였다. "나에게 이 같은 호수와 산이 있으니, 자

손이 가난한 사람을 구제하지 못한다면 반드시 쇠퇴할 것이다."

고을 풍속이 노인을 공경하여 늘 좋은 절기를 만나게 되면 나이 칠십 이상 된 어른을 청하여 경치 좋은 곳에 모이게 하여 그들을 위로하였는데, '청춘경로회靑春敬老會'라 불렀다. 비록 천한 노비라도 나이가 칠순이면 모두 모임에 나오는 것을 허락하였다.[1]

심재의 이 기록을 통해 우리는 심언광이 벼슬살이를 하며 강릉을 떠나있을 때에도 경포호를 잊지 못하여 그림으로 그려두고 늘 완상했음을 알 수 있다. 그리고 이처럼 아름다운 산수가 있으니, 가난한 이를 도와주는 아름다운 풍속을 지켜나갈 것을 자손에게 당부했다는 사실을 알 수 있다. 심재는 당시까지 강릉 지방에 노인을 공경하는 청춘경로회의 풍속이 이어짐을 말하며 기사를 끝맺고 있는데, 이야기의 맥락으로 보아 심언광으로부터 시작된 유풍이 18세기 당시까지 이어져 내려온 것으로 여겨진다.

한편 심언광은 일찍이 1537년(중종 32)에 명사 공용경龔用卿과 오희맹吳希孟이 황자皇子의 탄생을 알리러 왔을 때 관반사館伴使로서 이들을 접대하였다. 이때 공용경은 '경호어촌鏡湖漁村'이란 네 글자

---

1   심재 저, 신익철·조융희·김종서·한영규 공역, 『송천필담1』(보고사, 2009), 167~8면. : "獨江陵古之穢國也, 踰入大關嶺, 則云有九十九曲, 盤回降入, 如綆下井. 及到邑居, 西北隔以峻嶺, 東南敞豁, 碧海連天, 日月星辰之光, 倍覺粲然, 實是別乾坤也. 地是東峽之陬, 而兼有湖嶺之饒, 喬松·修竹·橘柚·梨柿·人蔘·靈芝·竹實·松菌以至海, 錯之餚犬, 生利自足. 而風景則有鏡浦湖海之勝, 人物則降生栗谷先生, 節孝成風, 比屋可封, 可謂地理之炳靈, 而四者之兼備也. … 浦南有海雲亭, 沈漁村彦光故居. 光仕于朝, 每畵鏡浦於座隅, 曰: '吾有如此湖山, 子孫不能振拔而必衰.' 邑俗敬老, 每値良辰, 請年七十以上, 會于勝地以愚之, 名曰'靑春敬老會', 雖僕隷之賤, 年登七旬, 皆許赴會."

를 큰 글씨와 오언율시 한 수를 써주었고, 오희맹은 '해운소정海雲小亭'이란 네 글자를 크게 써주며 흰 비단부채를 하나 주었다고 한다.[2] 앞에서 경포의 경치를 그림으로 그려두고 자리맡에 놔두며 늘 완상했다는 심재의 기록을 떠올릴 때, 심언광이 경포 그림을 공용경과 오희맹에게 보여주며 시와 글씨를 청하는 광경을 쉽사리 떠올려 볼 수 있다. 이들 일화를 통해 우리는 심언광이 경포호의 풍광과 그곳을 조망할 수 있는 해운정을 얼마나 사랑했는지 충분히 짐작할 수 있는 것이다.

---

2 『漁村集』권수, 연보. "龔用卿書鏡湖漁村四大字, 又書五言詩一律於扇面以遺之. 吳希孟書海雲小亭四大字, 竝一執扇以贈之. 先生亦以白疊扇, 各書一絶而送之."
이때 공용경이 지은 시의 전문을 참조로 소개하면 다음과 같다. "湖水平如鏡 冥冥滄海通. 潮光迷岸白 漁火射波紅. 倚檻看歸鳥 臨磯數去鴻. 村居原自得 知是對鷗翁."(「題執扇 附龔用卿韻」, 『어촌집』권7)

02

어촌 선생이 살았던 '해운정'은
어떤 곳인가?

박도식

강릉에서 가장 오래된 정자는 경포대와 한송정이다. 이들 정자가 언제 세워졌는지는 확실치 않다. 하지만 정자가 세워진 시원을 신라의 화랑도가 제정되는 진흥왕 37년(576)인 6세기 후반으로 본다면 그 건립 연대를 짐작할 수 있다. 고려 명종 때 문신이었던 김극기金克근는 신종 3년(1200) 3·4월경부터 다음해 3·4월경까지 대략 1년 동안 동계 병마사영의 병마판관兵馬判官 혹은 병마녹사兵馬錄事로 근무하였다. 그때 동계 병마사영은 안변도호부인 화주和州에 있었는데, 그는 병마사영에 머무는 데 그치지 않고 관할 지역을 순력했다. 그는 신종 3년 여름부터 가을까지 명주에 머물면서 사선四仙 유적과 불교 사찰, 바닷가, 대관령, 오대산 등을 유람하면서 많은 제영題詠을 남겼다. 그가 남긴 팔영八詠 가운데 한송정과 경포대가 있다.

조선 초기 강릉지역의 누정을 살펴보면 성종 12년(1481)에 편찬된 『동국여지승람』에는 등명루·운금루·의운루·한송정·경포대·해송정·쾌재정·취원대·어풍루 등이 있었던 것으로 나타난다. 당시 강릉지역의 대표적인 누정에 대해 세조 2년(1456) 강릉 출신의 박시형은 「운금루기雲錦樓記」에서 다음과 같이 평가하고 있다.

(임영은) 이름난 구역의 훌륭한 경치가 사방에 알려져서 고관으로 풍류를 좋아하는 사대부 누구나 그 지역에 한번 가서 평소의 소원을 이루고자 하였다. 인걸人傑은 지령地靈으로 말미암고 물화物華는 하늘이 내린 보배인 것으로서, 그 절묘하고 장함이 대관령 동쪽에서는 집대성되어 유독 으뜸이 되게 한 것이로다. 그 호수와 산의 훌륭함이 유람하기에 좋은 것은 이곳의 어디를 가든 그러하나, 그 중에서도 한두

가지를 든다면, 관도에 있는 누각은 의운倚雲이라 현판하였고 연당蓮塘에 있는 누각은 이름이 운금雲錦이다. 동쪽으로 바닷가에 있는 정자는 한송寒松이며, 북쪽으로 호수에 가까운 누대는 경포鏡浦이다. 이것이 모두 명승의 으뜸이다.

박시형은 당시 풍류를 즐기는 사대부라면 누구나 한 번쯤 찾아보기를 소원할 만큼 강릉의 수려한 경치가 널리 알려져 있음을 전제로 하면서, 호수와 산과 바다가 어우러진 강릉지역의 풍광은 어느 곳이든 절묘하지만 그중에서도 한송정·경포대·의운루·운금루가 으뜸이라고 평가하고 있다. 의운루와 운금루는 객관客館의 남쪽에 있어서 인공으로 조성된 연당蓮塘을 조망할 수 있었고, 한송정과 경포대는 바다와 경포호수 및 그 너머 죽도와 초당마을을 조망할 수 있었다.

16세기에 들어와서는 강릉지역의 재지사족들이 곳곳에 정자를 지었다. 이러한 정자로는 해운정·태허정·쌍한정·향호정·환선정을 들 수 있다. 15세기의 누정이 관주도로 건립된 데 비해, 16세기의 누정은 재지사족이 주체가 되어 건립되는 양상을 보인다.

16세기 들어 재지사족이 누정건립의 주체로 등장하면서 누정의 건축 양식에서도 새로운 변화가 나타나고 있다. 즉 이전 시대의 경포대나 운금루는 높은 언덕이나 관아의 부속건물로 건립된 사방이 탁트인 누각이었던 데 비해, 해운정은 사방에 벽과 문을 붙이고 바닥에 온돌을 장치하여 장기간 유숙할 수 있는 기능을 갖춘 조선 상류주택의 별당식 정자이다. 이러한 점에서 해운정은 후대에 건립되는 정자 양식의 효시가 되었다.

경포 호수 주변에는 해운정을 비롯하여 활래정, 경포대, 경호정, 상영정, 금란정, 방해정, 월파정, 호해정, 창랑정, 취영정, 환선정 등의 누정이 있다. 경포 호수는 그 수면이 거울같이 맑다고 하여 그렇게 부르게 되었으며, 또한 선비와 같은 덕을 가진 호수 같다고 해서 '군자호君子湖' 혹은 '어진개'라고도 한다. 문헌에 언급되어 있는 경포 호수의 내용은 다음과 같다.

『동국여지승람』에는 "북동쪽 15리에 있다. 포의 둘레가 20리이고, 물이 깨끗하여 거울 같다. 깊지도 얕지도 않아, 겨우 사람의 어깨가 잠길만하며 사방과 복판이 같다. 서쪽 언덕에 봉우리가 있고, 봉우리 위에는 누대가 있으며 누대 가에 선약을 만들던 절구가 있다. 포 동쪽 입구에 판교가 있는데 강문교江門橋라 한다. 다리 밖은 죽도이며 섬 북쪽에는 5리나 되며 백사장이 있다. 백사장 밖은 창해만리滄海萬里인데 해돋이를 바라볼 수 있어 가장 기이한 경치다"고 했다.

송강 정철의 「관동별곡」에는 "푸른 새 깃으로 뚜껑을 꾸민 귀인이 타는 수레를 타고 경포로 내려가니, 십리에 뻗쳐 있는 얼음같이 깨끗한 비단을 여러 번 다린 것과 같은 잔잔한 호수물이 큰 소나무가 무성한 속에 한껏 펼쳐졌으니 물결도 잔잔하기도 잔잔하구나. 그물밑에 있는 모래를 셀 만큼 맑구나. 배의 닻줄을 풀어 저어가서 정자 위에 올라가니 강문교를 넘어선 곁에 큰 바다가 바로 저기구나. 조용하구나 이 경포 호수의 기상, 넓고도 멀구나. 저 바다의 수평선, 경포보다 이와 같은 아름다운 경치를 갖춘 곳이 또 어디에 있단 말인가?"라고 했다.

이중환의 『택리지』 산수승지에는 "(경포대) 앞에 있는 경포 호수는 주위가 20리이며, 물 깊이는 사람의 배꼽에 닿을 정도여서 작은 배는 다닐 수 있다. 동편에 강문교가 있고, 다리 너머에는 흰 모래둑이 겹겹이 막혀 있다. 경포 호수는 바다와 통했고, 둑 너머에는 푸른 바다가 하늘에 연한 듯하다"고 했다.

경포 호수의 둘레는 원래 12km에 달했다. 배다리·지변동池邊洞 등은 경포 호수의 옛 크기를 짐작하게 해준다. 그러나 현재는 4.3km 정도로 크게 줄어들었다. 경포 호수에는 우리나라에 널리 퍼져 있는 장자못 전설, 고려 말 박신朴信과 강릉기생 홍장과의 애틋한 사랑이 담긴 홍장암 전설이 있다. 호수 한가운데 있는 바위는 각종 철새들이 찾아와 노는 곳으로 '새바위'라고 하며, 조선 숙종 때 우암 송시열이 쓴 '조암鳥巖'이란 글씨가 남아 있다. 경포 호수 주변에는 아름다운 풍경이 담겨있는 '경포팔경鏡浦八景'·'경호팔경鏡湖八景'·'활래십경活來十景'이 전해온다.

경포팔경은 "녹두정의 해돋이綠荳日出, 죽도의 밝은 달竹島明月, 강문의 고깃배 등불江門漁火, 초당의 밥 짓는 연기草堂炊煙, 홍장암의 밤비紅粧夜雨, 시루봉의 석양빛甑峰落照, 환선정의 피리소리喚仙吹笛, 한송사의 저녁 종소리寒松暮鐘"를 말한다.

경호팔경은 "해운정의 성긴 소나무海雲疎松, 환선정에서의 달맞이喚仙邀月, 초당의 저녁노을草堂烟光, 조암에서 물고기 구경鳥巖觀魚, 망서정에서 뜨는 해望西向日, 홍장암의 피리소리洪莊聞笛, 강문의 고깃배 등불江門漁火, 인월암의 저녁 종소리印月暮鐘"를 말한다.

활래십경은 "죽도의 새벽달竹島曉月, 상산의 맑은 바람商山淸風,

경포 호수의 어적 소리鏡湖漁篴, 도봉의 초동 노래道峰樵歌, 환선정에서의 진경 찾기喚仙尋眞, 취연정에서의 활쏘기聚煙觀德, 운곡의 저문 비雲谷暮雨, 선교장의 저녁연기船橋夕炊, 동루의 새벽 종소리東樓曉鐘, 남평에서의 농사짓는 모습南坪觀稼"을 말한다.

정자는 지형이 높고 사방이 탁 트여 아름다운 경관을 조망할 수 있는 곳에 지었다. 가령 산을 등지고 앞을 조망할 수 있는 곳이나, 냇가나 강가 또는 호수나 바다 가까운 곳에 이름난 정자가 많은 것도 이에 기인하는 바이다. 해운정은 경포 호수 근처에 있었다.

해운정은 중종 25년(1530)에 어촌 심언광이 강원도 관찰사로 있을 때 건립한 것으로 전한다. 강릉지역에서는 오죽헌 다음으로 오래된 건물이다. 이 건물은 3단으로 쌓은 축대 위에 남향으로 지었는데, 규모는 앞면 3칸·옆면 2칸이다. 내부는 중간에 미닫이를 두고 두 방으로 사용하게 하였는데, 안쪽의 오른쪽 2칸은 대청마루이고 왼쪽 1칸은 온돌방이다. 지붕은 옆면에서 볼 때 여덟 팔八자 모양의 팔작지붕으로 꾸몄고, 대청 앞면에는 문을 달아 모두 열 수 있게 하였다. 대청의 천장은 서까래가 그대로 나타나는 연등천장이며 지붕의 합각 밑 부분은 우물천장으로 만들어 윗부분을 가리고 있다. 옆면과 뒷면은 벽을 쳐서 두 짝 판문板門을 달았으며 건물 주위에는 툇마루를 돌려놓았다.

건물 앞에 걸린 '해운정海雲亭'이라는 현판은 송시열의 글씨이고, 건물 안에 걸린 '경호어촌鏡湖漁村'과 '해운소정海雲小亭'이라는 현판은 명나라 사신 공용경龔用卿과 오희맹吳希孟이 쓴 글씨이다. 또한 안에는 공용경을 비롯한 이이李珥, 송시열宋時烈, 박광우朴光

佑, 김창흡金昌翕, 권숙權潚, 심순택沈舜澤, 이헌위李憲瑋, 한정유韓
廷維, 윤봉구尹鳳九, 채지홍蔡之洪, 이민서李敏叙, 조경망趙景望, 김
진상金鎭商, 송규렴宋奎濂, 송익필宋翼弼 등 유명 인사들이 지은 시
40수가 걸려 있다.

　이들 시는 해운정 주변의 경치를 읊은 시, 해운정을 방문했던 유
명 인사들의 시, 명나라 공용경이 지은 시를 차운한 시 등이다. 대표
적인 한시는 다음과 같다.

〈호숫가 집湖舍〉 -심언광沈彦光-

소축진형필小築眞衡泌	작은 집 지음에 참으로 은자의 거처이니
서지차락기棲遲且樂飢	한가로이 지내며 배고픔 달래 만하네.
장저운역도墻低雲易度	담장은 낮아 구름도 쉬이 넘나들고
창정월선규窓靜月先窺	창은 고요하여 달이 먼저 엿보네.
종죽연황톤種竹連荒疃	대나무 심어 황량한 빈터를 잇고
견라보단리牽蘿補短籬	여라 덩굴 끌어다 낮은 울타리 덮었네.
유거역다사幽居亦多事	깃들어 지내도 할 일은 많으니
신석과음시晨夕課吟詩	아침저녁 일과로 시를 읊조린다네.

〈해운소정海雲小亭〉 -이이李珥-

승지봉배주勝地逢杯酒	해운정 승지에서 잔술을 드니
사유야불혐斯遊也不嫌	흥겨운 이 자리 싫지는 않네.
나지천리외那知千里外	그 누가 알았으랴 천리 밖에서
득치이난겸得值二難兼	어진 주인과 손님 함께 얻을 줄.

해색초수무海色初收霧　　　안개는 서서히 걷히어 가고

송풍불수염松風不受炎　　　솔바람 사르르 더위 식히네.

하수한이부何須韓吏部　　　하필이면 한퇴지 옛 시를 그려

명완봉섬섬茗盌捧纖纖　　　찻잔 드는 섬섬옥수 떠올릴건가.

〈차공화사증심어촌운次龔華使贈沈漁村韻〉-송시열宋時烈-

문설호정승聞說湖亭勝　　　경호 정자 경치에 대해 들으니

하년한절통何年漢節通　　　어느 해에 한나라 의식이 고금에 통하랴?

성종소해요星從少海耀　　　별은 소해를 따라 빛나고

운옹태미홍雲擁太微紅　　　구름은 해를 감싸 붉구나.

승희류주타賸喜留珠唾　　　기쁘게 아름다운 싯구를 남기어

환교영저홍還敎詠渚鴻　　　물가 기러기에게 노래하게 하였네.

황화나복견皇華那復見　　　황화를 어찌 다시 만날 수 있으려나

천지일쇠옹天地一衰翁　　　천지의 쇠잔한 한 늙은이라.

　　또한 건물 안에는 신헌조申獻朝와 권진응權震應이 지은 「해운정
중수기海雲亭重修記」, 송시열이 지은 「정부자영당기程夫子影堂記」가
걸려 있다. 이 가운데 「정부자영당기」에는 정부자 영정의 구득 경위
와 어촌 심언광에 대한 간단한 행적이 기술되어 있다. 정부자 영정
은 심언광이 중국 사신에게서 구득한 것인데, 어촌의 6세손 심세강
沈世綱이 작은 영당인 하남재河南齋를 짓고 이를 봉안하자 송시열이
숙종 15년(1689)에 영당 건립과 영정에 대한 존경의 뜻으로 영당기를
지었던 것이다.

참고문헌

1. 자료

『國譯 漁村集』, 강릉문화원, 2006.

『朝鮮王朝實錄』

沈鋅, 『松泉筆譚』 卷1

李瀷, 『星湖僿說』 卷21 經史門·沈彦光

李敏叙, 「漁村集序」, 『漁村集』 卷首

李宜哲, 「諡狀」, 『漁村集』 卷13

韓致奫, 『海東繹史』 卷69 人物考3 本朝·沈彦光

許筠, 『國朝詩刪』 詩 卷3 七言絶句·「沈彦光」

許筠, 「惺叟詩話」, 『惺所覆瓿稿』 卷25 說部4

許筠, 「鶴山樵談」, 『惺所覆瓿稿』 卷26

2. 논저

강석중 외 3인 지음, 『허균이 가려뽑은 조선시대의 한시·3』, 문헌과해석사, 1999.

강지희, 「어촌 심언광의 영사시에 대한 일고찰」, 『제3회 어촌 심언광 전국학술세미나 자료집』, 강릉문화원, 2012.

김성수, 「沈彦光의 삶과 정치-학문과 정치론을 중심으로」, 『제3회 어촌 심언광 전국학술세미나 자료집』, 강릉문화원, 2012.

김은정, 「어촌 심언광의 생애와 시세계」, 『한국한시작가연구』 5, 한국한시학회, 2000.

김은정, 「어촌 심언광의 교유시 연구」, 『어촌 심언광 연구총서』 1, 강릉문화원, 2010.

김진균, 「어촌 심언광의 산문에 대하여」, 『제6회 어촌 심언광 전국학술세미나 자료집』, 강릉문화원, 2015.

김형태, 「어촌 심언광 시의 자연인식과 상징성 연구」, 『동방학』 24, 한서대 동양고전연구소, 2012.

박도식, 「어촌 심언광의 생애와 경세론」, 『어촌 심언광 학술총서』 제1집, 강릉문화원, 2010.

박도식, 「조선전기 守令制의 실태와 어촌 심언광의 守令觀」, 『인문과학연구』 40, 강원대학교 인문과학연구소, 2013.

박도식, 「어촌 심언광의 북방 경험과 국방 개선안」, 『한일관계사연구』 48, 한일관계사학회, 2014.

박동욱, 「조선 지방관의 고단한 서북체험」, 『제3회 어촌 심언광 전국학술세미나 자료집』, 강릉문화원, 2012.

박영주, 「어촌 심언광 시세계의 양상과 특징」, 『고시가연구』 27, 한국고시가문학회, 2011.

박용만, 「심언광의 『皇華集』 수록 한시에 대한 고찰」, 『제6회 어촌 심언광 전국학술세미나 자료집』, 강릉문화원, 2015.

박종우, 「어촌 심언광 한시의 風格과 미적 특질」, 『어촌 심언광의 문학과 사상』(어촌 심언광 연구총서 2), 강릉문화원, 2014.

박해남, 「어촌 심언광의 시문학 고찰」, 『제2회 어촌 심언광 전국학술세미나 자료집』, 강릉문화원, 2011.

송수환, 「어촌 심언광의 '십점소' 고찰」, 『제3회 어촌 심언광 전국학술세미나 자료집』, 강릉문화원, 2012.

신익철, 「심언광의 동관록과 귀전록에 나타난 공간 인식과 그 의미」, 『어촌 심언광 연구총서』 1, 강릉문화원, 2010.

이한길, 「어촌 심언광의 경포 관련 한시 고찰」, 『임영문화』 제31집, 강릉문화원, 2007.

이한길, 「어촌 심언광의 한시 고찰」, 『어촌 심언광 연구총서』 1, 강릉문화원, 2010.

이혜정, 「어촌 심언광의 삶과 교우관계」, 『제4회 어촌 심언광 전국학술세미나 자료집』, 강릉문화원, 2013.

하정승, 「어촌 심언광 한시에 나타난 죽음의 형상화와 미적 특질」, 『동양학』 제55권, 단국대학교 동양학연구소, 2014.

한춘순, 「어촌 심언광의 정치 역정과 생애」, 『제2회 어촌 심언광 전국학술세미나 자료집』, 강릉문화원, 2011.

余恕诚,『唐诗风貌』, 安徽大学出版社, 1997.

錢仲聯 等 總主編,『中國文學大辭典(上·下)』, 中國 上海辭書出版社, 2000.

田耕宇,『唐音餘韻-晩唐詩硏究』, 中國 巴蜀書社, 2001.

傅璇琮·蔣寅 主編『中國古代文學通論 : 隋唐五代卷』, 中國 遼寧人民出版社, 2005.